Einsame Herzen

HEISSE LIEBE - KALTE SCHNAUZEN BAND 1

MELISSA STORM

Partridge & Pear

Editorin: Megan Harris
Lektoren: Falcon Storm und Jasmin Bryner
Übersetzung ins Deutsche: Ursula Mirwald
Cover-Designer: Daqri Bernardo, Covers by Combs

Partridge & Pear Press
PO Box 873403
Wasilla, AK 99687
USA

Über Dieses Buch

Eine fantasievolle Nacherzählung von Die Schöne und das Biest inmitten der atemberaubenden Kulisse der Wildnis Alaskas ...

An dem Tag, an dem ihr Vater starb, brach für Lauren Dalton eine Welt zusammen. Und sie zerbrach erneut, als sie eine Kiste mit alten Andenken fand, die an ein Leben erinnerten, von dem sie nie geahnt hatte, dass es einst das Seine war.

Mit gebrochenem Herzen, jedoch zu allem entschlossen, nimmt sie einen Saisonjob im tiefsten Nirgendwo in Alaska an, um sich um die Tiere eines verletzten Schlittenhundeführers zu kümmern. Und sie begibt sich auf die Suche nach der Wahrheit über die verborgene Vergangenheit ihres Vaters. Ihr neuer, griesgrämiger Chef jedoch scheint ebenfalls gefährliche Geheimnisse zu haben.

Als ein Feuer einen Teil des Anwesens verwüstet, wird alles aufgedeckt – und viertausend Meilen entfernt von dem einzigen Heim, das sie je hatte, muss Lauren erkennen, wie schnell sich alles ändern kann.

Verpassen Sie nicht die Gelegenheit, Ihr Herz an Lauren, Shane und ihr mutiges Schlittenhundeteam zu verlieren, in dieser einzigartigen Erzählung über Liebe, Verlust und Selbstfindung. Lesen Sie noch heute EINSAME HERZEN!

Für Falcon:

Der mir die Schönheit Alaskas nahebrachte
Dessen Erfahrungen als Hundeführer mir die
Inspiration für diese Serie lieferten
Und der mir mein Herz für die größte Liebe öffnete

Eins

Der Anruf kam, während Lauren auf der Arbeit war. Bei dem Versuch, aus der vor ihr liegenden, nie enden wollenden Tabellenkalkulation schlau zu werden, bekam sie regelrecht einen Knick in der Optik. Sie hatte sich nie sonderlich für Zahlen interessiert, aber wenn man im 21. Jahrhundert lediglich einen Abschluss in Englisch vorweisen konnte, musste man eben nehmen, was man bekam.

In ihrem Fall war es die Datenaufbereitung für ein großes New Yorker Unternehmen, das seine Daten wiederum an andere Rechenzentren weiterverkaufte, damit sie gemeinsam mit der Art von Annoncen, die einen rund um das Internet verfolgten und mit einer beinahe unheimlichen

Sicherheit stets zu wissen schienen, wo man sich gerade befand und was man kaufen wollte, in die Privatsphäre der Menschen eindringen konnten.

Sie hasste den Job aus tiefstem Herzen, und darum war sie für jegliche Art von Ablenkung, die sie am anderen Ende dieses Anrufs erwarten würde, mehr als dankbar.

Sie nahm ihr Headset ab und griff nach ihrem Handy. „Hallo?“

Ein Mann mit einer tiefen, unbekannten Stimme begrüßte sie. „Lauren Dalton?“

„Am Apparat“, bestätigte sie und tat ihr Bestes, um freundlich, aber beschäftigt zu klingen, nur für den Fall, dass es sich wieder einmal als eines dieser Verkaufsgespräche herausstellen sollte. Sie hatte nicht das Geld, um sich etwas zu kaufen, selbst wenn sie es gewollt hätte. Das war auch der Grund dafür, warum sie diese todlangweilige Arbeit angenommen hatte. Sie versuchte, ein paar Euros auf die Seite zu bringen, damit sie sich eines Tages vielleicht ihre Träume verwirklichen konnte.

Zumindest, sobald sie herausgefunden hatte, wie genau diese aussahen.

Der Mann am anderen Ende der Leitung atmete tief aus. „Ich bin Polizeihauptmann Reed. Sind Sie Lauren Dalton, die Tochter von Edward Dalton?“

Panik umklammerte ihr Herz. Mit Sicherheit würde ihr das, was der Mann ihr zu sagen hatte, nicht gefallen, also warum in aller Welt zögerte er es hinaus? Dieser Augenblick sollte vorübergehen, und zwar auf der Stelle.

„Was ist mit meinem Vater passiert?“, flüsterte sie, kaum in der Lage, diese Worte herauszuwürgen.

„Es tut mir leid Ihnen mitteilen zu müssen, dass Ihr Vater bei einem Verkehrsunfall ums Leben kam.“

Lauren stieß einen lauten, glucksenden Schluchzer aus, was ihr irritierte Blicke aus den benachbarten Arbeitsnischen einbrachte.

„Er ist mit einem Hirsch kollidiert; wir nehmen an, er war auf der Stelle tot. Ich weiß, dass das hart für Sie ist, aber wenn Sie es schaffen, sollten Sie hier im Revier vorbeikommen und seine persönlichen Sachen abholen.“

Tot? Wie konnte ihr Vater tot sein? Sie hatten doch gerade erst zusammen Weihnachten gefeiert. Er hatte ihr ein Scrapbooking-Set und diverse Romane geschenkt und sie ihm eine extravagante neue Kaffeemaschine. Wie konnte er nun seinen morgendlichen Café Latte genießen, wenn er tot war? Wie sollten sie zukünftig zusammen ihren jährlichen Frühlingstrip nach Disney World unternehmen, jetzt, da er von dieser Welt gegangen war? Und was war mit der

Zukunft, wenn sie einmal heiraten sollte – wer würde sie dann zum Altar geleiten?

Sie musste sich Gewissheit verschaffen. „Kann ich ihn sehen?“, fragte sie und unterdrückte ein weiteres Schluchzen.

Ihr Vater war die einzige Familie, die ihr noch geblieben war. Ihre Mutter starb, als Lauren noch zu klein war, um bleibende Erinnerungen an sie zu bewahren, und beide Elternteile waren, genau wie sie, Einzelkinder gewesen.

Es hatte immer nur Lauren und Papa gegen den Rest der Welt gegeben.

Ab jetzt aber war da nur noch sie, ganz auf sich allein gestellt, und die Welt war ein mächtiger Gegner, wenn man niemanden hatte, mit dem man ihr gemeinsam gegenübertreten konnte.

„Wenn Sie das möchten.“ Der Polizist rasselte die Adresse der Leichenhalle herunter und wartete, während sie diese auf einem Zettel notierte.

„Ich bin gleich da“, versicherte sie ihm und legte schnell auf. Sie blickte wieder auf die Zahlenwand auf ihrem Bildschirm. War es das, was aus den Menschen wurde, wenn sie nicht mehr da waren, nur eine ewige Auflistung von Zahlen und Daten, Vorlieben und Abneigungen, Käuferprofilen und Klickverhalten?

Der Gedanke verursachte ihr Übelkeit. Jetzt lag es an ihr, dafür zu sorgen, dass Edward Dalton als der unglaubliche Mann in Erinnerung blieb, der er gewesen war, und nicht nur als Teil eines jährlichen Marketing-Kontingents für irgendjemanden.

Sie fuhr ihren Computer herunter, sammelte ihre Sachen zusammen und lief los, um ihre Chefin zu suchen. Als sie diese nicht in ihrem Büro antraf, sah sie im Konferenzraum nach, wo Joanna Brocklehurst mit Sicherheit ein paar gepflegte, gelangweilt dreinblickende Kunden umgarnen würde.

„Lauren!“, schnappte diese nach Luft, als ihre Mitarbeiterin ins Zimmer platzte und die Aufmerksamkeit auf sich zog. „Entschuldigung“, murmelte sie dann in Richtung der Klienten und sprang auf, um ihrer missratenen Angestellten entgegenzutreten.

„Ich gehe heute früher nach Hause“, sagte Lauren und war schon wieder im Begriff, nach draußen zu stürzen, noch bevor sich die Tür überhaupt geschlossen hatte.

Frau Brocklehurst scheuchte sie hinaus in den Flur. „Also bitte, Sie können doch nicht einfach so in ein Meeting platzen, und Sie können auch an einem Tag, an dem die Berichte fällig sind, nicht einfach früher verschwinden. Immerhin haben Sie Ihren *Aufgaben* nachzukommen.“ Sie betonte das Wort ehrfürchtig, so als ob es nichts Wichtigeres gäbe als ihre Arbeit für die Datenfirma.

„Ja, ich habe Verpflichtungen, und ich gehe jetzt, um mich um diese zu kümmern. Höchstwahrscheinlich bin ich Montag wieder da."

„Montag? Aber wir haben heute erst Mittwoch. Es tut mir leid, aber so kurzfristig kann ich Ihnen keinen Urlaub gewähren."

„Auch gut, dann komme ich halt nicht mehr rein. Überhaupt nicht mehr. Ich kündige. Viel Erfolg mit den Berichten."

Sicherlich wäre es ganz einfach gewesen zu erklären, was passiert war und warum sie dringend wegmusste, aber irgendwie brachte sie es nicht fertig, über ihren Vater in der Vergangenheit zu sprechen oder ihrer geizigen Chefin gegenüber intime Details preiszugeben, einer Frau, die ihren Mitarbeitern Gehälter knapp über dem Existenzminimum zahlte, während sie selbst Urlaub auf St. Bart machte.

Sie hatte in diese Firma bereits zu viel von sich selbst investiert. Es war an der Zeit weiterzuziehen, etwas aus dem Namen Dalton zu machen, jetzt, da nur noch sie übrig war, um das Vermächtnis am Leben zu erhalten.

Obwohl Lauren die ganze Fahrt über die Höchstgeschwindigkeit um mindestens 10 km/h überschritt, erreichte sie die Leichenhalle erst nach einigen Stunden. Vielleicht konnte sie ja, wenn sie schnell genug fuhr, die Zeit zurückdrehen, so wie in der beliebten Filmreihe der 80er mit Michael J. Fox.

Aber anstatt wieder in der glücklichen Vergangenheit zu landen, sah sie sich schon bald mit ihrer neuen Zukunft konfrontiert, einer Zukunft, zu der sie nicht gehören wollte.

Die Leichenbestatterin hatte ganze Arbeit geleistet und ihren Vater gründlich gesäubert, aber noch immer war seine Haut von blauen Flecken übersät. Schnitte und Kratzer bedeckten seine Arme, aber nirgends war Blut zu sehen – wahrhaftig keinerlei Lebenszeichen.

Und wann nur war er so alt geworden?

Noch immer war er für sie der junge Mann mit den braunen Haaren, Dreitagebart und den intensiven grünen Augen, die sie anstatt ihrer langweiligen braunen so gerne geerbt hätte. Stets dachte sie an ihn als denjenigen, der auf seine liebenswürdige Art und Weise alle Muttertags-Veranstaltungen ihrer Schule besucht hatte, da er ihr sowohl Mutter wie auch

Vater gewesen war. Er war es gewesen, der ihre Windeln wechselte, sie das Laufen lehrte, ihr einfühlsam erklärte, was es mit ihrer ersten Periode auf sich hatte und sie nach ihrem ersten Herzschmerz tröstete.

Er hatte ihr die Welt bedeutet und jetzt – einfach so – hatte Laurens Welt aufgehört, sich zu drehen.

Die Bestatterin winkte sie mit einem schmallippigen Kopfnicken nach vorne.

„Hallo, Papa", schaffte sie es zu wispern, als sie an die Bahre trat.

„Mein herzliches Beileid zu Ihrem Verlust", sagte die Frau, obwohl sie keine, wirklich nicht die geringste Ahnung hatte, was Lauren an diesem Tag verlor.

Welcher Art von neuem Leben würde sie sich ab morgen unerschrocken stellen müssen? Zweifellos würde sie tapfer sein müssen, um in einer Welt bestehen zu können, die sie nicht länger in ihrem Herzen trug.

„Ich liebe dich, Papa", flüsterte sie, küsste ihre Fingerspitzen und legte sie auf seine unglaublich kalte Wange. Dann neigte sie den Kopf und murmelte ein schnelles Gebet. Eines Tages würden sie sich wiedersehen, aber bis dahin hatte sie noch viele Tage vor sich, an denen sie nun ganz alleine auf sich gestellt war.

Doch sie würde es schaffen, denn so hatte ihr Vater sie erzogen, und sie weigerte sich, ihn zu enttäuschen.

Zwei

Lauren fuhr zum Haus ihres Vaters und ließ sich selbst hinein, indem sie den Schlüssel hervorholte, den er stets unter einem bunten Gartenfrosch aufbewahrte, welchen sie in der dritten Klasse für ihn getöpfert hatte. Auch das Haus strahlte den Verlust seines Herrn und Meisters aus, obwohl erst wenige Stunden vergangen waren, seit er es das letzte Mal verlassen hatte.

Dieses Zuhause war nach einer anstrengenden Woche im Büro oder nach einer erneuten schlimmen Trennung stets ihre Zuflucht gewesen. Jetzt jedoch erkannte sie ihr Heim, das ihr einst als Kulisse für all ihre schönsten Erinnerungen gedient hatte, kaum wieder.

Eine Sache gab ihr heute ganz besonders zu

denken. Warum war ihr Vater heute Morgen fortgegangen, und warum war er derart rücksichtslos gefahren, dass er den Hirsch, der über die Autobahn sprang, erst dann bemerkte, als es für sie beide zu spät war? Als pensionierter Lehrer hatte er doch keinen Termindruck. Und wenn er einmal wegging, zog er es meist vor, ihre kleine Stadt zu Fuß zu durchqueren, um mit seinen ehemaligen Schülern und den Nachbarn, die er seit Jahren kannte, ein Schwätzchen zu halten. Was also war heute nur anders gewesen?

Sie musste die Beerdigung planen, und ohne Zweifel würde die Hälfte der Einwohner, wenn nicht sogar alle, daran teilnehmen. Und sie musste seine persönlichen Dinge sortieren, sich um den Nachlass kümmern und sicherstellen, dass alles, was sein Leben betraf, fein säuberlich abgewickelt wurde.

Aber was käme dann als Nächstes?

Sie hatte keinen Job mehr, und ihr war klar, dass sie es nicht ertragen könnte, alleine hier zu wohnen. Obwohl sie ihre Nachbarn mochte, würden diese sie bemitleiden und hinter ihrem Rücken über sie tuscheln. So wollte Lauren nicht leben. Sie wünschte sich ein bedeutungsvolles Leben, eines, bei dem sie die Erinnerung an ihren Vater in Ehren halten würde, anstatt nur in seinem Schatten dahinzuvegetieren.

Ihr Blick fiel auf die Kaffeemaschine, die sie ihm erst vor wenigen Wochen zu Weihnachten geschenkt hatte, und sie freute sich, dass er doch noch Gelegenheit gehabt hatte, sie zu benutzen. Kurz entschlossen schaltete sie sie ein und ging dann hinüber in sein Schlafzimmer, um nach Hinweisen zu suchen, warum er an diesem Tag weggefahren war.

Es war ein seltsames Gefühl, seine noch vor kurzem benutzten Sachen zu durchstöbern, fast wie eine Verletzung seiner Privatsphäre. Aber dieser Gedanke war dumm. Sie und ihr Vater hatten all die Jahre keine Geheimnisse voreinander gehabt. Dies war auch der Grund dafür, warum ihre Beziehung so eng gewesen war. Er sprach stets offen mit ihr – etwa über den Tod ihrer Mutter oder ob genug Geld da war, um die monatlichen Rechnungen zu begleichen, einfach über alles.

Er hatte seine Tochter nach bestem Wissen und Gewissen auf das Leben vorbereitet, und ihr war klar, dass sie damit den meisten jungen Frauen in ihrem Alter Einiges voraushatte. Aber er hatte sie nicht gelehrt, wie sie ohne ihn weiterleben sollte. Beide waren sie naiverweise davon ausgegangen, dass ein solcher Tag noch in weiter Ferne läge, dass Lauren ein glückliches Leben führen würde, verheiratet, mit Kindern – nie aber, dass sie zu diesem Zeitpunkt ein gerade arbeitslos gewordener Niemand ohne klare Richtung sein könnte, ohne klares Ziel vor Augen.

Sie ging zurück in die Küche und schenkte sich eine Tasse Kaffee ein. Normalerweise würde sie den Geschmack mit extra Milch und Zucker abmildern, aber heute würdigte sie die starke, bittere Note, die ihre Zunge traf. Ihre Tasse mit sich nehmend kehrte sie zurück in sein Reich und öffnete den Schrank.

Die Hemden ihres Vaters hingen in einer geraden Reihe, ordentlich gebügelt und bereit, getragen zu werden, wozu es nun nicht mehr kommen würde. In der hintersten Ecke, eng an die Rückwand gedrückt, standen vier aufeinander gestapelte Schuhschachteln. Das waren die Kartons, in denen er seine Erinnerungen aufbewahrte. Häufig waren sie die Inhalte gemeinsam durchgegangen; er hatte ihr Geschichten über ihre Mutter erzählt, wie ähnlich sie ihr war und wie stolz sie auf sie wäre.

Auf was denn bitte stolz, fragte sich Lauren und stieß einen traurigen, wehmütigen Seufzer aus.

Sie zog die Kartons heraus und stellte sie auf das ordentlich gemachte Bett. Der mit dem türkisenen Deckel enthielt Erinnerungen und Fotos von ihrer Mutter, das wusste sie. In der lila Schachtel befand sich alles über Laurens Kindheit und in der orangefarbenen Box sämtliche Erinnerungen an ihre Jahre in der High School. Allerdings konnte sie sich nicht entsinnen, jemals eine vierte gesehen zu haben, und so beäugte sie die braune Schachtel nun misstrauisch.

Und natürlich öffnete sie diese zuerst.

Darin befanden sich säuberlich gestapelte Zeitungsausschnitte und alte Polaroidfotos. Als Erstes sprang ihr die Titelseite der Anchorage Daily News ins Auge. Aber hatten sie nicht immer ausschließlich in New York gelebt?

Sie begann, den Artikel zu lesen:

Als jüngster Hundeschlittenführer erkämpft sich Edward Dalton einen Platz unter den Top 20 beim Iditarod. Damit schlägt er einige der weitaus erfahreneren Männer und sichert sich seinen Platz als Shootingstar und ernsthafter Anwärter für das kommende Jahr.

Hunderennen? Alaska? Nichts von dem machte Sinn. Warum hatte ihr Vater etwas so Harmloses all die Jahre vor ihr geheim gehalten? Und warum hatte er aufgehört, wenn er doch einer der ganz Großen war?

Sie fuhr fort, den Inhalt der Schachtel zu durchwühlen, förderte Fotos von Hunden und warm eingepackten Männern zutage, und sogar ein altes

Hundehalsband. Mit Sicherheit hatten ihm diese Dinge unheimlich viel bedeutet, aber wie gesagt konnte sie sich nicht erklären, warum er ausgerechnet hierüber nie mit ihr gesprochen hatte.

Nach ihrem Handy greifend tippte sie den Begriff „Schlittenhunde“ ein. Vielleicht gab es gewisse zwielichtige Umstände, von denen sie nichts wusste? Allerdings erschien ihr diese Idee lächerlich, vor allem, wenn man bedachte, wie gesetzestreu ihr Vater Zeit seines Lebens gewesen war, zumindest, soweit sie sich erinnern konnte.

Eines der ersten Ergebnisse bei Google war die Country Music-Sängerin Lolly Winston. Lauren besaß beide ihrer CDs und hatte diese auf der täglichen, langen Fahrt zu ihrer bisherigen Arbeitsstelle stets gerne gehört. Neugierig klickte sie auf den Artikel über eine Organisation zur Rettung von Schlittenhunden, eine Stiftung, die die Sängerin zusammen mit ihrem Mann, Oscar Rockwell, vor rund zwei Jahren ins Leben gerufen hatte.

„Wir müssen diese letzte der großen Rassen schützen und dafür sorgen, dass auch die alten Hunde ein liebevolles Zuhause finden“, wurde Lolly zitiert. „Es ist einfach wunderschön, diese Tiere in ihrem natürlichen Element zu beobachten, sowohl auf den Pisten wie auch in ihrem Heim.“

Lauren ertappte sich dabei, wie sie beim Lesen zustimmend nickte, und ehe sie sich versah, klickte sie bereits auf die Website von SDRO (Senior Dog Rescue of Oregon), studierte die Liste mit Hunden, die zur Adoption standen, und die Vorschläge, wie man sonst noch helfen konnte.

„Fassen Sie sich ein Herz und schenken Sie ihnen ein Zuhause."

Der Slogan gefiel ihr, vor allem, wenn man bedachte, dass ein Herz scheinbar das Einzige war, was ihr noch geblieben war – wenn auch ein schlimm gebrochenes.

Je länger sie auf dieser Website verweilte, desto mehr fühlte sie sich angesprochen.

Diese Hunde werden Sie von ganzem Herzen lieben. Sie sind so dankbar dafür, gerettet zu werden; eine zweite Chance zu erhalten.

Eine zweite Chance, überlegte sie. *Ich wünschte, jemand würde auch mich retten*.

Und dann stieß sie auf den dazugehörigen Blog. Ganz oben befand sich das Foto eines stattlichen, schroff dreinblickenden Mannes inmitten einer Gruppe von fast 30 Hunden.

Shane Ramsey, so hieß es in dem Artikel, galt lange Jahre als einer der besten Hundeschlittenführer aller Zeiten. Leider hat er sich bei einem verhängnisvollen Training mit der Schneemaschine seine Kniescheibe zertrümmert. Falls eine vollständige Heilung überhaupt möglich ist, wird sich der Prozess lange hinziehen und schwierig gestalten. Obwohl sein Zustand stabil ist, kann man jetzt noch nicht sagen, ob er je wieder Rennen fahren wird. Herr Ramsey ist deshalb auf der Suche nach einem Helfer, der ihn und sein Team unterstützt, sodass er sich voll und ganz auf die Genesung konzentrieren kann. Alle anderen Mannschaften haben bereits mit den Vorbereitungen auf die Saison begonnen, wodurch Shane und seine Truppe ins Hintertreffen geraten sind. Aus diesem Grund ist er an uns herangetreten, und wir wiederum wenden uns nun an Sie. Wenn Sie es sich zutrauen, können wir Ihnen für mindestens die nächsten drei Monate, möglicherweise sogar für ein volles Jahr, einen Job und ein Heim anbieten. Möchten Sie helfen, dieses unglaubliche Team gut zu versorgen? Bitte bewerben Sie sich unter...

In dem Moment, als Lauren entdeckte, dass eine Telefonnummer danebenstand, drückte sie bereits auf die Ruftaste. Die Zeitung hatte ihren Vater als einen der besten Schlittenführer seiner Dekade bezeichnet, und der Blog sagte genau das Gleiche über diesen Typen, Shane. Sie war ohne Job, heimatlos, hatte nichts mehr.

Irgendwie hatte sie das Gefühl, dass dieser Ort sie magisch anzog. Also atmete sie tief durch und bereitete sich seelisch auf das bevorstehende Telefonat vor.

Drei

Eine gute Woche später saß Lauren in ihrem Leihwagen und fuhr eine lange, einsame Wegstrecke entlang. Zu beiden Seiten der Straße türmte sich der Schnee meterhoch auf, und der klare, tiefblaue Himmel harmonisierte perfekt mit dem dicken Pulver, das den Boden unter sich begrub.

Acht Tage lang hatte sie ununterbrochen geschuftet, um die Dinge in New York abzuwickeln, und nun war sie bereit, einen Schlussstrich unter ihr altes Leben zu ziehen. Wie erwartet war das Begräbnis ihres Vaters gut besucht gewesen, und dank seiner eifrigen Bemühungen, stets alles sauber und ordentlich zu halten, hatten auch die Vorbereitungen zum Verkauf des Hauses nicht viel Zeit in Anspruch genommen.

Er hatte ihr diverse Dinge sowie einen bescheidenen Notgroschen hinterlassen, womit sie sich selbst etwas Neues aufbauen konnte. Das half ihr auf jeden Fall weiter, auch wenn sie noch keine genauen Einzelheiten wusste.

Vor ihren Augen stieg ein Adler hoch in die Lüfte auf, und sie fragte sich, ob das wohl ein gutes Omen sei. Freiheit. Ihr war nicht bewusst gewesen, dass sie sich von ihrem alten Leben lösen musste, aber jetzt war sie frei.

Und konnte das Beste daraus machen.

Als sie sich immer weiter von Anchorage entfernte, begann sie sich zu fragen, ob sie möglicherweise eine Abzweigung verpasst hatte. Aber angesichts der Tatsache, dass es so gut wie keine abgehenden Straßen oder Biegungen gab, nur gerade, flache Strecken, hielt sie das für eher unwahrscheinlich.

Schlussendlich, als sich Lauren von der langweiligen Monotonie aus Weiß, Weiß und noch mehr Weiß, gerade, gerade und noch immer und noch weiter geradeaus sicher war, jede Minute am Steuer einzuschlafen, entdeckte sie das alte, verwitterte

Schild, das das Örtchen Puffin Ridge in unmittelbarer Nähe ankündigte.

„In unmittelbarer Nähe“ war natürlich relativ, denn selbst nachdem sie abgebogen war, musste sie noch eine geschlagene weitere halbe Stunde fahren, um die Adresse zu finden, die sie auf einen Zettel gekritzelt und ans Armaturenbrett geklebt hatte.

1847 Thornfield Way tauchte vor ihr auf, während sie ihr Auto einen vereisten Hügel hinunterlenkte –eine behaglich aussehende Blockhütte aus rotem Zedernholz inmitten der Lichtung eines großen Pinienwaldes.

Als sie versuchte, zum Stehen zu kommen, blockierten die Bremsen, aber zum Glück gab es mehr als genug Schnee, der ihren missglückten Versuch abfederte. Das war es also, ihr neues Zuhause für die nächsten drei bis zwölf Monate.

Rasch legte sie eine neue Schicht Lipgloss auf, strich mit den Händen durch ihr kastanienfarbenes Haar und überprüfte im Rückspiegel ihr Aussehen. Gut genug, entschied sie, griff nach ihrer Umhängetasche und machte sich auf den Weg zum Haus.

Eine Frau fortgeschrittenen Alters, deren rotblondes Haar von dicken grauen Strähnen durchzogen war, stand an der Tür. Oh nein, hatte sie womöglich doch nicht die richtige Abzweigung genommen? War dies die falsche Adresse?

„Sie müssen Lauren sein. Kommen Sie rein, bevor Sie sich den Tod holen", sagte die Frau und bat sie mit einer großzügigen Geste ins Innere.

„Hallo, sind Sie Shanes ... Frau?" Zwar sah die Frau vom Alter her mehr nach seiner Mutter aus, aber Lauren wollte sie unter keinen Umständen beleidigen, da sie möglicherweise die einzige Person im Umkreis von vielen Kilometern war.

Diese lachte herzlich, und Lauren mochte sie vom ersten Moment an. „Du meine Güte, nein. Ich bin Mary Fairbanks. Ich bin die am nächsten gelegene Nachbarin von Herrn Ramsey, also bin ich eingesprungen, solange er keine Hilfe hatte. Apropos, jetzt, da Sie hier sind, mache ich mich am besten wieder auf den Heimweg. Zuhause wartet ein Auflauf im Ofen auf mich."

Zwar fand sie es merkwürdig, dass eine Frau, die mindestens ein Dutzend Jahre älter war als Shane, ihn *Herr* nannte, aber noch viel besorgter war sie aufgrund der Tatsache, hier alleingelassen zu werden, wo sie doch keine Ahnung hatte, was von ihr erwartet wurde.

„Warten Sie", bat sie. „Ist Shane da? Können Sie mich noch schnell zu ihm bringen, bevor Sie gehen?"

„Herr Ramsey“, betonte Mary, während von draußen Gebell zu ihnen hereindrang. „Und nein, er hat einen Arzttermin und ist in die Stadt gefahren. Heute Nachmittag sind nur Sie und die Hunde hier. Warum gehen Sie nicht hinaus und machen sich schon mal mit ihnen bekannt? Sie sind im Zwinger, wie Sie sicher schon vermutet haben.“ Damit wickelte sie sich einen dicken, selbstgestrickten Schal um den Hals und schlüpfte in ihren Mantel. „Ich muss jetzt wirklich los, aber wir sehen uns bestimmt bald wieder. Es hat mich gefreut Sie kennenzulernen, Liebes“, fügte sie noch hinzu und griff nach dem Türknauf. Dann hielt sie jedoch nochmals kurz inne und blickte zurück zu Lauren, als ob sie etwas vergessen hätte. „Oh, und viel Glück!“

Lauren war sich nicht sicher, aber als die ältere Frau den Weg entlang stapfte und aus ihrem Blickfeld verschwand, hatte sie da nicht noch so etwas gemurmelt wie „...Sie werden es brauchen“?

Vier

Lauren sah Frau Fairbanks nach, bis diese hinter dem Horizont verschwunden war und sie somit an diesem merkwürdigen neuen Ort, der ab jetzt ihr Zuhause sein würde, alleine zurückließ. Überall in der Hütte verstreut lagen Zeitungen und Briefe herum, die fast sämtliche Oberflächen bedeckten, und den engen Flur verstellte ein Korb mit Schmutzwäsche.

Wäre auch das zukünftig ihre Aufgabe?

Sie wurde für die Hunde engagiert, keine Frage, aber so allmählich machte sie sich ihre Gedanken darüber, ob nicht womöglich der Herr des Hauses sie dringender brauchte als diese. Hatte sie sich da mehr aufgehalst, als sie stemmen konnte?

Nein, das Leben mit Shane Ramsey und seiner

lustigen Truppe von Schlittenhunden mochte sich als Herausforderung erweisen, aber zumindest versprach es interessant zu werden – und im günstigsten Fall könnte es ihr sogar ermöglichen, den Geheimnissen über die Vergangenheit ihres Vaters auf die Spur zu kommen.

Und sie würde sich dieser direkt stellen, indem sie erst einmal ihre Schützlinge begrüßte.

Sie holte sich eine Strickmütze aus ihrer Tasche und ging nach draußen hinters Haus, wo sich mehrere lange Reihen farbenfroher, flachgedeckter Hundehütten in scharfem Kontrast zu den umliegenden, verschneiten Bergen abhoben. Sobald die Hunde sie erspähten, begannen sie, an ihren Ketten zu ziehen, und einige von ihnen sprangen sogar auf die Dächer ihrer Behausungen, um einen besseren Blick auf sie zu erhaschen.

Aufgeregtes Bellen, Jaulen und Heulen erfüllte das Tal, und Lauren wusste instinktiv, dass sie, indem sie hierhergekommen war, die richtige Wahl getroffen hatte.

Vorsichtig näherte sie sich der Ansammlung von Zwingern und stellte sich dem ersten Hund vor, der eifrig an ihr hochsprang, um ihr die Wange zu lecken.

Hütte für Hütte arbeitete Lauren sich vor und begrüßte der Reihe nach jeden der Huskies. Insbesondere einer, ein roter Husky, erregte ihre Aufmerksamkeit. Er stand wachsam am Rand der Gruppe und beobachtete sie abwartend.

„Du bist aber eine Hübsche“, schmeichelte sie der Hündin, ging zu ihr hinüber und kniete sich vor sie hin, sodass sie sie beschnüffeln konnte.

An ihrem Halsband hing eine glitzernde Hundemarke aus Kupfer.

„Also du bist Dornröschen, ja?“, las sie und kraulte ihre neue Freundin zwischen den Ohren. „Das ist aber ein schöner Name. Und wie sieht es mit dem Rest von euch aus?“

Sie drehte sich um und erschrak, als sie bemerkte, dass sie nicht mehr alleine auf dem Hof stand.

„Ich dachte, man schickt mir einen Profi, jemanden mit Erfahrung“, sagte ein Mann, den sie von den Bildern her als ihren neuen Arbeitgeber, Shane Ramsey, wiedererkannte. Er runzelte die Stirn, während er sie beobachtete, eindeutig unzufrieden mit dem, was er sah.

„Und woher wollen Sie wissen, dass ich keine habe?“, fragte sie und erhob sich zu ihrer vollen Größe, wobei sie der Fremde, auf zwei dicke, hölzerne Krücken gestützt, noch immer um mindestens einen Kopf überragte.

„Alles an Ihnen zeigt mir, dass Sie hierfür nicht geschaffen sind", knurrte er.

„Könnten wir bitte nochmal von vorne beginnen?" Sie näherte sich dem Tor, trat hindurch und stand nun gemeinsam mit ihm auf dem geräumten Weg, der das Haus mit den Zwingern verband. Als sie ihm ihre behandschuhte Hand reichte, lächelte sie ihn an und wartete darauf, dass er ihren Gruß erwiderte.

„Das möchte ich eigentlich nicht", kam als Antwort. Dann nahm er seine Krücken auf und drehte sich um in Richtung Blockhütte.

„Jetzt warten Sie doch mal eine Sekunde!", rief Lauren ihm hinterher. Der Klang ihrer Stimme durchdrang schrill die dünne Luft und erschreckte sowohl den Mann als auch die Hunde.

Sie beobachtete, wie seine Haltung sich versteifte und er sich ihr langsam erneut zuwandte. Allerdings setzte er dabei eine seiner Krücken auf einer Eisplatte auf, und unmittelbar darauf lag er in einem Schneehaufen und fluchte vor Schmerzen.

„Lassen Sie mich Ihnen helfen!"

„Nein, Sie haben bereits genug angerichtet", entgegnete Shane unwillig. „Geben Sie mir einfach meine Krücke und lassen Sie mich in Ruhe."

Sie hob die Gehhilfe auf und hielt sie ihm hin.

Als er danach greifen wollte, riss sie sie zurück und sagte: „Sie bekommen sie erst dann wieder, wenn Sie mir erklärt haben, warum Sie so unhöflich sind."

Er knurrte, und dieses Geräusch klang alles andere als menschlich. In Kombination mit seinem Gesichtsausdruck wirkte er regelrecht animalisch. „Weil Sie nicht die Art von Person sind, die ich einstellen wollte. Aber da es keine weiteren Bewerber gab, stecke ich anscheinend in der Klemme."

„Dann sollten Sie dankbar sein, dass ich hier bin. Ganz offensichtlich kommen Sie nicht alleine zurecht."

„Ich bin mir nicht sicher, ob die Anwesenheit eines kleinen, unerfahrenen Mädchens irgendwas an der Situation verbessert."

„Unterstehen Sie sich, so mit mir zu sprechen!"

Er schnaubte und sah weg.

„Das ist mein voller Ernst. Ich habe meinen Job aufgegeben und bin mehrere tausend Kilometer weit gereist, um hierher zu kommen. Möglicherweise habe ich nicht viel Erfahrung, aber ich bin bereit, mir diese anzueignen, und ich erwarte, dass Sie mich mit Respekt behandeln."

„Und was, wenn ich das nicht tue?"

„Dann sollten Sie sich im Klaren darüber sein, dass ich null Probleme damit habe, Ihnen Paroli zu bieten. Immerhin bin ich hier die Einzige mit zwei gesunden Beinen." Sie stand gerade und so aufrecht wie möglich und konnte beobachten, wie seine steife Körperhaltung sich im Schnee lockerte.

Zu ihrer großen Überraschung hatte ihre letzte Bemerkung dem ansonsten so mürrischen Shane ein Lächeln ins Gesicht gezaubert. „Also gut. Dürfte ich jetzt bitte meine Krücke wiederhaben?"

Lauren reichte sie ihm und half ihm, auf die Füße zu kommen. „Hier, bitte. War doch gar nicht so schwer, oder?"

Während er sich zum Gehen wandte, murmelte er durch zusammengebissene Zähne eine Reihe von Flüchen. Zusammen mit den Hunden beobachtete sie schweigend, wie Shane Ramsey zurück ins Haus ging und die Tür hinter sich zuschlug.

„Ist der immer so drauf?", fragte sie Dornröschen, während sie ihre Hand durch den Zaun steckte, um deren weiches Fell zu kraulen.

Natürlich antwortete das Tier nicht, aber die junge Frau war sich ziemlich sicher, dass sie diese spezielle Antwort noch früh genug selbst herausfinden würde.

Fünf

Die nächste Stunde verbrachte Lauren in der Gesellschaft der Hunde. Sie studierte die Namen auf sämtlichen Halsbändern und versuchte, sich die individuellen Musterungen und Persönlichkeiten der einzelnen Fellnasen einzuprägen. Schnell war Dornröschen zu ihrem Liebling avanciert, auch wenn sie nicht so richtig zum Rest des Rudels zu passen schien – weder von ihrem ruhigeren Verhalten noch von ihrer schlankeren Statur her, und erst recht nicht vom Namen.

Die anderen Schlittenhunde und Malamuts waren voraussehbar einfach benannt worden, wie etwa Alice, Bob, Carol, Ellen und so weiter. Tatsächlich gab es für jeden Buchstaben des Alphabets einen

Namen – und mit Dornröschen waren es insgesamt 27 Hunde.

Und während es alle Huskies genossen, Zeit mit ihr zu verbringen, war es diese, die ihr die gesamte Stunde über nicht mehr von der Seite wich. Lauren war beinahe versucht, sie mit ins Haus zu nehmen, um sich drinnen zumindest die Unterstützung eines Freundes zu sichern, entschied sich dann jedoch, einer weiteren Konfrontation mit Shane lieber aus dem Weg zu gehen. Immerhin war es sehr wahrscheinlich, dass er sie beschuldigen könnte, einen seiner Schlittenhunde auf unprofessionelle Art und Weise in einen *Schoßhund* verwandeln zu wollen.

Also entschied sie sich für einen schnellen Abschied und das Versprechen, ganz früh am nächsten Morgen wieder nach ihnen zu sehen und machte sich auf den Weg nach drinnen, um sich um das Abendessen zu kümmern.

Allerdings war ihr Arbeitgeber schneller gewesen. Shane stand über einen Topf kochendes Wasser gebeugt und kämpfte mit einer Packung Spaghetti, während er verzweifelt versuchte, sich, auf seine Krücken gestützt, aufrecht zu halten und sich aus der Spritzzone der schäumenden Flüssigkeit fernzuhalten. Er trug eine karierte Pyjamahose und ein Hemd mit Knopfleiste. Seine Füße waren nackt, was bei diesem Wetter, selbst innen im Haus, nicht unbedingt empfehlenswert war.

„Lassen Sie mich Ihnen helfen“, bot Lauren ihm an und lief durch die winzige Wohnküche, noch bevor sie Gelegenheit hatte, ihren Mantel und ihre Stiefel auszuziehen.

Shane zog die Schachtel ruckartig vor ihr zurück, wobei sich versehentlich die Hälfte des Inhalts auf den Boden ergoss. „Jetzt sehen Sie nur, wozu Sie mich wieder einmal gebracht haben!“

„Dafür bin ich nicht verantwortlich. All das ist nur Ihnen und Ihrer Sturheit zuzuschreiben.“ Sie bückte sich, um die verstreuten Nudeln aufzusammeln, aber erneut hielt ihr neuer Boss sie zurück.

„Wenn dieses Chaos auf meine Kappe geht, werde ich es auch selbst beseitigen.“ Sie sah zu, wie er sich hinabbeugte, und sein Gesicht spiegelte den Schmerz jeder seiner Bewegungen wider. Nichtsdestotrotz ließ sie es zu, dass er sich alleine damit abmühte, während sie ihre Winterkleidung ablegte und ihr Haar zu einem hohen Pferdeschwanz zusammenband. In der ganzen Zeit schaffte er es allerdings kaum, die Ordnung wiederherzustellen.

„Warum bin ich dann eigentlich hier?“, fragte sie nach, ging ebenfalls in die Hocke und zwang ihn, ihr in die Augen zu schauen. „Wenn Sie weiterhin darauf bestehen, alles selbst zu machen, hätten Sie mich nicht einstellen müssen, oder?“

„Nicht ich habe Sie angeheuert; das SDRO hat das für mich übernommen“, erinnerte er sie und stöhnte leise.

„Gut, okay, aber nun bin ich da, um Ihnen zu helfen. Könnten Sie das nicht einfach mal akzeptieren?“ Sie starrte ihn an, aber noch immer weigerte sich dieser massige, muskulöse Mann, ihren Blick zu erwidern.

„Wenn Sie es so wollen, dann tun Sie, was Sie nicht lassen können“, antwortete er und deutete auf das restliche Durcheinander, wobei er beinahe erneut das Gleichgewicht verlor.

„Lassen Sie mich Ihnen erst mal auf die Füße helfen“, entschied Lauren.

Er ächzte, ließ es aber geschehen, dass sie sich seinen Arm um die Schultern legte und ihn hochzog. Trotz seiner Verletzungen war Shane nach wie vor kräftig und in der Lage, die Hauptlast seines eigenen Gewichtes zu tragen, nachdem Lauren ihm geholfen hatte, seine Balance wiederzufinden. Was gar nicht schlecht war; immerhin wog er fast 40 Kilo mehr als sie. Sie gaben ein ungleiches Paar ab: er ein großer, schwerfälliger und wild aussehender Mann, sie eine zierliche Frau mit gepflegtem Aussehen und anmutigen Bewegungen.

Shane versteifte sich, wodurch sie beide stehen blieben. „Nein, nicht auf den Stuhl. Ich muss das Abendessen fertigmachen“, argumentierte er.

„Was haben Sie denn geplant? Spaghetti? Ich denke, das bekomme ich auch hin.“ Sie brachte ihn an den kleinen Küchentisch und ließ ihn vor seinem Zeitungschaos Platz nehmen.

Er sagte nichts weiter, während sie sich daranmachte, den in Schachbrettmuster gefliesten Boden von den heruntergefallenen Nudeln zu säubern und aus den restlichen, die nicht entsorgt wurden, eine Mahlzeit zuzubereiten. Kurze Zeit später stellte sie eine Schüssel Pasta mit Marinarasauce vor ihm ab, bevor sie sich zum Gehen wandte, um Trost in der Abgeschiedenheit ihres Zimmers zu suchen.

„Warten Sie“, sagte Shane, ohne aufzusehen.

„Ja?“

„Leisten Sie mir zumindest beim Essen Gesellschaft.“

„Aha, jetzt möchten Sie also doch mit mir reden?“

Er zuckte mit den Achseln und warf ihr einen kurzen Blick zu, und in der Tiefe seiner ozeanblauen Augen lagen Geheimnisse verborgen, die er mit sich herumtrug. „Ich möchte etwas über diese Fremde in Erfahrung bringen, die zukünftig in meinem Haus leben wird, ja."

„Nun gut." Lauren nahm sich ebenfalls einen Teller, setzte sich ihm gegenüber und schob einige der Papiere beiseite, um diese nicht versehentlich als improvisiertes Platzdeckchen zu verwenden. „Was wollen Sie nun wissen?"

Er legte seine Gabel nieder und starrte sie geradewegs an. Sein Blick war schonungslos abschätzend – er traute ihr offensichtlich nicht, noch nicht. „Mich interessiert, warum Sie hier sind", sagte er.

„Um Ihnen zu helfen. Das hatten wir doch schon."

„Aber warum? Die Organisation sagte mir, Sie wären aus New York und die Tatsache, dass Sie über keinerlei Erfahrung verfügen, haben wir auch schon angesprochen, also lassen Sie mich die Frage wiederholen: Warum sind Sie hier?"

Na gut, wenn er ihr nicht vertraute, dann würde sie es ihm mit gleicher Münze heimzahlen. Warum auch sonst sollte er ihr gegenüber ein so natürliches Misstrauen an den Tag legen, außer, er hätte selbst etwas zu verbergen? Mit etwas Glück konnte sie gerade lang genug bleiben, um den Hunden zu helfen, das Geheimnis über die Vergangenheit ihres

Vaters zu lüften und sich im Klaren darüber zu werden, was sie als nächstes in Angriff nehmen sollte. Danach würde sie der dem mürrischen Herrn Shane Ramsey den Rücken kehren und ihn weit, weit hinter sich zurücklassen.

Sie hielt seinem Blick stand, weigerte sich zu blinzeln oder wegzusehen. „Ich bin hier, weil ich einen Job zu erledigen habe. Das ist alles, was Sie wissen müssen."

„Oh, ich verstehe. Wenn Sie es so wollen." Er lächelte in sich hinein, griff nach der Gabel und wandte sich wieder seinem Essen zu.

„Es scheint mir, dass es das ist, was Sie möchten, und ich werde mich bemühen, dem gerecht zu werden." Auch sie nahm nun ihre Gabel in die Hand. Eine Herausforderung – sie würde sie nicht einfach nur aussitzen, sondern sich ihr stellen, was auch immer er sich für sie ausgedacht haben mochte.

„Nun denn", sagte er.

„Genau, nun denn." Schweigend beendeten sie ihre Mahlzeit und gingen dann für den Rest des Abends getrennte Wege.

Sechs

Als die Nacht hereinbrach, war Lauren von der langen Anreise, dem ersten Kennenlernen der Hunde und dem Ärger mit Shane Ramsey absolut erschöpft. Es gestaltete sich nicht weiter schwierig, ihr Schlafzimmer zu finden. An der Tür befand sich ein Schild mit ihrem Namen, das den jeweiligen Anschlägen an den leuchtenden kleinen Hütten der einzelnen Hunde sehr ähnlich war.

Im Inneren stand ein schlichtes, mit Flanellbettwäsche überzogenes Doppelbett, das sie stark an Shanes Schlafanzughose erinnerte. Ein Stapel Decken lag ordentlich gefaltet am Fußende des Bettes. Genau genommen war alles in diesem Zimmer ordentlich, sauber und steril und passte irgendwie so überhaupt nicht zum Rest des Hauses. Die Wände waren weiß getüncht, und der Bettrahmen sowie die passende Kommode aus hellem Kiefernholz. Selbst der Teppich war in einem zarten Beige gehalten und hatte es, trotz seiner hellen Farbe, irgendwie geschafft, fleckenfrei zu bleiben.

Lauren holte ihr Gepäck herein und machte sich daran, den Raum etwas wohnlicher zu gestalten. Als Erstes packte sie ein gerahmtes Foto von sich und ihrem Vater aus, aufgenommen am letzten Weihnachtsfest, und stellte dieses fein säuberlich auf ihren Nachttisch. Dort entdeckte sie auch einen Stapel von Papieren, der von einer roten Büroklammer zusammengehalten wurde.

Ganz oben stand in großen, fetten Buchstaben das Wort *Hausordnung*.

Sie verdrehte die Augen und blätterte auf die erste Seite, wo der kurzen Einleitung eine lange Auflistung folgte:

Lauren Dalton, nachstehend bezeichnet als Hundeführerin, verpflichtet sich während ihres Aufenthalts im Haus und dem Geschäftssitz von Shane Ramsey, nachstehend bezeichnet als Arbeitgeber, die folgenden Regeln zu befolgen.

Erneut verdrehte sie die Augen und stieß einen langen Seufzer aus. Sollte sie das wirklich durchziehen, wäre sie wahrscheinlich für den Rest ihres Lebens von dieser lächerlichen Erfahrung gezeichnet. Sie zwang sich, den Blick wieder auf das Blatt zu richten und las weiter:

TEIL I.

Abschnitt 1. Die Hundeführerin sollte ihre Frei- und Ruhezeit in dem weißen Zimmer verbringen. Sie darf sich im Haus frei bewegen – mit Ausnahme der in Abschnitt 2 aufgeführten Bereiche – sofern dies keine Störung der Privatsphäre oder des Komforts des Arbeitgebers darstellt.

Abschnitt 2. Unter keinen Umständen ist es der Hundeführerin erlaubt, das Hauptschlafzimmer oder den Außenschuppen zu betreten. Diese Bereiche sind ausschließlich dem Arbeitgeber zugänglich.

Teil II.

Abschnitt 1. Von der Hundeführerin wird erwartet, dass sie pro Tag zwei ernährungsphysiologisch ausgewogene Mahlzeiten für sich, den Arbeitgeber wie auch die Hunde zubereitet.

Abschnitt 2. Die Hundeführerin ist verpflichtet, die Hunde, einen nach dem anderen, täglich auszuführen. Dabei sollte sie sich, falls nicht anderweitig angewiesen, an die von dem Arbeitgeber vorgegebene Zeit und markierte Route entlang des Grundstücks halten.

Abschnitt 3. Die Hundeführerin muss sämtliche Liegenschaften und Anlagen betreuen gemäß...

Und so ging es auf drei ähnlich langweiligen Seiten weiter. Zumindest nahm sie an, dass diese ähnlich langweilig ausgeführt waren. Sie hatte einfach nicht den Nerv, sich noch weiter mit Shanes lächerlichen Regeln zu befassen. Es würde ein langer Aufenthalt werden, selbst wenn sie es schaffen sollte, noch vor Ablauf der drei Monate hier wieder rauszukommen. Lauren überflog den Vertrag, fand die Stelle, wo sie mit Datum zu unterschreiben hatte und legte ihn dann, wie angewiesen, unten auf den Küchentisch.

Danach schlüpfte sie in ihren eigenen Schlafanzug, der, Gott sei Dank, nicht wie die übrige Bettwäsche aus Flanell war, und kuschelte sich mit ihrem E-Reader ins Bett. Auf dem Hinflug hatte sie ein neues Buch angefangen, und es waren nur noch ein paar Kapitel übrig, bevor sie erfuhr, wie es endete.

Wenn schon nicht ihr Arbeitgeber, würde ihr eben das Lesen Gesellschaft leisten. Sie würde es durchstehen, auf welche Art und Weise auch immer.

Aber warum konnte sie Shane Ramsey nicht aus ihrem Kopf verbannen? Warum nur grübelte sie unaufhörlich über das Geheimnis seines seltsamen Verhaltens nach? Das würde wahrscheinlich so lange weitergehen, bis sie herausgefunden hatte, warum er so hart war und warum er sie auf Anhieb nicht leiden konnte. Sollte sie es nicht schaffen, dass er seine Meinung in Bezug auf sie änderte, würde es ihr ja möglicherweise gelingen, ihn mit anderen Augen zu sehen, indem sie den wahren Grund herausfand, der ihn dazu veranlasste, sich derart merkwürdig zu benehmen.

Es versprach in der Tat, ein langer Aufenthalt zu werden, aber vielleicht konnte sie ja einen Weg finden, damit die Zeit ein wenig schneller verging. Mit dem Entschluss, nicht nur die Geheimnisse ihrer Familie, sondern auch die ihres neuen Arbeitgebers zu lüften, schlief sie dann doch schnell ein, ohne weiter Gelegenheit gefunden zu haben, ihren Roman zu beenden.

Sieben

Am nächsten Morgen erwachte Lauren durch den Lärm von 27 Hunden, die die aufgehende Sonne anbellten. Sie blinzelte durch die halbgeschlossenen Lider und brauchte einen Moment, um sich wieder daran zu erinnern, wo sie war und warum.

Sie vernahm ein Klopfen an der Wand, gefolgt von Shanes dumpfer, grollender Stimme: „Na los, füttern Sie die Hunde!"

„Na los, füttern Sie die Hunde", äffte sie ihn nach und hoffte im Stillen, der alte Griesgram hatte sie gehört, während sie sich rasch anzog und nach draußen ging.

Die Hunde waren heute genauso erfreut sie zu sehen, wie sie es am Vortag gewesen waren. Sie zogen an ihren Ketten, hüpften auf die Dächer ihrer Hütten und drehten in den Zwingern aufgeregt ihre Kreise.

„Guten Morgen, ihr Süßen“, säuselte sie und ging von einem zum anderen, tätschelte jedem den Kopf und versuchte, sich an jeden einzelnen Namen zu erinnern.

Von allen Fellnasen begrüßte Dornröschen sie am herzlichsten und fing sogar leise an zu jaulen, als Lauren sich dem nächsten Hund zuwandte.

„Ach, Dornröschen. Mit dir gehe ich dann zu allererst raus, versprochen. Aber wie wäre es erst mal mit Frühstück?“

Anscheinend war das genau die richtige Frage, denn die Aufregung des Rudels steigerte sich ins Unermessliche, während Lauren sich auf die Suche nach Futter begab. Sie bemerkte den alten Holzschuppen seitlich neben dem Haus und ging zuerst dort hinüber. Er war fest verriegelt, und die Fenster waren mit Pappe abgedunkelt. Das musste der Außenschuppen sein, den Shane in seiner lächerlichen Hausordnung erwähnt hatte, einer der beiden Orte, die sie nicht betreten durfte.

Diese Erkenntnis ließ sie nur noch heftiger am Türgriff rütteln, aber er bewegte sich keinen Millimeter. Was in aller Welt war nur da drinnen, dass es so privat war? Gerne hätte sie mehr Zeit gehabt, um das herauszufinden, aber mittlerweile waren die Hunde rasend vor Aufregung, und wenn sie sie nicht bald fütterte, käme zweifellos Shane heraus, um nach der Ursache des Lärms zu forschen – und diese Art von Konfrontation brauchte sie nun wirklich nicht, schon gar nicht so früh am Morgen.

Letztendlich entdeckte sie das Trockenfutter in der Garage, ebenso wie einen Wasserschlauch, mit dem sie die Trinknäpfe füllen konnte. Als sie zurück zum Zwinger kam, bemerkte sie, dass jeder nur eine einzige Schüssel hatte anstatt der benötigten zwei. Also streute sie das Futter auf den Boden und füllte die Näpfe bis obenhin mit Wasser, welches bei den kalten Temperaturen natürlich sofort gefror.

„Was mache ich nur falsch?“, fragte sie Dornröschen, die ihr diese Frage unglücklicherweise nicht beantworten konnte.

Sobald der rote Husky seine Mahlzeit beendet hatte, ließ Lauren ihn aus dem Käfig und begann ihren Rundgang über das Grundstück. Der Hund blieb ihr dicht auf den Fersen, während sie durch den hohen Schnee stapfte. Musste sie das wirklich mit jedem der 27 Hunde einzeln machen, an jedem Tag, den sie hier war?

Sie ließ ihre neue Freundin von der Leine, sodass

der alte Hund herumrennen und sich strecken konnte, und lief zurück zu den Käfigen, um ein paar weitere Kandidaten zum Morgentraining abzuholen.

Dort traf sie auf Shane, der gegen eine der Wasserschüsseln trat und etwas vor sich hinmurmelte. Dornröschen rannte zu ihm und sprang an ihm hoch, um sein Gesicht mit nassen, enthusiastischen Küssen zu bedecken.

„Was ist hier los?“, wandte sich dieser nun mit einem finsteren Blick an Lauren.

„Ich habe die Hunde gefüttert und bin gerade dabei, sie einen nach dem anderen auszuführen, so wie Ihre Regeln das vorschreiben.“ Beinahe hätte sie noch ein „mein Herr“ angefügt, wollte ihn aber nicht noch mehr auf die Palme bringen, als er es eh schon war, ganz egal, wie amüsant das gewesen wäre.

„Warum befindet sich Eis in den Schüsseln? Haben Sie meine Anweisungen in Bezug auf das Schlämmen nicht befolgt?“

„Schlämmen?“ Bei diesem lustigen Wort musste sie kichern. „Ist das ein einheimisches Wort für Schnee?“

Der Mann stieß einen tiefen Seufzer aus. „Sie bedeuten mehr Ärger, als es der Mühe wert ist. Ist Ihnen das klar?“

„Wenn Sie mir einfach mal erklären würden, wie

Sie die Dinge erledigt haben möchten, wären Sie vielleicht nicht die ganze Zeit so enttäuscht von mir“, wies sie ihn an, aber er ignorierte ihre abfällige Bemerkung und schaltete direkt in einen zornigen Vortragsmodus.

„Erstens: Die Hunde bekommen eine Mischung aus warmem Wasser und Futter in einem, was verhindert, dass etwas einfriert.“ Wieder trat er gegen den Napf. „Zweitens: Sie sind stets an der Leine zu führen. Kein Freilauf, es sei denn, Sie möchten miterleben, wie sie miteinander kämpfen. Drittens: Wenn Sie sie vor den kleinen Schlitten spannen, sparen Sie sich Ihre Kraft und powern sie damit besser aus. Viertens–“

„Moment mal, bitte. Das sind eine Menge Informationen auf einmal, und ich habe nichts dabei, um mitzuschreiben.“

Er seufzte erneut und fuhr sich mit dick behandschuhten Fingern über den Nasenrücken. „Das ist der Grund, warum ich die Hausordnung aufgesetzt habe. Sie haben sie einfach unterschrieben, ohne sie zu lesen, stimmt’s?“

Sie zögerte, aber das reichte ihm offensichtlich als Antwort.

„Ich dachte, Sie hätten gesagt, Sie würden diesen Job ernst nehmen.“

„Ich weiß. Mir war nur nicht klar, dass ich keinerlei Einführung erhalten würde, und dass Sie so penibel auf die Art und Weise achten, wie alles abzulaufen hat. Es sind doch nur Hunde, Shane, und mehr als alles andere brauchen sie Liebe."

„Soll das ein Witz sein? Liebe?" Er besaß doch tatsächlich die Dreistigkeit, sie auszulachen. „Es sind nicht nur Hunde. Mit ihnen verdiene ich meinen Lebensunterhalt. Sie sind Champions, Rennmaschinen, die in Form bleiben müssen. Sie wurden geboren, um zu laufen, und nur, weil ich mich gerade kaum bewegen kann, bedeutet das noch lange nicht, dass sie die ganze Saison über in ihren Zwingern festsitzen müssen. Vergessen Sie also diesen ganzen Mist mit Liebe und konzentrieren Sie sich auf Ihre Aufgaben. Sobald Sie dafür gesorgt haben, dass alle wichtigen täglichen Dinge erledigt sind, haben Sie meinen Segen, Ihre verbleibende Energie – falls Sie überhaupt noch welche haben – darauf zu verwenden, die Tiere mit Zuneigung zu überschütten."

Lauren zog eine Augenbraue hoch, aber er schien es nicht zu bemerken. „Wollen Sie mich verarschen?"

„Ich rede nur Tacheles. Es ist nicht meine Schuld, dass Sie null Ahnung haben von dem, was Sie tun, und es ist auch nicht meine Schuld, dass Sie die Regeln nicht gelesen haben." Er räusperte sich und warf ihr einen kurzen, abschätzenden Blick zu, und bevor er zurück zum Haus ging, rief er ihr noch barsch über die Schulter zu: „Leinen Sie den Hund jetzt wieder an, und machen Sie Ihren Job richtig."

Damit war ihr klar, dass es nicht einfach werden würde, Shanes Vertrauen und Freundschaft zu gewinnen. So wie sie ihn herausforderte, tat er es ihr gleich. Aber sie wusste, wofür sie kämpfte – für einen Neuanfang, eine bessere Zukunft und die Möglichkeit, Licht in die dunkle Vergangenheit ihres Vaters zu bringen. Aber was zum Teufel versuchte ihr Boss mit allen Mitteln vor ihr zu verheimlichen?

Acht

Einen nach dem anderen spannte Lauren die Hunde vor den Schlitten und ließ sie laufen, so wie Shane sie angewiesen hatte. Und obwohl sie selbst nach ein paar Stunden total erschöpft war, schien ihre Truppe nichts von ihrer üblichen Energie eingebüßt zu haben.

Da sie sich ihrer Verpflichtung bewusst war, nach dem Mittagessen direkt wieder nach ihnen sehen zu müssen, ging sie rasch nach innen, um nachzusehen, was die spärlich bestückte Speisekammer so zu bieten hatte.

Shane saß in seinem großen Ruhesessel am Fenster. Anscheinend hatte er sie die ganze Zeit über beobachtet. Wie lange schon, das entzog sich ihrer

Kenntnis – aber die Vorstellung allein verursachte ihr Unbehagen.

„Haben Sie mich ausspioniert?“, fragte sie und versuchte, unbeschwerter zu klingen, als sie sich tatsächlich fühlte.

Er rieb sich die Hände an seiner Schlafanzughose und setzte sich ein wenig aufrechter hin. Als ob er sie nicht auch so schon genug einschüchterte. „Ausspioniert? Nein. Es ist meine Aufgabe, Sie zu beobachten, um sicherzustellen, dass es meinen Hunden gut geht und sie perfekt betreut werden.“

„Es wäre einfacher, wenn Sie mir das, was zu tun ist, erklären würden“, wies sie ihn erneut darauf hin.

Er lächelte, als ob er diesen permanenten Schlagabtausch mit ihr zu genießen schien. „Eigentlich sollten Sie bereits wissen, was ich von Ihnen erwarte.“

Wieder einmal waren sie in derselben Sackgasse angelangt. Lauren verdrehte die Augen und ging zurück in die Küche.

„Wo gehen Sie hin?“, rief er ihr nach. Sein Sessel knarrte, als er die Fußstütze einfuhr.

„Ich will schauen, was wir zu Mittag essen könnten. Haben Sie Hunger?“

„Ja, aber ich glaube nicht, dass wir viel hier haben. Wann gehen Sie einkaufen?“

„Nun, ich denke, sobald ich mit dem Hundetraining fertig bin.“ Sie durchsuchte die Speisekammer bis in die hinterste Ecke und fand tatsächlich noch ein paar Konserven und Packungen, die hoffentlich noch nicht abgelaufen waren. „Wie konnten Sie vor meiner Ankunft überhaupt überleben? Es kommt mir so vor, als ob sich eine Ewigkeit niemand um irgendwas gekümmert hat.“

Shane zuckte mit den Schultern. „Normalerweise schnappe ich mir, wenn ich geduscht habe, einfach einen Apfel.“

„Das ist ein gutes Stichwort. Sie sollten duschen gehen. Sie stinken.“ Das stimmte zwar nicht, aber sie wollte ihm noch eine reinwürgen, solange es ihr möglich war, und irgendwie ging das viel zu einfach. Warum nur machte es ihr so viel Spaß, ihn zu ärgern? Hatte er am Ende etwa auch seinen Spaß daran?

Ein paar Sekunden lang hielt er ihrem Blick stand, betrachtete sie herausfordernd und musste dann plötzlich lächeln. „Darüber sprechen wir noch mal, wenn Sie nach dem ersten richtigen Training mit den Hunden schweißgebadet vor mir stehen. Übrigens werden die Tiere schneller müde, wenn Sie zusätzliche Gewichte an dem Schlitten anbringen.“ Seine Augen wanderten an ihrem Körper auf und ab, und er fügte noch hinzu: „Sie sind viel zu klein, um ihnen groß Widerstand bieten zu können."

Lauren verkniff sich die Bemerkung, dass diese Information wesentlich hilfreicher gewesen wäre, bevor sie den halben Tag vergeblich versucht hatte, die Hunde auszupowern und konzentrierte sich wieder darauf, etwas – irgendetwas – Essbares zu finden. Sie wünschte, sie hätte ihren Leihwagen nicht bereits gestern wieder abholen lassen, um damit nun in die Stadt fahren und Einkäufe erledigen zu können. So hungrig sie auch war – Shane um einen solch großen Gefallen zu bitten, sich sein Auto ausborgen zu dürfen – dazu war sie noch nicht bereit.

„Nun?", fragte dieser und hinkte ihr in die Küche hinterher.

„Was nun?", grummelte sie. „Los, gehen Sie duschen, Sie Stinker."

„Wenn Ihr Herz nur halb so groß ist wie Ihre Klappe, werden Sie die Hunde innerhalb kürzester Zeit für sich einnehmen."

Sie fragte sich, ob das seine Art war, sie wissen zu lassen, dass er sie mochte – und ob das für sie überhaupt von Bedeutung war. „Gut zu wissen", erwiderte sie rundheraus. „Und jetzt fort mit Ihnen."

Er schnaubte höhnisch, tat aber wie geheißen.

Während Lauren Erdnussbutter und einige Cracker aus der fast leeren Speisekammer holte, fragte sie sich einmal mehr, was es wohl gewesen sein mochte, das ihren Arbeitgeber zu dem Menschen gemacht hatte, der er jetzt war. Zwar zeigte Shane Ramsey gelegentlich wahrhaft menschliche Züge – immer dann, wenn er sich zu einem Lächeln hinreißen ließ, sie neckte oder bereit war, sie hinter sein ruppiges Äußeres blicken zu lassen; meist jedoch verhielt er sich einfach wie ein ungezähmtes Biest, kaum menschlich.

Glücklicherweise hatte sie keine Angst vor Monstern. Und irgendwann, besser früher als später, würde sie dahinterkommen, was er vor ihr verbarg. Sie war schon immer viel zu neugierig gewesen, um solch ein Rätsel ungelöst zu lassen, und nun galt es, sogar zwei auf einmal zu lösen.

Zu allererst musste sie herausfinden, warum ihr Vater das Hundeschlittenrennen aufgegeben und ihr nie etwas darüber erzählt hatte, und was an seinem Todestag vorgefallen war.

Und dann würde sie in Erfahrung bringen, welch schreckliche Sache auch immer Shane Ramsey dermaßen aus der Bahn geworfen und ihn in dieses verwunschene Biest verwandelt hatte, das er jetzt war. Vielleicht gab es ja tief in ihm drinnen noch eine gütigere Version seines Wesens.

Neun

Lauren war gerade dabei, das Ablaufdatum auf einem Glas Erdbeermarmelade zu studieren, welches sie aus den Tiefen des Kühlschranks hervorgezogen hatte, als sich die Eingangstür der Hütte öffnete und eine rothaarige Frau eintrat, dick eingepackt gegen die Kälte. Sie sah zu, wie die Fremde sich sorgfältig ihrer Oberbekleidung entledigte und diese ordentlich an die Garderobe hängte.

„Kann ich Ihnen helfen?", erkundigte sie sich, nachdem sie entschieden hatte, bei der Marmelade kein Risiko einzugehen und sie stattdessen direkt im Abfall unter der Spüle zu entsorgen.

Die Frau machte einen erschrockenen Satz, aber schon bald flackerte Erkenntnis in ihren hellbraunen

Augen auf. „Oh, Sie müssen die neue Hundeführerin sein. Hallo, ich bin Grace Pearson." Sie trat näher und streckte Lauren die Hand zum Gruß hin, aber diese blieb zurückhaltend.

„Shane hat mir gegenüber nichts von einer Grace erwähnt. Können Sie mir erklären, warum Sie hier sind?"

„War ja klar, dass er das nicht hat. Er erzählt grundsätzlich so gut wie nichts. Und ehrlich gesagt kenne ich auch noch nicht mal Ihren Namen." Sie hielt inne.

„Oh, Entschuldigung. Ich heiße Lauren."

„Hallo, Lauren Hundeführerin. Mein Name ist Grace, und ich bin Herrn Ramseys Physiotherapeutin. Ich komme mehrmals die Woche vorbei und mache Übungen mit ihm, um die Muskulatur in seinen Beinen und in seinem Rücken zu stärken. Ich befürchte, Sie werden mich ziemlich häufig zu Gesicht bekommen."

Laurens Miene hellte sich auf. So wie es schien, könnte sie doch Freundschaften hier schließen. „Da gibt es nichts zu befürchten. Ich freue mich über jede weitere Person, mit der ich mich außer mit Herrn Griesgram noch unterhalten kann."

Beide Frauen lachten und setzten sich an den kleinen Küchentisch. Lauren bot Grace Erdnussbutter und Cracker an, aber diese lehnte dankend ab.

„Herr Griesgram; das trifft es ganz genau, aber er war nicht immer einer. So ein Jammer, dass ihm das passieren musste."

„Sie meinen den Unfall?", hakte sie nach und fragte sich, ob sie dieses spezielle Rätsel womöglich doch schneller lösen konnte als ursprünglich gedacht.

„Den natürlich auch. Aber..." Grace runzelte die Stirn und schien ihre Meinung geändert zu haben, da sie nun doch nach der Schachtel mit den Crackern langte. Sie nahm sich einen langen aus der Packung und viertelte ihn. „Nein, es ist nicht an mir, Ihnen das zu erzählen." Dabei schüttelte sie den Kopf weitaus länger hin und her, als es für diese Geste normal gewesen wäre. „Er spricht aus gutem Grund nicht über gewisse Dinge, und ich möchte nicht sein Vertrauen missbrauchen, indem ich hier Sachen ausplaudere, die mich überhaupt nichts angehen."

„Aber habe ich nicht das Recht, es zu erfahren? Ich meine, immerhin lebe ich jetzt ja mit ihm unter einem Dach. Wenn ich hier mit diesem Verrückten einen auf heile Familie machen soll, wäre es nicht schlecht, wenn ich Bescheid wüsste."

„Verrückt?" Wieder dieses lange, langsame Kopfschütteln; dann senkte Grace ihre Stimme zu einem Flüstern herab. „Nein, nichts dergleichen. Verletzt wäre angemessener. Aber–“

Die zwei Frauen wurden durch das Eintreten ihres gemeinsamen Arbeitgebers unterbrochen. Sein sandfarbenes Haar war noch nass von der Dusche und ordentlich zurückgekämmt. Er hatte sich sogar rasiert und präsentierte nun eine markante Kieferpartie und makellose Haut, was zuvor beides unter seinem ungepflegten Bart versteckt gewesen war. Er sah nett aus – zumindest, was den körperlichen Aspekt betraf. Sein Gesichtsausdruck jedoch war alles andere als umgänglich. „Genug geschwätzt für heute“, donnerte er.

„Tut mir leid, Herr Ramsey. Ich hatte nicht vor, auch nur ein Wort darüber zu verlieren.“ Grace zog, um Entschuldigung heischend, den Kopf ein.

Shane drehte sich komplett zu ihr um, sodass er Lauren den Rücken zuwandte und sie damit überdeutlich aus dem weiteren Gespräch ausschloss. „Mein rechtes Knie hat diesen Morgen wieder ganz schön Theater gemacht. Können wir uns heute bevorzugt damit befassen?“

„Was auch immer Ihrer Meinung nach am besten für Sie ist. Wir bekommen diese Knoten schon in den Griff“, biederte Grace sich an. Verhielt sie sich so, weil sie ihn mochte, oder weil sie ihn fürchtete? Vielleicht eine Kombination aus beidem, beschloss Lauren, bestrich einen weiteren Cracker mit Erdnussbutter und schob ihn sich in den Mund. Nachdem sie ihr nach Pappe schmeckendes Mittagessen hinter sich gebracht hatte, stand sie auf, um wieder nach draußen zu den Hunden zu gehen.

„Wohin wollen Sie?“, erkundigte sich Shane und nahm damit das erste Mal, seit er aus der Dusche gekommen war, so wirklich Kenntnis von ihr.

„Zurück an die Arbeit“, entgegnete sie mit vollem Mund. Dabei verlor sie ein paar Krümel, die auf ihre Bluse fielen.

„Nein“, entschied er und beobachtete, wie sich die Krümel auf ihrer Brust festsetzten. „Nehmen Sie mein Auto und fahren Sie in die Stadt. Besorgen Sie uns etwas Anständiges fürs Abendessen.“

„Und was ist mit den Hunden?“

„Die kommen schon alleine klar. Morgen werden Sie gleich von frühmorgens an richtig mit ihnen trainieren. Der heutige Tag ist eh schon so gut wie gelaufen; also tun Sie lieber was Sinnvolles, solange es noch hell ist.“

Lauren machte sich auf den Weg, nicht ohne vorher noch einen Blick auf die beiden geworfen zu haben, die sich nun auf dem Wohnzimmerboden einrichteten. Grace war eine attraktive Frau, und sie schien alles zu tun, was Shane von ihr verlangte. Schon bald würden ihre Hände ihn überall berühren, während sie sich seiner verknoteten Muskeln annahm, und er schickte sie, Lauren, weg, damit sie alleine waren…

Angesichts dessen fragte sie sich, ob Grace wirklich nur seine Physiotherapeutin war, oder ob sie ihm mehr bedeutete? Mit Sicherheit mehr, und sie wunderte sich über den scharfen Stich der Eifersucht, der sie durchfuhr.

Der Mann war schrecklich – so was von schlimm! – warum also fühlte sie sich mehr und mehr von ihm angezogen?

Zehn

Das Gewerbegebiet von Puffin Ridge schien kleiner zu sein als das Grundstück in dem Tal, auf dem sich Shanes Hütte und die Zwinger befanden. Wahrscheinlich war es das auch.

Es gab nur ein paar Straßenzüge von nach Süden, und nur zwei weitere, die sich von Osten nach Westen erstreckten. Das war das gesamte Ortszentrum. Das Lebensmittelgeschäft war schnell gefunden, da es bei weitem das größte Gebäude in der Stadt war.

Als sie einparkte, hielten ein paar Passanten an, um auf sie zu warten, sowohl diejenigen in ihren Autos wie auch solche, die zu Fuß unterwegs waren.

„Sie sind Ramseys neue Hundeschlittenführerin?“, fragte sie ein Mann mittleren Alters, der eine dicke Mütze mit Ohrenklappen trug, gerade in dem Moment, als sie aus ihrem geliehenen Auto ausstieg.

Sie schenkte ihm ihr freundlichstes Lächeln und war erleichtert zu sehen, dass nicht alle Einwohner von Alaska so kalt waren wie ihr mürrischer Arbeitgeber. „Ja, ich heiße Lauren.“

„Nicht von hier, oder?“, ergänzte die Frau an seiner Seite auf eine Art und Weise, die diese Aussage nicht nach einer Frage klingen ließ. Lauren nahm an, dass es sich um seine Ehefrau handelte, und nur einen Augenblick später bestätigte sich ihre Vermutung, als sich die beiden an den Händen nahmen.

Sie schüttelte den Kopf. „Ich komme aus New York.“

„Oh, da waren wir auch schon mal. Viel los dort“, stellte der Mann fest, und seine Partnerin nickte.

„Und wie geht’s Shane Ramsey? Behandelt er Sie anständig?“, wollte die Frau wissen, und ihre stark angehobenen Augenbrauen glichen einem Fragezeichen.

„So gut, wie zu erwarten war, vermute ich mal“, antwortete Lauren mit einem abschätzigen Lachen.

Die beiden fielen in ihr Lachen ein, und eine andere junge Frau, in deren Einkaufswagen sich ein

Kleinkind in seinem Körbchen befand, kam herüber und schloss sich ihnen an.

„Er ist hier in der Gegend so etwas wie eine lebende Legende“, flüsterte die junge Mutter, so als ob sie Angst hätte, dass Shane persönlich es hören könnte.

„Für seine miese Laune?“, fragte Lauren, und meinte es nur zum Teil als Scherz.

„Er war nicht immer so, wissen Sie.“

„Davon habe ich gehört...“ Würde sie auf diese Weise, im ungezwungenen Gespräch mit einigen freundlichen Einheimischen, endlich etwas über seine Geheimnisse erfahren?

„Verdammt, wenn ich er wäre, wäre ich auch wütend auf diese Welt“, sagte der Mann.

„Es gibt keinen Grund dafür, dermaßen launisch zu sein, wie Shane Ramsey es ist“, versuchte sie, den Dreien weitere Informationen zu entlocken.

„Oh, da wäre ich mir nicht so sicher, Schätzchen. Wussten Sie, dass er bereits als der Sieger des diesjährigen großen Rennens gehandelt wurde? Beim größten aller großen Hundeschlittenrennen, dem Iditarod? Mit jedem Jahr ist er in der Rangliste weiter nach oben geklettert, und dieses Mal sollte er den Sieg einheimsen. Leider hatte er gleich zu Beginn der Saison seinen Unfall.“

Die Frauen nickten, und eine fügte hinzu: „Ja, er ist von der Tabellenspitze ganz nach unten gerutscht, und möglicherweise war es das für ihn. Wie ich gehört habe, fährt er womöglich nie mehr Rennen."

„Bis zum nächsten Jahr, oder?"

„Nein, niemals mehr. Seine Verletzung ist ziemlich schwer, wissen Sie? Ich kenne zwar nicht alle Einzelheiten, aber man sagt, er habe Glück gehabt, dass er überhaupt noch laufen kann. Hätte ebenso im Rollstuhl enden können, so wie diese Schneemaschine auf ihn fiel und ihm die Knie zertrümmerte."

Lauren zuckte zusammen, als sie sich Shane bei diesem tödlichen Unfall vorstellte, aber der Mann, den sie kennengelernt hatte, war keiner, der einfach aufgab. „Er arbeitet hart an sich, damit sein Zustand wieder besser wird. Ich bin mir sicher, dass er innerhalb kürzester Zeit wieder auf die Beine kommt und seine Aggressionen auf den Pisten abbauen kann."

„Ich hoffe, Sie haben Recht damit", sagte die ältere Frau zweifelnd.

„Es war nett, Sie kennenzulernen", fügte die Jüngere mit dem Kleinkind hinzu und lächelte sie erneut freundlich an. „Wann immer Sie etwas brauchen sollten, kommen Sie einfach in die Stadt. Es findet sich immer jemand, der Ihnen helfen kann."

Der Mann nickte bestätigend, wodurch die

Klappen seiner Mütze vor- und zurückhüpften. „Sie werden schon noch merken, dass in Puffin Ridge zwar nicht viele, dafür aber extrem freundliche Menschen leben."

„Das ist mir bereits aufgefallen", entgegnete Lauren. „Nun, ich sollte jetzt besser mal reingehen, bevor mir noch die Zehen abfrieren."

Die drei Einheimischen schauten gleichzeitig hinab auf ihre Stiefel. „Gehen Sie rüber zu Lowoods, wenn Sie hier fertig sind, und besorgen Sie sich ein paar anständige Winterklamotten. Sie werden sie brauchen", riet ihr die ältere der beiden Frauen, und die anderen nickten zustimmend.

„Das werde ich. Vielen Dank." Sie schüttelte jedem von ihnen die Hand und hastete zur Tür, wobei sie sich fragte, wie lange es wohl dauern würde, bis sie wieder ein Gefühl in ihren Gliedmaßen hätte. Wenn sie draußen bei den Hunden war, packte sie sich stets warm ein, aber für eine schnelle Fahrt in die Stadt hatte sie dies nicht für nötig befunden.

Schnell war natürlich relativ.

Auf dem Weg zum Eingang machte sie Bekanntschaft mit zwei weiteren Personen, und traf noch mehr auf ihrem Weg durch den Supermarkt. Jeder war erpicht darauf, sich vorzustellen und seinen Senf zu der Tragödie, die ihrem Arbeitgeber widerfahren war, beizusteuern. Nach einer Weile begann sie, einfach nur noch zu nicken und vorzugeben, sie wüsste Bescheid über das, wovon alle sprachen. Das war einfacher als zuzugeben, dass sie bei einem Mann lebte, von dem sie so gut wie nichts wusste.

Was würde wohl ihr Vater denken, wenn er noch am Leben wäre? Wäre er wütend auf sie, weil sie ihr gesamtes Leben auf Eis legte für etwas, das mehr oder weniger eine zufällige Laune zu sein schien? Oder sogar stolz auf sie, dass sie in seine Fußstapfen trat?

Da sie es nicht mit Sicherheit sagen konnte, entschied sie sich für letzteres. Jeder weitere Tag, den sie mit dem Training der Hunde in Alaska verbrachte, brachte sie dem geheimnisvollen Leben näher, das ihr Dad geführt haben mochte, als er so ungefähr in ihrem Alter war.

Dieser Ort lag ihr im Blut, und ihr Körper schien das zu wissen, da er sich schneller als erwartet an die Kälte, die Arbeit und alles andere anpasste. Trotz Shanes Temperament und seines unnahbaren Verhaltens schien dies der Platz zu sein, der ihr vorherbestimmt war.

Und jetzt lag es an ihr, sich diese Monate so angenehm wie möglich zu gestalten.

Bevor sie sich mit dem Kofferraum voller Lebensmittel und überquellender Tüten neuer Winterkleidung auf den Heimweg machte, hielt sie noch kurz bei dem kleinen Blumenladen am äußeren Ende der Ortschaft.

„Hallo! Sie müssen die neue Hundeschlittenführerin sein, über die der ganze Ort spricht", wurde sie von der Dame hinter der Verkaufstheke begrüßt. „Benötigen Sie Fleisch?"

„Fleisch? Ich dachte, das hier wäre ein Blumenladen?"

„Ah, klar, das auch. Die Blumen sind mehr oder weniger mein Hobby. Meinen Umsatz mache ich allerdings mit Wurst und Wild. Gerne können Sie bei mir beides oder eines von beiden erwerben."

„Ich bin auf der Suche nach einem hübschen Blumenstrauß, um mein Haus etwas zu verschönern. Äh, also, ich meine das Haus, in dem ich zurzeit wohne."

Die Frau nickte und schlurfte hinüber zu einer Kühlvorrichtung, in der sich sowohl Blumenarrangements wie auch eine Auswahl an geräuchertem Fleisch befanden. „Im Moment habe ich keine große Auswahl, gerade mal so viel, um Hochzeitstage, Geburtstage und willkürliche romantische Bestellungen abdecken zu können. In den kommenden

Wochen kann ich aber wieder mehr anbieten. Der Valentinstag ist die Jahreszeit, zu der weit mehr Blumen als Fleisch gekauft werden."

„Haben Sie Rosen?", fragte Lauren. Sie hatte noch nie viel für Pflanzen übriggehabt, aber immerhin waren Rosen eine der Sorten, mit denen sie etwas anfangen konnte. Außerdem vermutete sie, dass der winzige Blumen-/Fleischladen diese noch am ehesten vorrätig haben könnte, im Gegensatz zu Lilien, Tulpen oder Narzissen.

„Na klar!" Die Frau holte einen Strauß leicht verwelkter roter Rosen hervor, die einen intensiven Duft verströmten. „Wissen Sie, Rosen waren stets die Lieblingsblumen von Herrn Ramsey. Wann immer er in der Stadt war, kam er vorbei, um einen Strauß zu kaufen. Es ist schon einige Zeit her, seit ich ihn das letzte Mal gesehen habe."

„Perfekt. Was schulde ich Ihnen?", erkundigte sich Lauren und griff nach ihrem Geldbeutel. Zwar hatte ihr Shane Geld für die Lebensmittel mitgegeben, aber sie war nicht so dumm, mit seiner Kreditkarte Luxusartikel wie diese zu kaufen, ganz egal, was die alte Frau auch sagen mochte. Glücklicherweise war von ihrem letzten Data Corp-Gehalt noch genug übrig, um für diese Art von Ausgaben selbst aufkommen zu können.

„Wissen Sie was", sagte die Frau und lächelte breit, während sie den Strauß einpackte. „Sie nehmen einfach noch was von dem geräucherten Elchfleisch mit, das Herr Ramsey so liebt, und dafür schenke ich Ihnen die Rosen. Betrachten Sie sie als eine Art Willkommensgeschenk von Puffin Ridge."

„Wow, vielen herzlichen Dank. So machen wir das."

Ein paar Minuten später saß Lauren in ihrem mit Lebensmitteln vollgepackten Auto, den frischen Blumenschmuck neben sich auf dem Beifahrersitz. Bald wäre sie wieder in der Hütte im Thornfield Way, dem Ort, den sie so langsam anfing, als ihre neue Heimat zu betrachten.

Elf

Als Lauren wieder am Haus ankam, waren Shane und Grace noch immer mit ihren Übungen im Wohnzimmer beschäftigt. Drei Mal pro Woche mehr als zwei Stunden pro Sitzung erschien ihr sehr viel, aber natürlich war sie in diesen Dingen auch kein Experte.

Sie überließ die beiden ihrer Aufgabe und begann leise, ihre Einkäufe hereinzutragen. Zufrieden stellte sie fest, dass die ehemals fast leere Speisekammer nun wieder gut gefüllt aussah. Da sie keine anständige Vase fand, arrangierte sie die Rosen in einem hohen Trinkglas und stellte sie auf den Tisch, mitten hinein in das Durcheinander von Shanes Zeitungen und Korrespondenz. Nun, zumindest würde der rote Farbklecks das Chaos ein wenig beleben.

Zwar hätte sie gerne regelmäßig Blumenschmuck für den Tisch gehabt, doch die saftigen Preise hier waren mehr als doppelt so hoch wie in New York. Das bedeutete, dass sie vermutlich von weit, weit her importiert wurden, besonders zu dieser Jahreszeit. Lauren zählte sich zwar nicht unbedingt zu den verschworenen Umweltschützern, aber selbst sie wusste, dass dies ein dickes Minus in ihrer CO2-Bilanz darstellte.

Sie überprüfte nochmals, wie weit Shane und Grace inzwischen gekommen waren, und als sie sah, dass diese nach wie vor in ihre Übungen vertieft waren, entschied sie sich, ein weiteres Mal nach draußen zu gehen. Sie hatte einige Leckerlis für die Fellnasen besorgt, um sich so für all ihre Fehler vom Morgen zu entschuldigen – und auch deshalb, weil es ihr gefiel, sie zu verwöhnen. Und es gab ja wohl keine Regel, die besagte, dass trainierte Hunde nicht auch gleichzeitig verhätschelte Hunde sein durften. Jedenfalls nicht, soweit ihr bekannt war. Immerhin hatte sie die lächerliche Hausordnung ihres neuen Chefs ja nicht komplett durchgelesen.

Lauren ging von einem Schützling zum anderen und verteilte die besonderen Leckerbissen aus

Rohhaut, die sie extra für sie gekauft hatte. Dann lief sie hinüber zur Garage, um nach den zusätzlichen Gewichten zu suchen, zu denen Shane ihr geraten hatte. Als sie an dem alten Holzschuppen vorbeikam, war sie stark versucht, erneut zu probieren, ob sie ihn nicht doch irgendwie aufbrechen konnte, was ihr aber nicht unbedingt als eine gute Idee erschien in Anbetracht der Tatsache, dass es noch hell und ihr Arbeitgeber zu Hause war.

Vielleicht konnte sie heute Abend einmal nachlesen, wie man Schlösser knackte, und es irgendwann noch mal probieren, wenn Shane unterwegs war – sollte das jemals der Fall sein. Was auch immer sich in diesem alten, hölzernen Gebäude befand, würde zweifellos Licht auf sein Geheimnis werfen, ein Mysterium, das es unbedingt zu lösen galt.

Ein erstickter Schrei hallte durch das Tal, und Lauren rannte zurück zu den Zwingern, wo zwei der Hunde über ihre Leckerlis in Streit geraten waren. Obwohl sie alle nach dem Training wieder angebunden hatte, war es einem großen Malamut namens Fred gelungen, sich loszureißen. Gerade kämpfte er um sein Vorrecht auf die Rohhaut, die sie einer der kleineren Husky-Damen, Georgina, hingelegt hatte.

„Aus, sofort!“, schrie sie und legte die verbleibende Strecke zu den Hundehütten im Laufschritt zurück.

Auch Grace kam aus dem Haus gerannt. „Was ist passiert?“, erkundigte sie sich, sah dann aber nach unten und erkannte das ganze Ausmaß der Bescherung.

„Ich wollte sie doch nur ein wenig verwöhnen“, erklärte Lauren ihr zerknirscht. „Ich dachte mir, wenn jeder von ihnen eines bekäme, wäre das in Ordnung.“

Grace schnappte sich Fred an seinem Geschirr und schleppte ihn und seine Hütte dorthin zurück, wo sie hingehörten. Die zierliche Frau war weitaus stärker, als es den Anschein erweckte, und Lauren konnte nur hilflos zusehen, während sie das Chaos beseitigte.

„Tun Sie mir einen Gefallen“, sagte diese dann und warf das Corpus Delicti in den Abfalleimer, bevor sie zu Lauren zurückkehrte. „Kein Wort zu ihm darüber, was hier vorgefallen ist, und ich werde ebenfalls nichts sagen.“

„Aber was habe ich denn falsch gemacht?“

„Das sind keine normalen Hunde. Sie wurden gezüchtet, um sich im Wettbewerb zu messen, und nur dafür leben sie. Wenn Sie sie wie Haustiere behandeln, könnten sie verletzt werden, oder schlimmer noch, sterben. Sollten Sie ihnen also etwas Gutes tun wollen, powern Sie sie aus. Lassen Sie sie rennen, so lange und so schnell Sie selbst es durchhalten. Nur aus diesem Grund hat Herr Ramsey Sie eingestellt, und solange er noch bereit ist, für seine Genesung zu kämpfen, schulden Sie das ihm und diesen Tieren. Wie es danach weitergeht, kann ich nicht sagen."

„Ich verstehe das alles nicht", seufzte Lauren. „Aber ich werde tun, was Sie mir raten. Das Letzte, was ich will, ist, jemandem Ärger zu bereiten, schon gar nicht diesen süßen Tieren."

Grace nickte. „Gut. Das wäre auch das Beste. Und ich werde Shane sagen, dass ein Kojote über den Hof lief und die Hunde aufschreckte. Sollten noch irgendwo welche von diesen Leckerlis rumliegen, sammeln Sie sie auf und werfen Sie sie weg, bevor sie noch weiteren Schaden anrichten. Und bei allem, was Ihnen heilig ist, sorgen Sie dafür, dass Sie sie das nächste Mal gut anbinden."

Lauren nickte, und die Therapeutin verschwand nochmals kurz im Haus. Als sie wiederauftauchte, hatte sie ihre gepackte Tasche bei sich. Wie kam es nur, dass jeder andere ihren Job besser verstand als sie selbst? Es schien, je mehr sie versuchte, alles richtig zu machen, desto mehr brachte sie alles durcheinander.

Sie wollte einen Job erledigen, auf den sie stolz sein konnte, etwas, das auch ihren Vater stolz gemacht hätte und was die Schmerzen, welcher Art auch immer, die Shane vor ihr verbarg, zu lindern vermochte. Würde sie das je auf die Reihe bekommen?

Zwölf

Lauren beobachtete Grace, als diese in ihr Auto stieg und davonfuhr. Dann riskierte sie es hineinzugehen, um das herzhafte Rindergulasch vorzubereiten, das sie für heute als Abendessen geplant hatte. Sie konnte nur hoffen, Shane wäre nach diesem langen Nachmittag der Physiotherapie endlich einmal entspannt.

Sie fand ihn am Fenster stehend, wo er abwesend hinaus in den Hof starrte. Als er sich zu ihr umdrehte, huschte sein Blick sofort zu Boden, der von Glasscherben und verstreut herumliegenden Rosen bedeckt war.

„Oh, Mann! Lassen Sie mich Ihnen helfen, dieses Durcheinander zu beseitigen“, rief sie aus, griff nach der Rolle mit den Papiertüchern, die auf dem Tresen stand und bückte sich, um das Chaos zu bereinigen.

„Nein“, erwiderte Shane energisch. Seine Hände zitterten derart, wie sie es noch nie zuvor an ihm bemerkt hatte; dennoch unternahm er keinerlei Anstrengung, sich selbst um die Blumen zu kümmern.

„Seien Sie nicht albern“, tadelte sie ihn. „Ich bin hier und kann mich bewegen, und ich bin sicher, wir können die Blumen noch retten. Das Glas allerdings nicht mehr.“ Sie schnaubte und lachte kurz auf. Unfälle geschahen nun mal, und dieser war der Beweis dafür, dass ihr Boss genauso menschlich war wie der Rest der Welt.

„Nein. Aufhören!“, hielt er sie zurück, plötzlich wütend oder verängstigt – das konnte sie nicht genau sagen. Mit seinen nackten Füßen trat er nach den Scherben und zog sich dadurch, wie zu erwarten, eine offene Wunde an der Sohle zu. Das Blut vermischte sich mit dem Wasser zu einem wirbelnden, hypnotisierenden Strom, wie Farbe, die man aus einem Pinsel auswusch.

„Was machen Sie denn da? Sind Sie verrückt geworden?“, schimpfte Lauren. „Setzen Sie sich hin; ich schaue, ob ich irgendwo einen Erste-Hilfe-Kasten finde.“

„Nein, das werden Sie nicht“, wiederholte er seine Anweisung, aber seine Stimme hatte ziemlich an Kraft eingebüßt.

„Werde ich doch“, schoss sie zurück. „Bewegen Sie Ihren Hintern auf diesen Stuhl und pressen Sie das hier auf die Wunde, bis ich mit Verbandszeug wiederkomme.“ Sie riss eine frische Lage Papier von der Rolle ab und drückte sie ihm vor die Brust; dann rannte sie los in Richtung Badezimmer.

Irgendwie schien sie momentan nur noch umher zu hetzen. Von wegen Feierabend!

Zum Glück brauchte sie nicht lange, um im Medizinschrank eine Schachtel mit Bandagen und antiseptischer Salbe zu finden. Als sie jedoch in die Küche zurückkam, war Shane nicht mehr dort, wo sie ihn zurückgelassen hatte.

Die Tür knallte ins Schloss und lenkte ihren Blick dorthin, wo er jetzt stand, vor sich eine weitere dünne Blutspur. Auch seine zitternden Hände wiesen frische Schnitte auf.

„Was ist Ihr Problem?“, brüllte sie ihn an. Dieser Kerl verfügte über null Selbsterhaltungstrieb, und sie hatte wirklich kein Interesse daran, mitzuerleben, wie ihn vor ihren Augen das Zeitliche segnete. Also ging sie zu ihm zur Tür und zog ihn zurück an den Tisch.

Ein schneller Blick aus dem Fenster zeigte ihr, dass er die Rosen hinaus in den eisigen Hof geworfen hatte. Allerdings hatte sie keine Ahnung, warum er sich diese Mühe überhaupt machte.

„Setzen Sie sich hin", zischte sie und stemmte die Hände in die Hüften, während sie wartete.

„Ich habe Ihnen doch bereits gesagt, dass Sie sich keine Sorgen machen sollen", entgegnete er mürrisch. „Ich habe alles unter Kontrolle."

Lauren packte seine Hand und untersuchte die winzigen Kratzer und Schnittwunden, die seine Handfläche überzogen. „Warum diese Eile? Warum konnten Sie nicht noch ein paar Sekunden warten, bis ich mir den Besen geschnappt habe?"

Natürlich bekam sie keine Antwort darauf, aber das Zittern begann von neuem.

„Auch gut, sagen Sie eben nichts dazu." Sie seufzte. „Aber was auch immer der Grund für Ihren Ausbruch war, ich muss Sie jetzt verarzten."

„Und was soll das bringen?", stöhnte er. „Glauben Sie, dass es weh tut? Es ist nichts im Vergleich dazu, wenn Ihnen mehrere Tonnen Metall beide Kniescheiben zertrümmern und Sie in einer riesigen Schneeverwehung festnageln, wo Sie sich eine geschlagene Stunde lang fragen, ob es das gewesen war, ob Sie hier und heute und auf diese Weise sterben müssen."

„Das war mit Sicherheit unglaublich dramatisch. Ist das jemandem passiert, den wir beide kennen?" Sie tupfte etwas von dem Antiseptikum auf einen Wattebausch und presste diesen auf die ersten seiner Schnittwunden. Shane zuckte zusammen, gab jedoch keinen Laut von sich.

„Aber auch wenn diese Schnitte im Vergleich dazu winzig sind, können sie sich dennoch entzünden", fuhr sie fort. „Und die Abneigung gegen ein paar Blumen auf dem Tisch ist noch lange kein Grund dafür, so etwas zu riskieren."

„Das ist es nicht…", stritt er ab, bevor ihn der Mut verließ und er sich in Schweigen hüllte.

Sie wartete auf weitere Erklärungen, die aber nicht kamen.

„Nun, was auch immer es ist – was Sie getan haben, war einfach nur dumm. Wie praktisch, dass ich die ganze Arbeit hier erledige, denn nun, mit der klaffenden Wunde an der Sohle und den Schnitten an Fuß und Händen, sind Sie direkt noch unbrauchbarer."

„Warum sprechen Sie so mit mir?", fragte er und starrte auf seine Hände, während sie diese versorgte.

„Weil es genau die Art und Weise ist, wie man mit Ihnen reden muss. An unserem ersten Tag habe ich Sie gebeten, ob wir nicht nochmals von vorne anfangen können, aber Sie wollten nichts davon wissen. Also haben wir nun diese Art von Beziehung; ohne Kompromisse und direkt auf den Punkt gebracht."

Ebenso schnell, wie sich ein Grinsen auf seinem Gesicht breitmachte, nahm dieses auch wieder den üblichen finsteren Blick an. „Es ist vielleicht am besten so."

Lauren drehte seine Hand um und fuhr mit der Säuberung der Schnitte fort, die er sich beim fieberhaften Einsammeln der Rosen zugezogen hatte. „Möglicherweise", stimmte sie zu. „Aber Sie sollten sich keinen Illusionen hingeben; früher oder später werde ich schon noch herausfinden, wie Sie ticken."

„So großes Selbstvertrauen", merkte er an. „Ich bezweifle, dass Sie etwas schaffen können, was selbst ich nicht geschafft habe, aber viel Glück."

Irgendwie beschlich sie das Gefühl, dass er sich wünschte, verstanden zu werden, und wenn es ihm selbst schon nicht gelang, dann doch möglicherweise einer außenstehenden Person.

Als sie bemerkte, dass er sich mit jedem Moment, den sie an diesem Abend gemeinsam verbrachten, weiter entspannte, beschloss sie, nochmals auf eine

Art von Erklärung zu drängen. „Erzählen Sie mir, was Sie gegen Rosen haben, wenn man bedenkt, dass Sie sogar einen Ihrer Huskies Dornröschen genannt haben?“

„Dornröschen gehört mir nicht“, antwortete er spitz, so als ob Lauren unwissentlich eine entsetzliche Anschuldigung vorgebracht hätte.

„Komisch, da sie doch zusammen mit Ihren Hunden hier in den Zwingern lebt.“

„Ich versorge sie, aber sie ist nicht mein Hund.“

„Und die Blumen?“ Sie hielt den Kopf gesenkt und versuchte ihr Möglichstes, um sich nicht anmerken zu lassen, wie interessiert sie daran war, Antworten auf viele der Fragen zu finden, die sie sich seit ihrer ersten Begegnung in Bezug auf Shane stellte.

„...sind unnötig“, beendete er ihren Satz, bevor er wieder seine übliche gefühllose Haltung einnahm. „Es gefällt mir nicht, wenn hier irgendetwas verändert wird, und es passt mir partout nicht, wenn Sie gewisse Dinge hier durcheinanderbringen.“

„Nun, dann entschuldige ich mich für meinen Versuch, diesem Ort etwas Fröhlichkeit einzuhauchen.“

„Wer sagt, dass ich das nötig habe? Wer sagt, dass dieses Haus das braucht?“

„Okay, Herr Griesgram, damit wären wir fertig“, erwiderte sie und schlug ihn mit der letzten Bandage leicht auf die Hände. „Nun zeigen Sie mir mal Ihren Fuß.“

„Passen Sie auf die Scherben auf“, warnte er sie, als sie sich bückte, um seine Sohle zu inspizieren.

Sie konnte nicht anders und musste lachen. „Warum sollte ich, wenn Sie selbst ebenso leichtsinnig waren?“

Erneut wich sein mürrischer Ausdruck einem Lächeln, jedoch zwang er sich zu einem Hüsteln, um es zu überdecken. Dieses Mal zuckte er vor Schmerzen zusammen, als sie die Desinfektionslösung auf seine klaffende Wunde auftrug.

„Ganz ruhig“, beschwichtigte Lauren ihn und packte seinen Knöchel, um ihn an Ort und Stelle zu halten, ohne dabei ihr Gleichgewicht zu verlieren.

„Es gefällt mir nicht, wie Sie sich um mich kümmern“, meckerte Shane.

„Dann sollten Sie sich nicht ständig so verhalten, dass mir keine andere Wahl bleibt.“

Dreizehn

Weitere zwei Wochen vergingen und liefen nicht viel anders ab als die erste. Obwohl Lauren mittlerweile sowohl mit den Hunden wie auch ihrem Boss besser zurechtkam, verstand sie beide nach wie vor nicht völlig. Dies führte dazu, dass sie einen Großteil ihrer Energie auf etwas verwandt, das sie mit den richtigen Informationen hoffentlich besser begreifen würde:

Die Vergangenheit ihres Vaters.

Mit jedem weiteren Tag schaffte sie es, früher und früher mit ihren Pflichten als Hundehelferin fertig zu werden. Sie dachte sich selbst verschiedene neue Möglichkeiten aus, um die Hunde noch effizienter zu trainieren – entweder startete sie im Tal und ließ sie den mit zusätzlichen und ihrem eigenen Gewichten beschwerten Schlitten den Hügel hinaufziehen, oder sie stellte Shanes Wagen in den Leerlauf und spannte die stärkeren Hunde vor das Auto, anstatt vor den Schlitten. Selbst ihr Boss schien jedes Mal beeindruckt, wenn sie vor Einbruch der Dunkelheit zurück ins Haus stapfte.

An diesem Tag war sie sogar ein paar Stunden früher als sonst aufgewacht und deshalb bereits um die Mittagszeit mit all ihren Aufgaben durch. Damit hatte sie den größten Teil des Tages zur freien Verfügung, und sie wusste ganz genau, wie sie ihn verbringen würde.

Shane stimmte zu, dass sie sich erneut sein Auto auslieh, sodass sie am Nachmittag nach Anchorage fahren und die Stadt erkunden konnte. Was er nicht wusste war, dass ihr dieser Trip zur Nachforschung diente. Über die Fakten, die ihr bereits bekannt waren, hatte sie schon lange genug nachgegrübelt. Jeden Tag, wenn sie mit den Hunden trainierte, versuchte sie, die ihr bekannten Datenpunkte durch unsichtbare Linien miteinander zu verknüpfen.

Heute allerdings würde sie ihren mentalen Bleistift spitzen und möglicherweise sogar dem vollständigen Geheimnis auf die Spur kommen. Anhand alter Zeitungsartikel und weiterer Erinnerungsstücke aus dem Karton ihres Vaters hatte sie eine Chronologie sämtlicher Ereignisse erstellt. Der erste Artikel war 1992 erschienen, der letzte war aus dem Jahr 1995. Damals war sie bereits zwei Jahre alt gewesen, konnte sich aber nicht erinnern, jemals in Alaska gelebt zu haben – und auch ihr Dad hatte nie etwas in dieser Richtung erwähnt. Ihre Geburtsurkunde bescheinigte, dass sie in Kalifornien geboren worden war.

Entsprach das überhaupt der Wahrheit?

Ihre Mutter war gestorben, als sie zwei war. War das der Grund, warum ihr Vater sein früheres Leben verleugnet und nach New York gezogen war, um einen Neuanfang zu starten? Nichtsdestotrotz, warum nur hatte er es ihr gegenüber verheimlicht, wo er doch wusste, wie sehr sie sich nach jedem noch so kleinen Detail über ihre verstorbene Mutter sehnte?

Und warum sollte er einen solch wichtigen Aspekt über sich selbst versteckt halten?

Bisher war sie ohne Hilfe nur so weit gekommen. Diese wichtigen Fragen endeten stets in einer Sackgasse, und sie war verwirrter denn je.

Aus diesem Grund war ihre heutige Mission so wichtig.

Sie begann ihre Anchorage-Tour auf dem

Übungsplatz, der häufig in den Artikeln über ihren Vater und die Rennen erwähnt wurde. Tatsächlich waren an dem heutigen Tag eine ganze Reihe von Schlitten unterwegs, und sowohl die Hunde wie auch deren Herrchen zogen auf der Piste vergnügt ihre Bahnen.

Lauren wartete auf dem Parkplatz darauf, dass jemand das Training beendete, zusammenpackte und sich auf den Heimweg machte. Es dauerte nicht lange, bis eine junge Frau in ungefähr ihrem Alter erschien, einen einzelnen Hund an ihrer Seite.

„Hallo. Darf ich Sie was fragen?“, ging sie auf diese zu und versuchte, gewinnend rüberzukommen, allerdings auch nicht wie eine Handelsvertreterin oder eine Art Unterschriftenfängerin.

Die Frau zuckte mit den Achseln und wies ihren Hund – einen riesigen, schwarzgescheckten Akita – durch ein schnelles Drehen des Handgelenks an, sich hinzusetzen. „Denke schon. Ich bin mir zwar nicht sicher, ob ich eine gute Antwort parat habe, aber schießen Sie los.“

„Tausend Dank.“ Lauren drückte ihr Notebook gegen die Brust und streckte die Hand aus, um die des Mädchens zu schütteln. „Mein Name ist Lauren Dalton und ich bin hier, weil ich versuche, etwas über meinen Vater herauszufinden. In den 90ern war er ein bekannter Hundeschlittenfahrer."

„Nun, ich war in den 90ern kein Rennfahrer, ich bin nämlich erst um diese Zeit herum geboren worden."

„Ich auch", erwiderte Lauren lachend. „Aber fahren Sie jetzt Hundeschlittenrennen?"

Diese verneinte. „Nein. Aber mein Samson liebt die Bahnen hier, und wir wohnen ganz in der Nähe, sodass wir, wenn wir laufen wollen, meist hierherkommen."

„Aha..." Lauren bemerkte, wie sich ihre Mundwinkel nach unten zogen.

„Aber hier sind genug andere Leute, die über die Glanzstunden der Hundeschlittenrennen Bescheid wissen. Wie war noch mal der Name Ihres Vaters?"

„Edward Dalton?", antwortete sie fragend, auch wenn es eine Tatsache war.

Das Mädchen schüttelte den Kopf und schien aufrichtig betrübt darüber, ihr nicht weiterhelfen zu können. „Irgendwie klingt der Name bekannt, aber doch nicht vertraut genug für mich, um Ihnen die Infos zu liefern, nach denen Sie suchen."

„Nun, trotzdem tausend Dank, dass Sie sich die Zeit genommen haben. Und entschuldigen Sie die Störung."

„Nein, das passt schon. Ich halte Ihnen die Daumen, dass Sie fündig werden.“ Sie deutete ihrem Hund mit einer Geste an, wieder Beifuß zu stehen und verstärkte den Griff seiner Leine.

Lauren lief einige Schritte und blickte sich um, ob möglicherweise irgendwelche weiteren Personen in Richtung Parkplatz kämen. Vielleicht hätte der oder die Nächste einige Antworten für sie parat.

Aber das Mädchen mit dem Akita rief sie zurück. „Warten Sie!“

Sie wandte sich zu ihr um, und neue Hoffnung keimte in ihr auf.

„Haben Sie es schon mal bei Loussac versucht?“, erkundigte sie sich und tätschelte den Kopf ihres Hundes, während sie auf die Antwort wartete.

„Nein. Ist das ein anderer Trailparcours?“

Die junge Frau lachte. „Nein, das ist unsere Bibliothek. Dort werden alle möglichen alten Artikel und Erinnerungsstücke aufbewahrt. Eine der Bibliothekarinnen ist sogar eine Freundin von mir, und sie ist irgendwie besessen von diesem ganzen Zeug rund ums Schlittenrennen. Vielleicht kann sie Ihnen weiterhelfen.“

Die Bibliothek. Natürlich!

„Danke für Ihre Hilfe“, wiederholte Lauren,

bevor sie zurück zu ihrem Auto lief und den Motor anließ. Erst als sie wieder in die Hauptstraße einbog, fiel ihr auf, dass sie vergessen hatte, die zuvorkommende Fremde nach ihrem Namen zu fragen.

Vierzehn

Die öffentliche Bibliothek ZJ Loussac glich eher einer High School. Mit ihrer gerundeten Architektur und den verrückten modernen Skulpturen erweckte sie kaum den Eindruck eines Ortes, an dem die Geheimnisse der Vergangenheit schlummerten, sondern sah eher aus wie eine Zeitmaschine in die Zukunft. Hatte nicht H. G. Wells solch ein Buch geschrieben?

Laurens Vater war schon immer ein großer Fan von Science-Fiction-Romanen gewesen, sie jedoch hatte nie mehr von diesem Genre gelesen als notwendig war, um in der zwölften Jahrgangsstufe ihren Englischkurs zu bestehen. Hatte er jemals einen Fuß in dieses Gebäude gesetzt?

Eine kalte Windbö fegte sie mehr oder weniger

ins Innere der Bibliothek, fast so, als ob der Geist ihres Vaters sie vorwärts drängte. Vielleicht hatte er ja vorgehabt, diesen Teil seiner Vergangenheit mit ihr zu teilen, aber einfach nie den richtigen Zeitpunkt dafür gefunden.

Wie sehr wünschte sie sich, er wäre noch hier – aus diesem Grund und noch vielen anderen. Wenn die heile Welt in Stücke zerfällt, ist es niemals wirklich möglich, all die verstreuten Teilchen wieder aufzuheben und zusammenzusetzen. War sie auch nicht besser als Shane mit seiner zerbrochenen Vase, unermüdlich nach den Scherben tretend und in der Erwartung, dass sie sich wieder zu einer Art Ganzem zusammenfügten?

Nein.

Sie bildete sich ein, ihre Absichten wären nobler – und vernünftiger – als das. Ihr Vater hätte gewollt, dass sie darüber Bescheid wusste, und mit Sicherheit hatte er geplant, ihr schon bald alles zu erzählen. Möglicherweise hätte er sie sogar hierher nach Anchorage eingeladen, damit sie seine frühere Heimat kennenlernen konnte. Es war nie so geplant gewesen, dass sie nun ganz alleine hier stand.

Das Innere der Bibliothek war ebenso einschüchternd wie ihr Äußeres, wenn nicht sogar noch mehr. Sie fand sich inmitten eines seltsamen Sammelsuriums aus Alt und Neu wieder. Wann nur hatten sich Büchereien in High-Tech-Zentren verwandelt? Warum konnten Bücher den Wissenssuchenden nicht mehr genügen?

Sie schüttelte ihr Unbehagen ab und ging auf die große Rezeption zu, die sich direkt vor ihr erstreckte. Diese war mit zwei Angestellten besetzt, obwohl die ältere der beiden so tat, als würde sie Lauren nicht bemerken.

Das jüngere Mädchen hingegen lächelte sie freundlich an und legte die Schriftstücke zur Seite, die sie gerade im Begriff war einzuscannen, um ihre Kundin zu begrüßen. „Hallo!“, flötete sie fröhlich. „Wie kann ich Ihnen helfen?“

War das die Bibliothekarin, von der die andere junge Frau mit dem Akita ihr erzählt hatte?

Die ältere Mitarbeiterin fuhr unbeirrt fort, auf ihrem Computer herumzutippen und ignorierte Lauren nach wie vor. Abgesehen von Shane war dies die kälteste Art, auf die sie seit ihrer Ankunft in Alaska begrüßt worden war. Es fühlte sich seltsam fehl am Platz an.

Aber die junge Dame lächelte sie sogar noch breiter an und wiederholte: „Kann ich irgendwie behilflich sein?“

„Ja. Haben Sie irgendwelche alten Kopien der Times?"

„Selbstverständlich haben wir die! Benötigen Sie die aus Anchorage oder aus New York?"

„Anchorage, bitte."

„Und wenn Sie alt sagen, welche Jahre meinen Sie damit?"

„1992 bis 1995."

„Oha, das bedeutet, wir müssen uns durch die Mikrofilme wühlen", rief das Mädchen. Ihr blondes Haar war fast genauso hell wie der Schnee vor der Tür und stand in starkem Kontrast zu ihren leuchtenden, rosigen Wangen und ihren stark geschminkten Lippen. Soweit Lauren es beurteilen konnte, trug sie außer dem Lipgloss kein weiteres Make-up.

„Kommen Sie mit", forderte diese sie nun auf, trat hinter ihrem Schreibtisch hervor und deutete Lauren an, ihr zu folgen. „Übrigens, ich bin Scarlett."

„Ich heiße Lauren. Hallo." Sie streckte ihr die Hand hin, die die Büchereiangestellte voller Begeisterung schüttelte.

„Freut mich!" Wow, Scarlett war eine von der lebhaften Sorte. Diese Wirkung wurde noch verstärkt durch ihre Kleidung, die ebenso farbenfroh war, wie ihr Haar und ihre Haut blass. Sie trug eine lila Bluse, marinegrüne Khakis und rosa Stiefel. Lauren bewunderte sie für ihren Mut zu dieser Farbzusammenstellung, insbesondere, da diese auch noch gut aussah.

Während sie den gesamten Raum durchquerten, um zu einem kleinen, finsteren Zimmer am hintersten Ende zu gelangen, plapperte das Mädchen ohne Unterlass. Dort angekommen schaltete sie das Licht ein und wanderte einen der Gänge entlang, wobei sie ihren Finger über die Aufkleber an den Kartons gleiten ließ.

„Ah-ha!“, rief sie, als sie den Gesuchten entdeckt hatte. Sie zog ihn heraus und trug ihn hinüber zu einem Tisch, auf dem eine Art superalter Computer stand.

„Ziehen Sie sich das mal rein“, sagte sie, während sie nach einem der Mikrofilm-Blätter langte und es blinzelnd gegen das Licht hielt. „Klasse, oder?“

Lauren musste lachen. „Sicher“, bestätigte sie. „Nennen wir es mal klasse.“

Scarlett lud das erste Blatt hoch und schaltete den Bildschirm ein. „Recherchieren Sie für ein Schulprojekt?“

Sie schüttelte den Kopf. „Nein, mit der Schule

bin ich durch. Es ist eher so eine Art Stöbern in der Familiengeschichte, würde ich sagen."

„Oooh, Genealogie. Das ist eine meiner Leidenschaften. Direkt nach dem großen Rennen, natürlich." Ja, das war auf jeden Fall die Bibliothekarin, von der ihr das Mädchen mit dem Hund erzählt hatte.

„Das ist ja lustig, dass Sie das ansprechen", gestand ihr Lauren, „denn auch mein Vater hat früher Hundeschlittenrennen gefahren, und ich versuche, mehr über ihn in Erfahrung zu bringen. Und irgendwie bin ich auch in dieses Business reingerutscht. Ich habe vor kurzem angefangen, als Hundehelferin für Shane Ramsey zu arbeiten. Haben Sie schon von ihm gehört?"

„Shane Ramsey?" Scarletts Wangen wurden noch röter. „Selbstverständlich. Jeder kennt ihn. Ich besitze sogar einige seiner früheren Ausrüstungsstücke."

„Wo? Hier? In der Bibliothek? Kann ich sie sehen?" Vielleicht konnte sie auch bei dem Geheimnis, das ihn umgab, weiterkommen, wenn sie schon mal hier war und somit zwei Fliegen mit einer Klappe schlagen.

Das Mädchen richtete die Aufmerksamkeit wieder auf den Blätterstapel. „Nein, nicht hier. Ich habe eine Sammlung zu Hause. Erinnerungsstücke an Rennen und derartige Dinge."

„Welche Art von Dingen?", erkundigte sich Lauren, die von der temperamentvollen Bibliothekarin zwar leicht überrumpelt, aber auch ziemlich angetan war.

„Oh, alle möglichen Sachen! Ich habe Schneehaken und Geschirre und Gang-Leinen und Krallenbremsen und... na ja, Sie können es sich schon ungefähr vorstellen. Manchmal, im Gespräch mit ganz normalen Leuten, versuche ich runterzuspielen, wie besessen ich von Rennen bin." Scarlett zuckte mit den Achseln und verdrehte die Augen über sich selbst, was sie nur noch sympathischer machte.

„Machen Sie sich keine Sorgen. Ihr Geheimnis ist bei mir sicher. Außerdem bin ich weit davon entfernt, als normal zu gelten."

Beide lachten. „Das ist gut. Ich denke, das bedeutet, dass wir Freunde werden könnten."

„Gerne. Ich könnte eine neue Freundin prima gebrauchen, besonders eine, die so gut Bescheid weiß über all die Dinge, die ich herauszufinden versuche."

Scarlett leistete ihr noch eine Weile Gesellschaft, während sie sich durch die Mikrofilme las, aber keine der beiden fand noch weitere Hinweise als die, die sie nicht auch schon in dem Karton entdeckt hatte. Als es an der Zeit war zu gehen, tauschten sie Telefonnummern aus und versprachen einander, in Kontakt zu bleiben. Lauren schlug sogar vor, ein Treffen mit Shane zu arrangieren, da sie vermutete, dass ihre neue Bekannte ein klein wenig in ihn verknallt war.

Das fand sie zu lustig, um wirklich eifersüchtig zu sein.

Fünfzehn

Da Lauren zu spät dran war, um nach ihrer Rückkehr noch Abendessen kochen zu können, hielt sie auf dem Heimweg schnell am Drive-Through von Carl's Jr. und nahm ein paar Menüs mit, um Shane zu beschwichtigen. Und obwohl sie beim Heimkommen eine Konfrontation erwartet hätte, traf sie ihn seltsamerweise in bester Stimmung an.

„Willkommen zurück!“, sagte er lächelnd, als sie eintrat.

Sie rechnete quasi mit einem sarkastischen Kommentar oder einer herablassenden Frage, aber die blieben aus. Heute Abend schien er aufrichtig froh zu sein, sie zu sehen. „Haben Sie mich vermisst?", erkundigte sie sich und versuchte, wieder den Mann hervorzulocken, den sie kannte.

Er legte das Buch, in dem er gerade las, in seinen Schoß und blickte sie an. „Sie werden es nicht glauben, aber es war einfach viel zu ruhig hier ohne Sie. Mir war gar nicht richtig bewusst geworden, wie sehr ich mich in den letzten Wochen an Sie gewöhnt habe."

„Also lautet die Antwort *Ja*?", fragte sie, als sie an ihm vorbei in die Küche ging, um ein paar Plastikteller zu holen.

„Es ist ein *Ich denke schon*, was einem *Ja* gleichkommt", antwortete er.

Sie richtete einen der Burger und eine Portion Pommes auf seinem Teller an und reichte ihm diesen; dann nahm sie in dem anderen Sessel neben ihm Platz.

„Woher wussten Sie, dass ich Appetit auf Carl's Jr. hatte?", fragte er, bevor er herzhaft in sein Sandwich biss.

Lauren beobachtete ihn schweigend und wartete auf eine spitze Bemerkung.

„Danke", schwärmte er zwischen zwei Bissen.

„Okay", sagte sie, sprang wieder auf die Füße und stemmte die Hände in die Hüften. „Wer sind Sie, und wo ist der alte Griesgram abgeblieben?"

Shane lachte, aß aber unbeirrt weiter. „Ich glaube, ich bin heute einfach mal glücklich."

„Glücklich?"

Er nickte.

„So richtig glücklich?"

„Ja, einfach nur glücklich."

„Ich wusste gar nicht, dass dieses Wort in Ihrem Wortschatz existiert", erwiderte sie pikiert.

Er verdrehte seine tiefblauen Augen. „Wie bitte? Es ist ja nicht so, als ob ich nie gute Laune hätte."

„Doch, ist es. Genauso verhalten Sie sich jedenfalls."

„1:0 für Sie." Er lachte erneut und widmete sich wieder seinen Pommes. „Ich werde mich zukünftig mehr anstrengen und mich besser benehmen."

Lauren wollte diese Diskussion eigentlich gerne weiterführen, erkannte aber, dass sie dieses Geschenk der göttlichen Vorsehung nicht weiter in Frage stellen sollte. Vielleicht konnten sie und Shane Ramsey doch noch Freunde werden? Das wäre ja beinahe unglaublich.

Sie plauderten über ihren Tag, während sie ihre gemeinsame Mahlzeit beendeten. All das war so überraschend angenehm, dass sie beinahe in Versuchung kam, sich zu kneifen, um sicherzustellen, dass es real war. Okay, so nett es auch war, sie musste einfach den Grund für sein Verhalten in Erfahrung bringen.

„Shane?“, fragte sie.

„Hmm?“ Er hob den Blick und sah sie an, wirklich an, nicht nur, wie sonst üblich, durch sie hindurch oder an ihr vorbei. Es gefiel ihr, wie sich das anfühlte, und so allmählich konnte sie nachvollziehen, warum Scarlett ein wenig in ihn verknallt war. Er war ein attraktiver Mann, wenn er diese Tatsache nicht durch seine schreckliche Persönlichkeit zu verschleiern bemüht war.

Diese Version von Shane war auf jeden Fall eine, die ihr gefallen könnte, aber zeigte er gerade tatsächlich sein wahres Ich?

„Ich muss es wissen…“, wagte sie sich weiter vor, trat die Fußstütze weg und lehnte sich in ihrem Stuhl zurück. „Was ist heute passiert? Warum sind Sie so guter Laune?“

„Ich habe nur zufällig einen guten Tag“, erklärte er.

„Fein, einen guten Tag. Haben Sie im Lotto gewonnen? Ist heute Ihr Geburtstag? Sonst irgendetwas, das ich wissen sollte?“

Er lachte und lehnte sich ebenfalls zurück. „Nichts dergleichen. Einfach nur ein prima Tag und ein gutes Buch.“

Sie schaute auf seinen Schoß und versuchte, den Titel zu lesen, aber das Licht der reflektierenden Deckenlampe verdeckte ihn vor ihren neugierigen Augen. „Okay, es ist also diesem Buch zu verdanken, dass Sie so fröhlich sind. Welche Art von Lektüre ist es denn?"

„Ich habe Ihnen doch bereits gesagt, es ist ein gutes Buch. In der Tat eines meiner Favoriten."

„Jetzt werden Sie schon wieder schwierig. War ja klar, dass diese Stimmung nicht ewig anhalten würde. Werden Sie mir etwas über dieses tolle, stimmungsverändernde Werk erzählen oder nicht?"

Shane stellte seine Lehne aufrecht und reichte es ihr. „Sind Sie sicher, dass ich die komplizierte Person von uns beiden bin? Es ist nicht das Buch, das mich glücklich macht, aber – hier, werfen Sie einen Blick darauf. Sie können es ebenfalls lesen, wenn Sie wollen, sobald ich damit fertig bin."

Sie griff nach dem zerfledderten Taschenbuch, das, wie sie vermutete, bereits mehr als einmal und an mehr als einem guten Tag verschlungen worden war. Das Cover war überwiegend dunkel gehalten und zeigte das Schwarz-Weiß-Foto des Autors: Die gesammelten Werke von Jack London. „Ist das der Typ, der *Ruf der Wildnis* geschrieben hat?", fragte

Lauren. „Ich glaube, das habe ich in der High School mal gelesen."

„Genau der. Es ist ein –"

„– gutes Buch", beendete sie den Satz für ihn. „Ich weiß, das haben Sie bereits erwähnt."

„Sie sind doch diejenige, die den ganzen Tag in der Bibliothek verbracht hat", wies er sie hin. „Aber gut, wenn Jack London nicht nach Ihrem Geschmack ist, was lesen Sie dann gerne?"

„Oh, so gut wie alles, was mir unterkommt, aber am liebsten Liebesromane."

Shane imitierte ein Würgegeräusch, und Lauren schmiss sein kostbares Kleinod nach ihm. Mit einem dumpfen Schlag traf es seine Brust.

„Schluss damit", rief sie. „Romantik ist cool, und Sie haben kein Recht, sich darüber lustig zu machen."

„Das ist Weiberkram, aber nichts für einen großen, gestandenen Mann wie mich." Er warf sich in die Brust wie ein prahlerischer Gockel.

„Erstens mal bin ich ein Mädchen, und zweitens stimmt das überhaupt nicht. Wenn Sie behaupten, Liebesgeschichten wären nur was für Frauen, ist das so, als würden Sie sagen, dass Liebe selbst auch nur was für Frauen ist. Diese eine der wichtigsten Erfahrungen aller Menschen ist nicht nur für das weibliche Geschlecht bestimmt. Waren Sie noch nie verliebt?“

Die Atmosphäre im Raum drehte sich so schnell, dass es ihr übel wurde.

„Liebe“, stieß Shane verächtlich hervor. „Es gab noch nie jemanden, der mich lieben konnte.“

Mit einer Einstellung wie dieser liegen Sie gar nicht mal so falsch, dachte sich Lauren, hütete sich jedoch, diese Worte laut auszusprechen.

Sechzehn

Eigentlich hatte Lauren vorgehabt, zu ihrem ursprünglichen Zeitplan mit den Hunden zurückzukehren, da sie aber nun ein Mal früher aufgewacht war, bedeutete das offensichtlich, dass sie auch an jedem zukünftigen Tag früher aus den Federn musste – oder aber irgendwie zwei geschlagene Stunden versuchen musste, weiterzuschlafen und das fröhliche Bellkonzert draußen zu ignorieren. Da sie noch nie viel Schlaf benötigt hatte, entschied sie sich für die erste Variante.

Außerdem war es gar nicht so schlecht, alle Arbeit bis mittags erledigt zu haben. Dies gab ihr Zeit, sich auf die Lösung ihrer Rätsel zu konzentrieren und sich zu überlegen, was sie als Nächstes tun würde, sobald Shane wieder voll genesen war und ihre Dienste als Betreuerin nicht länger benötigte.

Manchmal konnte sie sich durchaus vorstellen, sich hier in Alaska niederzulassen – nicht unbedingt in diesem winzigen Dorf Puffin Ridge, aber möglicherweise in einer pulsierenden, lebendigeren Stadt wie Anchorage. Sie könnte sich ja sogar selbst Hunde zulegen und ihre eigenen Rennen fahren. Je mehr sie sich an diese Lebensweise gewöhnte, desto besser gefiel ihr diese Idee. Und trotzdem hatte sie nicht die geringste Ahnung, wie es weitergehen sollte.

Es gab nur eine Sache, deren sie sich sicher war: Sie würde nicht zurückgehen, definitiv nicht wieder bei Data Corp anfangen und auch ihr früheres Leben nicht mehr aufnehmen.

Sie musste nach vorne blicken, einen Weg finden. Und dazu war sie fest entschlossen.

Jetzt, da sie wusste, wie sie in die Stadt kam, und jeden Tag ein paar Stunden zur freien Verfügung hatte, beschäftigte sie sich auch mehr mit dem Kochen. Zwar war sie nicht unbedingt angetan vom Prozess der Vorbereitung an sich, jedoch umso mehr vom Ergebnis. Und Shane ebenso, auch wenn er sich nie dazu äußerte.

Für heute plante sie einen herzhaften Eintopf aus dreierlei Bohnen, die sie in dem kleinen Schongarer zubereiten wollte, den sie bei ihrem letzten Besuch in der Stadt erstanden hatte. Als sie vom Training mit den Hunden zurückkam, roch es in der gesamten Hütte bereits verlockend nach karamellisierten Zwiebeln und gedünsteten Möhren, ein Aroma, bei dem sich ihr Magen in freudiger Erwartung zusammenzog.

Shane war wach und saß am Tisch beim Fenster, wie er das um diese Zeit immer tat. Während er aber normalerweise auf seinem Tablet die Nachrichten las, hatte er heute Gesellschaft.

Ein stattlicher Mann mit sandbraunen Haaren und einem glatt rasierten Gesicht saß ihm plaudernd gegenüber, beide hielten eine Tasse Kaffee in Händen. Etwas an ihm kam ihr bekannt vor, aber sie konnte ihn irgendwie nicht einordnen.

Der Mann allerdings schien sie sofort zu erkennen. Sobald sie die Küche betrat, stand er auf und streckte ihr die Hand zum Gruß hin.

„Lauren, hallo! Wie mir scheint, funktionieren die Dinge hier großartig. Ich bin so glücklich, dass Sie auf SDRO gestoßen sind und wir damit in der Lage waren, Shane und seinen Hunden die Hilfe anzubieten, die sie so dringend benötigen. Wie gefällt Ihnen Ihr neuer Job?“ Er lächelte breit und wartete auf die Erkenntnis in ihrem Blick.

SDRO? Ach so, die Organisation zur Rettung von Schlittenhunden. Dieser Mann musste einer der Vorgesetzten sein. Die Person, die sie bei ihrem ersten Telefonat bezüglich der offenen Stelle gesprochen hatte, war ein Tierarzt gewesen, der Ehemann von Lolly Winston. Stand dieser nun vor ihr?

Er bemerkte ihre Verwirrung. „Ich glaube, wir sind uns noch nicht persönlich begegnet, oder? Mein Name ist Oscar Rockwell, und ich bin der stellvertretende Geschäftsführer bei SDRO. Ich bin zuständig für die Pflege der Hunde und die technischen Aspekte der Stiftung, während sich meine Ehefrau Lolly um die PR kümmert."

„Natürlich", erwiderte Lauren herzlich. Dieser Mann war eine Art Heiliger, der einen Großteil seines Lebens darauf verwendete, anderen, insbesondere Tieren, zu helfen. „Wie nett, Sie einmal persönlich kennenzulernen."

Oscar bot ihr seinen Sessel an und machte sich auf die Suche nach einer Ersatzsitzgelegenheit für sich, wobei er sie und Shane kurz alleine ließ.

„Wussten Sie, dass er kommen würde?", erkundigte sie sich bei ihrem Boss.

Shane schüttelte den Kopf. „Nein, es war ein Überraschungsbesuch, um zu kontrollieren, ob alles läuft. Das passiert häufig, wenn sie einen Hund vermitteln, aber dass sie uns beide ebenfalls überprüfen würden, war mir neu. Wie es scheint, ist mein Ruf mir vorausgeeilt.“

Sie hob eine Augenbraue und bemühte sich, das Lachen, das in ihrer Kehle aufstieg, zu unterdrücken. „Ihr Ruf als alter Griesgram, meinen Sie?“

Er nickte und trank einen weiteren Schluck aus seiner Kaffeetasse. Diese war an der Seite mit großen, handgemalten Blumen dekoriert und passte so gar nicht zur Wahl seiner üblichen Einrichtung. Lauren fragte sich, ob es sich dabei möglicherweise um ein Geschenk handelte, an das er sich über all die Jahre festgeklammert hatte – und falls dem so sein sollte, wer sie ihm wohl gegeben haben mochte.

Oscar kam zurück mit einem weiteren Stuhl, und umgehend war die ansonsten so düstere Hütte wieder von seiner spritzigen Energie erfüllt. „Ich kam nicht umhin, euer Gespräch mit anzuhören“, entschuldigte er sich. „Ich bin nur hier, um zu sehen, wie ihr zurechtkommt und ob die Organisation oder ich auf irgendeine Weise helfen können, aber *nicht*, um mich als Richter oder Jury aufzuführen. Ehrenwort.“

„Nun, das klingt doch schon mal gut“, antwortete Shane mit einem schnellen Kopfschütteln. „Ich befürchtete, Sie wären hier, um mir meine neue Hundeschlittenführerin wieder wegzunehmen."

„Niemand kann mich von irgendwo wegholen, wenn ich das nicht möchte", betonte Lauren. „Im Gegensatz zu den Hunden kann ich meine eigenen Entscheidungen treffen."

„Vollkommen richtig", stimmte der Tierarzt ihr zu. „Und Sie erinnern mich irgendwie an meine willensstarke Ehefrau, was mich zu der Überzeugung bringt, dass Sie mit diesem Kerl bestens alleine klarkommen."

Dieses Kompliment ließ Lauren erröten. Sie hoffte, dass sie eines Tages auch Lolly persönlich kennenlernen durfte und ein Autogramm ergattern könnte.

Shane grinste und wischte sich mit dem Handrücken über den Mund, bevor er seine Tasse zurück auf den Tisch stellte. „Willensstark trifft den Nagel so ziemlich auf den Kopf. Meine hitzköpfige Gehilfin hier macht es mir auf jeden Fall nicht leicht."

„Soso?", fragte Oscar und suchte nach einer freien Stelle auf dem Tisch, um seinen Becher ebenfalls abzustellen. Nach wie vor war ein Großteil der Oberfläche von Shanes Zettelwirtschaft bedeckt, und es machte Lauren verrückt, dass er sie nicht einfach mal gründlich aufräumen ließ.

„Allerdings. Sie lässt sich von niemandem etwas sagen, am allerwenigsten von mir. Und obwohl es eine Weile gedauert hat, lieben die Hunde sie mittlerweile und akzeptieren sie als Autoritätsperson. Wissen Sie, zunächst war ich mir absolut nicht sicher, ob so eine Anfängerin mir nicht nur noch zusätzliche Probleme bereiten würde, aber nach und nach hat sie sich bewährt." Bevor er seine volle Aufmerksamkeit wieder seinem Besucher widmete, warf er ihr einen kurzen Blick zu.

Er mochte sie. Er fand tatsächlich, dass sie einen guten Job machte. Bis jetzt war sie sich dessen nicht sicher gewesen, aber, Junge, wie gut das tat, diese Bestätigung aus dem Mund ihres griesgrämigen, schwer zufriedenzustellenden Arbeitgebers zu hören.

„Aha, das ist also der Grund dafür, warum Sie aufgehört haben, weitere Beschwerde-E-Mails zu schicken?", versicherte sich sein Gegenüber zwinkernd und fuhr mit seinem Finger den Rand seines mittlerweile leeren Kaffeebechers entlang.

Natürlich war Lauren einerseits erpicht darauf, Shanes Antwort zu hören; auf der anderen Seite war es aber auch ihre Pflicht, dafür zu sorgen, dass ihr Gast gut bewirtet wurde. Sie sprang auf die Füße und holte die Kaffeekanne von dem etwas abseits liegenden Tresen, während sie weiterhin dem Gespräch der Männer zu lauschen versuchte.

Obwohl ihr Boss seine Stimme senkte, konnte sie seine Antwort noch immer gut verstehen. „Was erwarten Sie denn, wenn Sie mir jemanden mit Null Erfahrung schicken? Aber ja, am Ende hat alles super geklappt. Es läuft gut. Und ehrlich gesagt bin ich am Überlegen, ob ich sie und die Hunde nicht für eines der nächsten Rennen anmelde. Hauptsächlich, damit die Hunde in Form bleiben, wissen Sie?“

Hauptsächlich? Und was waren seine anderen Gründe? Das hätte sie nur zu gerne gewusst.

„Nun, es freut mich jedenfalls zu hören, dass alles so reibungslos läuft“, sagte Oscar, während Lauren ihm einen neuen Kaffee hinstellte. „Und sollten Sie mich brauchen – einfach anrufen. Das gilt für Sie beide. Wenn ich schon mal hier bin, wäre es okay, dass ich mir kurz die Hunde ansehe?“

„Nur zu“, forderte Shane ihn auf. „Die werden sich freuen, Sie mal wiederzusehen.“

Beide sahen zu, wie der Tierarzt in seine warmen Sachen schlüpfte und, den frischen Kaffee in der Hand behaltend, hinaus und hinüber zu den Zwingern ging. Als sich die Tür hinter ihm schloss, sagte Lauren: „Vielen Dank, dass Sie all diese netten Dinge über mich gesagt haben. Zwar wäre es schön gewesen, wenn man mir diese schon früher mitgeteilt hätte, aber ich schätze mal, in der Not frisst der Teufel Fliegen."

„Ich hoffe, das steigt Ihnen jetzt nicht zu Kopf", murmelte er, griff erneut nach seiner Tasse und beobachtete Oscar, der sich gerade den Hunden näherte. „Sie haben noch einen langen Weg vor sich, aber zumindest geht endlich mal was vorwärts."

„Wie auch immer, Sie Griesgram. Sie mögen mich. Zwecklos, das zu leugnen."

„Was für ein emotional geladenes Wort", sagte er mit einem Lächeln.

„Passt schon. Ich mag Sie auch." Sie holte sich ebenfalls einen Kaffee, und sie saßen eine Weile friedlich beieinander, bevor jeder von ihnen an seine täglichen Arbeiten zurückkehrte.

Es waren Tage wie dieser, an denen Lauren wirklich das Gefühl hatte, ein Zuhause gefunden zu haben.

Siebzehn

An diesem Abend kam Shane beim Dinner mit einer Art Agenda daher. Zumindest sah Lauren es so.

Sie trug zwei kochend heiße Schalen ihrer hausgemachten Suppe auf, die sie beschlossen, in den Sesseln vor dem Feuer im Wohnzimmer zu sich zu nehmen. Wann immer sie dort zusammensaßen, fühlte sie, dass Shane sich ihr gegenüber öffnete, fast so, als ob die Entfernung zu dem körperlichen Hindernis eines Tisches zwischen ihnen auch eine Art emotionale Barriere einriss.

Vor dem offenen Kamin entblößte er seine Seele. Sie diskutierten über Bücher, plauderten über die vergangenen Tage und endeten meist bei ihren üblichen, gutmütigen Neckereien, so als ob die Flammen ihm Mut zu machen schienen, während die Vertrautheit seines Ruhesessels dazu beitrug, viele seiner versteckten Ängste abzubauen.

„Der Eintopf schmeckt klasse“, sagte er zu ihr, nachdem er den ersten Löffel probiert hatte. „Mir ist aufgefallen, dass Sie jetzt viel mehr Zeit in der Küche verbringen. Wollen Sie möglicherweise als Köchin arbeiten, wenn das hier vorüber ist?“ Laut schlürfte er einen weiteren Löffel der Brühe, um damit seine Anerkennung zu betonen.

Lauren zuckte mit den Achseln. „Ehrlich gesagt weiß ich nicht, was ich danach machen werde. Im Moment versuche ich, immer nur einen Tag nach dem anderen anzugehen.“

Shane runzelte die Stirn, stellte seine Schüssel auf dem kleinen Beistelltisch ab und wandte sich ihr zu mit einem Blick, der Mitleid erahnen ließ. „Immer nur bis zum nächsten Tag zu denken ist ein verhängnisvolles Rezept. Das ist gleichbedeutend damit, dass Sie ein Rennen fahren, ohne zu wissen, ob es überhaupt eine Ziellinie gibt.“

„So ist das Leben nun mal. Natürlich gibt es eine Ziellinie. Und, ganz ehrlich, was soll ich sonst tun?“, fragte sie und drehte den Kopf weg unter seinem intensiven Blick. „Wir wissen beide nicht, wie lange es dauern wird, bis Sie wieder fit sind und meine

Hilfe nicht mehr benötigen. Keine Ahnung, was sich danach für mich ergeben wird.“ Sie hoffte, er würde diese Gelegenheit ergreifen, ihr zu verraten, was er sich wünschte. Möglicherweise könnte er ihr ja sogar eine Daueranstellung anbieten. Vielleicht müsste sie nicht gehen, und vielleicht wollte er auch nicht, dass sie ging.

Leider kam ihm nichts Derartiges über die Lippen. Stattdessen meinte er lakonisch: „Ich schlage vor, Sie finden heraus, was Sie wollen.“

„Was? Damit ich so glücklich sein kann wie Sie? Dass ich nicht lache.“ Sein Mangel an Leidenschaft wurmte sie. Sie wusste, dass auch er sie mittlerweile mochte; bei dem Gespräch heute Morgen war ihr das klargeworden. Warum war er so hartnäckig darauf bedacht, sein merkwürdiges Verhalten bloß nicht abzulegen? Lauren rührte in ihrer Suppe und starrte auf die braunen, orangen und grünen Stücke, die in der Schüssel herumwirbelten.

„Dann seien Sie nicht so dumm“, fuhr Shane fort, offensichtlich null beeindruckt, null bewegt, *null überhaupt nichts*. „Wenn Sie Ihr Leben jetzt nicht selbst in die Hand nehmen, könnte es sich zu einem entwickeln, das Sie nie haben wollten und das Ihnen nicht sonderlich gefällt.“

„Sprechen Sie aus Erfahrung?“

„Möglicherweise."

„Interessiert, das näher auszuführen?"

„Nein." Er lehnte sich in seinem Stuhl zurück und schloss die Augen, so als ob er sie aus seinen Gedanken auszusperren versuchte.

„Wenn Sie Ihren Ratschlägen keine Taten folgen lassen, können Sie sich diese genauso gut sparen", grummelte sie. Dieses sinnlose Wortgefecht hatte es geschafft, ihr den Genuss ihrer köstlichen Mahlzeit gründlich zu verderben. Sie hatte wirklich gedacht, dass sie in ihrer Beziehung an einem Wendepunkt angekommen waren, aber anscheinend hatte sie sich getäuscht. Hatte er vor Oscar Rockwell nur eine Show abgezogen, oder war er wirklich die Art von Mensch, der ständig und innerhalb von Sekunden von heiß auf kalt umschwenken konnte?

„Ich will Sie nicht kränken." Er hielt die Augen nach wie vor geschlossen, während er weitersprach.

Lauren schnaubte. Für jemanden, der nicht die Absicht hatte, sie zu kränken, leistete er fantastische Arbeit. Shane Ramsey wusste genau, wie er sie dazu bringen konnte, aus der Haut zu fahren, und das seit ihrer ersten Begegnung.

„Hören Sie", sagte er eindringlich, „ich versuche wirklich, hier zu helfen. Nur... verlassen Sie sich niemals auf mich, okay? Wenn Sie kündigen möchten, tun Sie es. Wenn Sie irgendwo anders hinmüssen, gehen Sie. Lassen Sie sich nicht von mir und den Hunden aufhalten. Es mag den Anschein erwecken, als ob es sich nur um eine Verpflichtung von wenigen Monaten handelt, aber was, wenn diese wenigen Monate am Ende den Rest Ihres Lebens ruinieren?“

Sie verdrehte die Augen, mehr als bereit, dieses Gespräch damit zu beenden. Jedes Mal, wenn sie glaubte, sie würden sich einander annähern, zog er sich wieder vor ihr zurück. „Es handelt sich um einen befristeten Job, Shane, und das wissen wir beide. Er ist genau das, was ich im Moment brauche. Wenn Sie damit also nicht andeuten wollen, dass Sie mich feuern möchten, könnten wir dann bitte das Thema wechseln?“

„Ganz wie Sie wollen.“ Er öffnete die Augen, strahlend blau und durch die kurze Entspannung wieder voller Leben. In diesen könnte sie sich verlieren – was wahrscheinlich bereits geschehen war.

Achtzehn

Ein paar Tage vergingen, und Shane distanzierte sich zunehmend weiter von ihr. Sicher, er war *da*. Er war *immer da*, aber den Teil seiner selbst, in den er Lauren einen kurzen Einblick gewährt hatte, verschloss er wieder vor ihr. Sie fing an sich zu fragen, ob er möglicherweise versuchte, sie zum Handeln zu zwingen, sie aus unerfindlichen Gründen soweit zu bringen, dass sie von sich aus kündigte.

Lauren spielte nicht gerne Spiele, besonders nicht solche, deren Regeln sie nicht verstand. Aber *er* war genauso stur wie *sie* entschlossen, womit sie sich beide in eine Sackgasse hineinmanövriert hatten.

Eines Nachmittags hatte sie ursprünglich geplant, nach Puffin Ridge zu fahren, um ein paar

Besorgungen zu erledigen. All das änderte sich jedoch in dem Moment, als die rothaarige Grace auftauchte, um Shane zu seiner Verabredung in die Stadt zu begleiten.

„Ich habe heute einen Arzttermin und muss in der Stadt noch einige Sachen erledigen", erklärte er ihr, während sie beide beobachteten, wie Grace von ihrem Wagen zur Haustür herübergelaufen kam. Sie wunderte sich, warum er nicht einfach selbst fuhr, wozu er doch durchaus in der Lage war. Verschrieb der Arzt ihm Medikamente, die ihm das Bedienen schwerer Maschinen unmöglich machte? Wenn ja, welche und warum?

„Wenn Sie wirklich einen Fahrer benötigen, hätte ich Sie doch auch hinbringen können. Ich habe Zeit", argumentierte sie, aber er zuckte nur mit den Schultern.

„Das geht schon in Ordnung", erklärte die Physiotherapeutin, die den letzten Satz des Gesprächs mithörte, nachdem sie das Haus betreten hatte. „Ich helfe gerne aus."

Shane nickte. „Grace fährt mich immer, wenn solche Dinge anstehen. Es besteht keinerlei Notwendigkeit, etwas zu ändern, das so gut eingespielt ist."

„Wir werden einige Stunden weg sein, also

warten Sie nicht auf uns“, ergänzte die Frau lachend und half Shane auf seinen Krücken zur Tür hinaus.

Nun, wenn er es so wollte – dadurch, dass ihr die komplette Hütte zur freien Verfügung stand, würde Lauren sich schon zu beschäftigen wissen. Es gab noch Vieles, das sie herausfinden musste, und wenn ihr Boss ihr nichts erzählen wollte, musste sie eben eine andere Möglichkeit finden, sich ein Bild zu machen.

Es ist ja kein Herumschnüffeln, beruhigte sie ihr schlechtes Gewissen, *wenn ich gute Gründe dafür habe. Wenn ich entdecken kann, was ihn die ganze Zeit über so bedrückt, kann ich ihm möglicherweise helfen.*

Und sie wusste genau, wo sie anfangen würde – mit dem alten Schuppen im Garten. Sollte Shane sie auf frischer Tat ertappen, würde er vielleicht endlich mal so richtig wütend, und ihr gegenüber dadurch zumindest wieder Gefühle zeigen.

So sehr sie ihre hitzigen Debatten auch vermisste, wollte sie natürlich aber auch nicht ihre hart erkämpfte Beziehung erneut aufs Spiel setzen. Die Tatsache allerdings, dass sie sich seit Wochen im Kreis drehten, machte sie verrückt. Den entscheidenden Teil des Geheimnisses herauszufinden könnte alles verändern – für sie beide zum Besseren wenden.

Sie wartete eine weitere halbe Stunde, nur um sicherzugehen, dass die Luft tatsächlich rein war. Dann entschied sie, dass eine Kreditkarte, das Küchenmesser und eine Haarklammer die nützlichsten Werkzeuge wären, um ein Schloss zu knacken und nahm sie mit nach draußen. Die Haarklammer probierte sie ganz zum Schluss, da sie dafür in der eiskalten Luft ihre Handschuhe ausziehen musste. Aber der schwere Hebel rührte sich keinen Millimeter. Nichts funktionierte, und wahrscheinlich würde ihr tatsächlich nur der passende Schlüssel Einlass verschaffen.

Vielleicht konnte sie diesen bei Shanes persönlichen Sachen finden?

Ein neues Gefühl der Entschlossenheit überkam sie, und so ging sie wieder ins Haus und begann, in der Küche zu suchen. Nun, solange sie die Sachen lediglich durchsah, konnte sie auch glaubhaft erklären, sie würde einfach nur ein wenig aufräumen.

Die Post und die Zeitungen lagen nun seit dem Tag ihrer Ankunft auf dem Küchentisch verstreut, und das machte sie wahnsinnig. Sicherlich hätte er nichts dagegen, wenn sie diese ordentlich aufstapelte? Das stellte doch wohl kein Eindringen in seine Privatsphäre dar, oder?

Schnell überflog sie jedes der Schriftstücke, um zu entscheiden, welchem Haufen sie es am besten zuordnete. Bei den meisten Schreiben handelte es sich um regulären Schriftverkehr: Rechnungen, Genehmigungen, Werbung und sogar eine alte Vorladung vor Gericht.

Obwohl aus dieser Vorladung nichts hervorging, fragte Lauren sich, ob ihr Boss möglicherweise in eine Art Prozess verwickelt war? Oder hatte er eine Ordnungswidrigkeit begangen? War sein Temperament mit ihm durchgegangen und er hatte jemanden angegriffen? Was auch immer, der Fall lag mehr als drei Jahre zurück und war mit Sicherheit längst verjährt.

Zufrieden mit ihrer Arbeit auf dem Tisch widmete sie sich als nächstes der Schublade mit dem Krimskrams, die ihr als der wahrscheinlichste Ort erschien, wo jemand einen Ersatzschlüssel aufbewahren könnte. Aber im Gegensatz zu allen anderen Oberflächen des Hauses war diese Ramschschublade ordentlich eingeräumt. All die Dinge wie Klebeband, Scheren, Werkzeug und Maßband lagen säuberlich an den dafür vorgesehenen Plätzen.

Seltsam.

Sie atmete tief durch und machte sich auf den Weg in das einzige Zimmer des Hauses, das sie nicht betreten sollte: Shanes Schlafzimmer. Was nur konnte sich darin befinden, das unter allen Umständen geheim gehalten werden musste? Er schien nicht die Art von Mann zu sein, der sich für seine Boxershorts schämte, was nur bedeuten konnte, dass er dort etwas wirklich Interessantes versteckte.

Möglicherweise besaß auch er einen oder zwei Kartons mit seinen gesammelten Erinnerungsstücken.

Ein weiteres Mal sah sie aus dem Fenster, um sich zu versichern, dass sie ganz alleine war. Dann drehte sie den Türknauf um, atmete nochmals tief ein und betrat sein Reich.

Neunzehn

Irgendwie hatte sie ein Durcheinander von achtlos fallengelassenen Kleidungsstücken, leeren Fast Food-Behältnissen und anderen Abfällen erwartet, aber Shanes Schlafzimmer war, im Gegensatz zum Rest des Hauses, picobello aufgeräumt und ordentlich. Die Wände waren in einem dunklen Rot gestrichen und alle Rollos komplett heruntergelassen, sodass dieser Raum eher einer Höhle glich. Verbrachte er hier seinen Winterschlaf und schloss den Rest der Welt, sie eingenommen, aus?

Irgendwie erschien ihr diese Vorstellung logisch, allerdings konnte sie sich nach wie vor nicht erklären, warum er so ein Aufheben darum machte, sie um jeden Preis von hier fernzuhalten. Auf den ersten

Blick gab es in diesem Zimmer nichts, was ungewöhnlich erschien – sie erblickte ein King-Size-Bett, eine große Kommode und sogar einen winzigen Fernseher mit integriertem Video-Rekorder, der an der Zimmerdecke montiert war. Sie fragte sich, ob dieses altmodische Ding überhaupt noch funktionierte und ob er tatsächlich noch Kassetten besaß, um diese hier abzuspielen.

Alles war dunkel gehalten – das Holz, die Wände, das Bettgestell, und sogar die Zimmerdecke war komplett schwarz gestrichen. Das stand im krassen Widerspruch zum Rest des Hauses. War womöglich auch sein geheimer Schuppen ähnlich gestaltet?

Sie ging hinüber zur Kommode. Darauf standen lediglich eine Schale mit Münzen, ein Rasierwasser und ein Deospray. Der fehlende Staub deutete darauf hin, dass er hier regelmäßig saubermachte – aber warum nur hier drinnen, während er alle übrigen Räume vernachlässigte?

Die Last ihres schlechten Gewissens umhüllte sie wie dichter Nebel, weshalb Lauren ein schnelles Gebet sprach und um Vergebung dafür bat, dass sie einfach so in Shanes Privatsphäre eindrang. Trotzdem setzte sie ihre Suche fort. Der Verrat war bereits geschehen, und er sollte sich zumindest lohnen. Sie musste zusehen, dass sie etwas in Erfahrung brachte.

In der Kommode entdeckte sie akkurat gefaltete Kleidungsstücke und sorgfältig zusammengesteckte, farblich passende Socken, die sie noch nie an ihrem Arbeitgeber gesehen hatte. Es handelte sich um Ausgehklamotten, doch im Moment ging er so gut wie nie weg, und rund ums Haus trug er bevorzugt seine Schlafanzüge. Selbst zu seinem heutigen Termin hatte er sich für Jogginghosen und ein altes T-Shirt entschieden. Nichts Modisches.

In dem Schrank hing ein teurer, dunkelblauer Anzug, einer von der Art, wie sie ihn oft an den Führungskräften in New York wahrgenommen hatte. Säuberlich polierte Schnürschuhe bedeckten den Boden, und auf der Stange reihten sich mehrere Oberhemden aneinander. Es gab sogar eine Sammlung von Krawattenschals, die er ordentlich in einer deckellosen Holzkiste aufbewahrte.

Es kam ihr beinahe so vor, als ob Shane noch ein weiteres Leben als einflussreicher Börsenmakler führte, oder als altmodischer Schnulzensänger – womöglich sogar als Nachrichtensprecher oder Gangster. Allerdings konnte sie sich ihn in keiner dieser Rollen so wirklich vorstellen. Sie hatte ihn nur so vor Augen, wie er tatsächlich war, was ihre Entdeckung umso aufregender machte.

Hoch über den Kleidungsstücken erregte ein Regal ihre Aufmerksamkeit. Es befand sich gute zwei Meter über dem Boden, und obwohl sie deutlich erkennen konnte, dass ganz hinten etwas eingezwängt stand, kam sie ohne Hilfe nicht ran.

Okay, sobald sie herausgefunden hatte, was sich dort verbarg, würde sie nicht weiter herumspionieren. Ihre heutigen Nachforschungen hatten nur noch weitere Fragen aufgeworfen anstatt ihr Antworten zu liefern, was weder ihr noch ihm weiterhalf. Sie war dem Geheimnis seines dünn verschleierten Schmerzes kein Stück nähergekommen, im Gegenteil: Sie kam sich vor wie auf Spurensuche in der verborgenen Höhle eines Dr. Jekyll und Mr. Hyde. War es möglich, dass es nicht nur einen wahren Shane gab, sondern zwei? Und welchen der beiden hatte sie kennengelernt?

Sie holte sich einen Stuhl aus der Küche und schleppte ihn ins Schlafzimmer, mehr als bereit dafür, all das hinter sich zu lassen.

Unglücklicherweise hörte sie just in diesem Moment, wie die Haustür mit einem leisen, unheilvollen Knarren aufschwang.

Oh nein!

Wieso war er schon so früh wieder zurück? Grace hatte doch gesagt, sie wären einige Stunden unterwegs. Und wo konnte sie sich auf die Schnelle verstecken, so dass Shane sie nicht fand und sie sich später heimlich davonschleichen konnte... zum Beispiel dann, wenn er auf die Toilette musste oder raus zu den Hunden ging?

Denk nach, denk, denk.

Aber dafür blieb keine Zeit mehr. Lauren versteckte sich im Schrank. Leider schaffte sie es nicht mehr, den zur Leiter umfunktionierten Küchenstuhl irgendwo zu verbergen.

Mist, Mist, Mist!

Shane kam herein. Sie konnte ihn durch die schmale Öffnung zwischen den Schranktüren erspähen, und er sah alles andere als glücklich aus. Seine Augen hefteten sich direkt auf den Stuhl, und sein Gesichtsausdruck verdunkelte sich und passte somit perfekt zum restlichen Ambiente des Raums. „Lauren!", brüllte er.

„Ja?", quiekte sie, öffnete vorsichtig die Türen ihres Verstecks und kam herausgetrottet.

„Was machen Sie in meinem Schlafzimmer? Sie wissen ganz genau, dass Sie hier nichts zu suchen haben." Sein brennender Blick durchbohrte sie.

„Ich weiß, es tut mir leid. Ich wollte nur –"

„Nichts nur! Verschwinden Sie! Auf der Stelle!" Er schrie so laut und in einer dermaßen hohen Tonlage, dass die Luft vibrierte und das Echo seines Gebrülls im ganzen Haus widerhallte.

„Shane, lassen Sie es mich erklären. Ich–"

„Nein, das werden Sie nicht. Sie sollen sich augenblicklich verpissen." Er deutete mit Nachdruck auf die offene Zimmertür und starrte sie mit weit aufgerissenen Augen an, so als ob sein Blick sie direkt aus seinem Reich hinausbefördern könnte.

„Ich schwöre, ich habe nichts gesehen. Mir war nicht klar–"

„Sie wussten, dass Sie diesen Raum nicht betreten dürfen, aber das ist wieder mal typisch für Sie, nicht wahr?" Sein Ausdruck verdüsterte sich noch mehr. „Sie machen immer nur das, was Sie wollen, ganz egal, wie die Regeln lauten. Und wissen Sie was? Ich bin fertig mit Ihnen. *Sie sind für mich erledigt.*"

„Nein, warten Sie! Feuern Sie mich etwa?"

Shane stieß eine Reihe wütender Flüche aus. „Was machen Sie noch immer hier in meinem Zimmer? *Raus mit Ihnen, auf der Stelle!*" Wieder zitterte er so sehr wie neulich, als er die Blumenvase vom Tisch gefegt hatte. Seine Brust hob und senkte sich derart stark, als würde er verzweifelt nach Luft ringen.

Sie wollte sich entschuldigen, ihm alles erklären, aber was sollte sie sagen? Sie war in seine Privatsphäre eingedrungen, und das mit voller Absicht.

„Es tut mir so leid. Was ich tat, war falsch, und ich–“ Ein letztes Mal riskierte sie es, ihn zum Zuhören zu bewegen, indem sie auf ihn zuging und ihm eine Hand auf den Arm legte. Er jedoch riss diesen weg, als ob er sich verbrannt hätte.

„Fassen Sie mich nicht an. Finger weg von meinen Sachen. Ich will auch nicht mit Ihnen sprechen. Verschwinden Sie einfach von hier! Ich erwarte, dass Sie morgen früh weg sind, wenn ich aufstehe. Sie sind hier nicht mehr willkommen.“

Lauren wäre am liebsten ausgerastet. Wie gerne hätte sie Shanes Schreie in der gleichen Intensität erwidert, aber dieses Mal, und das war ihr schon die ganze Zeit über klar, befand sie sich im Unrecht.

Würden die Hunde leiden müssen, weil sie sich von ihrer Neugier hatte übermannen lassen? Und was war mit ihrem Boss? Obwohl er sich wieder einmal wie ein wütendes Tier aufführte, waren sie doch Freunde geworden. Könnte er sich ohne zusätzliche Hilfe darauf konzentrieren, wieder zu genesen? Und wo sollte sie hin?

Sie hatte keine Ahnung, aber ihr war klar, dass sie das bekam, was sie verdiente.

„Raus hier, auf der Stelle, bevor ich nachhelfe", schäumte er, aber trotz seiner rotglühenden Wut wusste sie, dass er niemals Hand an sie legen würde. Seine bevorzugte Waffe waren Worte, und selbst dabei vermied er es, etwas zu sagen, was er später womöglich bereuen würde.

Nichtsdestotrotz – er hatte sie rausgeschmissen. Würde er sie wieder zurücknehmen, oder war es das gewesen? Und was wäre ihr lieber?

„Wie üblich gehorchen Sie kein bisschen, nicht wahr?" Er machte Anstalten, nach ihrer Taille zu greifen und sie hochzuheben, aber Lauren entzog sich seinem Griff und lief in den Flur.

Als er ihr die Tür ins Gesicht knallte, fühlte sie, wie ihr heiße Tränen die Wangen hinunterliefen.

Was sollte sie jetzt nur tun?

Zwanzig

Lauren saß gefühlt mehrere Stunden wie unter Schock da. Sie hatte es für jeden von ihnen vermasselt, da ging kein Weg dran vorbei.

Aber warum nur machte ihr das so viel aus? Warum konnte sie Shane nicht einfach seinen Geheimnissen überlassen und weiterziehen? Und warum nur schien allein der Gedanke, gehen zu müssen, ihr das Herz zu zerreißen?

Es sind die Hunde, redete sie sich ein. *Ich liebe diese Fellnasen. Sie brauchen mich, und ich brauche sie.*

Vielleicht wäre es ihr ja möglich, wieder eine Stelle als Helferin bei einem Hundeschlittenführer zu finden, eventuell sogar bei einem ausgeglicheneren Arbeitgeber. Allerdings bezweifelte sie, dass ihr jetziger Boss ihr nach den Vorkommnissen heute Abend ein gutes Zeugnis ausstellen würde – was sie ihm nicht verübeln könnte.

Lächerlich oder nicht, der Mann hatte nun mal gewisse Grenzen gesetzt, und sie hatte viel zu oft versucht, diese zu überschreiten. Sie hatte dieses Schicksal verdient, und wenn sie ehrlich zu sich selbst war, wäre es früher oder später sowieso passiert.

Und genau das war auch der Grund dafür, warum Lauren schon immer Schwierigkeiten gehabt hatte herauszufinden, was sie vom Leben erwartete. So schnell sie auch für manche Dinge eine flammende Begeisterung entwickelte – am Ende glich diese eher einem Strohfeuer und war ebenso schnell wieder erloschen. Eine solche Einstellung war niemandem zuträglich – am wenigsten ihr selbst.

Hier oben in der Wildnis von Alaska hatte sie durch Shane Ramsey eine harte Lektion lernen müssen, und nun war es an der Zeit, die nächste Sache anzugehen… *was auch immer das sein mochte.*

Sie wischte sich die letzten Tränen von den Wangen und legte ihren Koffer auf das Bett, um das, was ihr von ihrem Leben geblieben war, darin zu verstauen.

Von der Tür her vernahm sie ein leises Klopfen – so zaghaft, dass sie sich nicht mal sicher sein konnte, ob sie sich nicht womöglich verhört hatte.

Es klopfte erneut, dieses Mal lauter, fordernder. „Darf ich reinkommen?“, Shanes Stimme drang durch die Tür, und sofort fingen die Tränen wieder an zu laufen.

„Ja“, antwortete sie mit zittriger Stimme, die sie kaum als ihre eigene wiedererkannte.

Er stand unbeholfen im Türrahmen und weigerte sich, die Schwelle zu überschreiten, eine Höflichkeit, die sie ihm gegenüber versäumt hatte, an den Tag zu legen.

„Nun?“, fragte sie, als er weiterhin schwieg.

Er sprach mehr zu einem Punkt auf dem Boden als zu ihr, aber seine Stimme war sanft und freundlich. „Es tut mir leid, dass ich vorhin da drinnen die Fassung verloren habe.“

„Es ist nun mal geschehen.“ Lauren zuckte mit den Achseln und versuchte, auf cool zu machen, nur für den Fall, dass er aufblicken und ihre fleckigen Wangen und rotgeweinten Augen bemerken sollte. Sie konnte sich nicht zu einer weiteren Entschuldigung überwinden, da sie sich ehrlich gesagt beide nicht richtig verhalten hatten. Was dieses Szenario betraf, war er genauso schuldig wie sie.

„Kann sein“, bot er an und machte einen kleinen Schritt in ihr Zimmer, fast so, als ob er Angst davor hätte einzutreten. Sie hatten sich beide entschuldigt, was also gab es noch mehr dazu zu sagen? Dass er die ganze Situation nur noch in die Länge zog, ging ihr gegen den Strich. Sie wollte es einfach hinter sich bringen; erst dann würde sie sich wieder besser fühlen.

Seine Stimme zitterte. „Ich... ich habe das, was ich gesagt habe, nicht so gemeint.“

„Und dennoch haben Sie es gesagt.“

„Sie müssen nicht gehen.“

„Aber Sie haben mich rausgeschmissen, erinnern Sie sich?“

„Ich weiß.“ Er hielt inne, so als ob er sich seine weiteren Worte erst im Kopf zurechtlegen musste. „Lauren...“, begann er, und sie fragte sich, ob sie ihn je zuvor ihren Namen hatte aussprechen hören. Die Art und Weise, wie er aus seinem Mund klang, gefiel ihr, und in diesem Moment erkannte sie, wie viel mehr er ihr bereits jetzt bedeutete, mehr als nur ihr Arbeitgeber oder der ewige Griesgram.

„Lauren“, wiederholte er, „ich hätte diese Hausregeln nicht aufstellen dürfen. Es war nicht richtig, dass Sie sich wie eine Fremde in dem Haus fühlen mussten, das doch eigentlich Ihr neues Zuhause sein soll. Ich hätte mich zusammenreißen und Sie nicht feuern sollen."

„Haben Sie aber. Genau all diese Dinge. Warum?" Erneut begann ihre Stimme zu zittern, und sie fragte sich doch tatsächlich, ob er sie in den Arm nehmen würde, um sie zu trösten. Aber nein, natürlich nicht. Dies waren ihre ureigenen Gefühle. Sie konnte sich nicht vorstellen, dass Shane Ramsey auch nur einen einzigen Tag lang in seinem armseligen Leben je etwas oder jemanden geliebt hatte.

Er kam jedoch sogar noch einen Schritt näher, ließ den Kopf hängen und blickte unter dunklen Wimpern zu ihr empor. „Das kann ich Ihnen leider nicht erzählen."

Der Frust kehrte zurück. Wieder einmal waren sie an diesem Punkt angelangt. Selbst wenn sie beschließen sollte zu bleiben, würde er sich ihr gegenüber je völlig öffnen? „Warum nicht? Warum haben Sie so viele Geheimnisse und erwarten dann von mir, dass ich mich nicht auf die Suche nach Antworten mache?"

„Damit haben Sie sicherlich recht", räumte er ein. „Aber bitte, versuchen Sie doch zu verstehen, ich... ich kann nicht, Lauren." Schon wieder nannte er ihren Namen, gleich einem Flehen, einem Gebet, dass sie ihn doch verstehen möge.

Aber würde sie ihn erhören?

„Ich weiß nicht, Shane." Sie schüttelte den Kopf und wandte sich wieder ihrem Koffer zu, um weiterzupacken. „Jedes Mal, wenn ich denke, dass wir Fortschritte machen, passiert so etwas. Ich bin es leid, mich wie ein Außenseiter zu fühlen, wie jemand, mit dem Sie sich einfach abfinden müssen, weil Sie keine andere Wahl haben. Mir ist völlig klar, dass Sie mich ohne zu zögern in den nächsten Flieger zurück nach New York setzen würden, wenn es nach Ihnen ginge und Sie morgen wieder völlig gesund wären."

Er seufzte und lehnte sich gegen die Wand, so als ob er plötzlich Schwierigkeiten hätte, sein eigenes Gewicht zu halten – nicht mal mit Hilfe der Krücken. „Was haben Sie denn erwartet? Es ist ein Job, den Sie zwar gut machen, aber – nach wie vor nur ein Job."

„Mehr bedeute ich Ihnen nicht? Sehen Sie in mir lediglich Ihre Angestellte?"

„Etwas anderes können und werden Sie nie für mich sein. Bitte haben Sie doch Verständnis. *Es hat nichts mit Ihnen zu tun; es liegt einzig und alleine an mir.*"

„Okay, jetzt bin ich wirklich verwirrt. Wollen Sie mit mir Schluss machen oder mich feuern?"

Er lachte, und in diesem Moment klang es

irgendwie unnatürlich. „Wie wäre es mit weder noch? Bitte bleiben Sie. Die Hunde brauchen Sie, und ich ebenfalls.“

Sie verschränkte die Arme vor der Brust und sank auf das Bett. Tief in ihrem Herzen wusste sie bereits, dass sie bleiben würde, solange er sie brauchte und sie um sich haben wollte. „Sie haben eine merkwürdige Art, das zu zeigen.“

„Ich weiß… War das ein Ja? Sie bleiben?“

„Ja, aber so etwas darf nie wieder passieren, Shane. Jede auch nur halbwegs vernünftige Frau hätte in dem Moment, als Sie so ausgerastet sind, schleunigst das Weite gesucht.“

Er schaffte es, sich aufzurichten und kam näher, setzte sich aber nicht zu ihr aufs Bett. Seine Worte waren sanft, als er fragte: „Und warum Sie nicht?“

Sie ergriff seine Hand und drückte sie. „Weil ich Sie als meinen Freund betrachte.“

Zwar zog er sich nicht zurück, erwiderte aber auch nicht den Druck ihrer Finger. „Wie konnte es denn dazu kommen?“

„Ehrlich gesagt, ich habe keine Ahnung. Aber als Ihr Freund werde ich Sie zur Rede stellen, wenn Sie sich das nächste Mal wie ein unvernünftiger Trottel aufführen.“

Nun drückte er doch kurz ihre Hand, bevor er

sie losließ. „Ich habe nichts anderes erwartet. Würden Sie jetzt bitte wieder auspacken?“

Lauren schloss den Reißverschluss ihres Koffers und stellte diesen zurück in die Zimmerecke. „Und jetzt raus mit Ihnen aus meinem Zimmer, bevor ich meine Beherrschung verliere“, scherzte sie und fühlte sich, als ob ein zentnerschweres Gewicht von ihren Schultern genommen wurde.

Einundzwanzig

Als Lauren am nächsten Morgen erwachte, war Shane bereits auf den Beinen – und zudem voller Energie.

„Guten Morgen, Schlafmütze!“, begrüßte er sie und stellte ein riesiges Paket auf den Tisch. Die Krücken wackelten bedrohlich unter seinen Achseln, aber er stand aufrecht vor ihr.

„Schlafmütze?“ Bevor sie es verhindern konnte, entwich ihr ein langes, gut hörbares Gähnen. „Ist das mein neuer Spitzname?“

„Nur fair, nachdem Sie mich die ganze Zeit Griesgram nennen!“ Er kramte in seinen Utensilien und wandte sich ihr dann mit einem zufriedenen Grinsen zu. „Wie auch immer, beeilen Sie sich und frühstücken Sie schnell eine Kleinigkeit. Wir haben einen langen Tag vor uns."

Lauren war sich nicht sicher, was sie nach dem gestrigen Wutausbruch und den gegenseitigen Entschuldigungen der vergangenen Nacht erwartet hatte, aber das mit Sicherheit nicht. In ihren Hausschuhen schlurfte sie hinüber zum Kühlschrank und holte sich einen Joghurt heraus.

„Sie sollten sich etwas Bequemes anziehen", fügte Shane noch hinzu und widmete sich wieder dem Inhalt seines Päckchens. „Und natürlich etwas Warmes."

„Ich trage stets warme und bequeme Sachen." Sie tauchte ihren Löffel in den Joghurt und lehnte sich gegen die Spüle. „Erzählen Sie mir nun endlich, was Sie für heute geplant haben?"

„Das werden Sie noch früh genug selbst herausfinden. Machen Sie sich jetzt fertig und helfen Sie mir, den Laster zu beladen." Mit diesen Worten stürzte er buchstäblich nach draußen, was bedeutete, sie musste sich mit ihrer morgendlichen Routine sputen, wenn sie ihn auf welchem Trip auch immer er geplant hatte begleiten wollte. Und ja, sie freute sich auf diese Überraschung!

Bisher hatte sie nur sein Auto zu Gesicht bekommen; umso überraschter war sie zu hören, dass er auch einen LKW besaß. Und noch perplexer, als sie herausfand, dass es sich um ein großes Gefährt mit integrierten Transportboxen für Hunde handelte. Diese erstreckten sich in Zweierreihen auf beiden Seiten der Ladefläche, jeweils sechs Käfige, die sich gegenüberstanden, jeder mit einer Klappe versehen, durch die die Hunde die Köpfe herausstrecken konnten. Sie half Shane, den Schlitten oben auf dem Laster zu vertäuen und beobachtete dann staunend, wie er jeden einzelnen Hund in seinen entsprechenden Käfig hob, was in Anbetracht seiner Verletzung einem beeindruckenden Kraftakt glich.

„Heute brauchen wir nur zehn Hunde. Die anderen nehmen wir dann auf der nächsten Tour mit."

„Darf Dornröschen mit?", bat Lauren, während ihr Boss Fred in einen der offenen Käfige drängte. „Sie ist mein absoluter Liebling."

Er lachte. „Okay, wenn Sie darauf bestehen. Sie wird uns zwar nicht unbedingt von Nutzen sein, aber immerhin haben wir noch Alice als Ersatz dabei, falls es nötig sein sollte."

„Warum nicht?", fragte sie, aber er griff bereits über sie hinweg und öffnete kommentarlos die Beifahrertür.

„Rein mit Ihnen. Sie fahren!"

In ihrem ganzen bisherigen Leben hatte Lauren noch nie solch ein riesiges, schwerfälliges Fahrzeug bedient, aber in Anbetracht des bevorstehenden mysteriösen Abenteuers war sie viel zu aufgeregt, um diese Tatsache vorzubringen.

„Ich hoffe, Sie wissen, wie man ein Auto mit Gangschaltung fährt?“, hakte Shane nach, während sie sich anschnallten.

„Und was, wenn nicht?“

Er lachte und schüttelte nur den Kopf. „Dann sollten Sie es schnellstmöglich herausfinden. Aber um diese Zeit sind eh nicht viele Leute auf den Straßen unterwegs.“

„Nun, Sie können trotzdem von Glück reden, dass ich mich mit dieser Art von Fahrzeugen auskenne. Ich möchte nicht für den Tod von zehn Ihrer besten Hunde verantwortlich sein.“

„Oder für meinen“, fügte er trocken hinzu.

Sie zuckte mit den Achseln und verdrehte die Augen. Es fühlte sich gut an, denn es war genau die Art und Weise, wie sie stets miteinander umzugehen pflegten.

„Okay, Sie Mörderin. Immer mit der Ruhe.“ Shane deutete zum Fenster hinaus. „Biegen Sie hier rechts ab und fahren Sie dann in Richtung Bay Road.“

„Darf ich jetzt endlich mal erfahren, wo wir hinwollen?“

„Das habe ich Ihnen doch gerade erklärt. Den Rest finden Sie bald selbst heraus. Das Ziel liegt ungefähr eine Stunde von hier.“

„Und diese gesamte Fahrt über werden wir schweigen?“ Sie tat ihr Bestes, um sich auf die Straße zu konzentrieren, aber seine unmittelbare Präsenz lenkte sie mehr als einmal ab.

„Nein, wir können uns natürlich unterhalten.“ Er schien entspannt heute Morgen, aber auch entspannt genug, um sich ihr gegenüber zu öffnen? Sie musste es versuchen.

Nur halb scherzend wandte sie sich ihm zu und sagte augenzwinkernd: „Okay, dann erzählen Sie mir doch bitte etwas über ihr rätselhaftes Geheimnis.“

„*Ha ha.* Das glaube ich mal eher nicht, aber jetzt, da Sie es erwähnen: Sie haben mir Ihre Lebensgeschichte bisher ebenfalls vorenthalten.“

Lauren biss sich auf die Oberlippe, etwas, das sie schon als Kind zu tun pflegte, bevor eine Zahnklammer ihren Unterbiss korrigierte. „Aus dem einfachen Grund, weil es nicht viel zu erzählen gibt.“

„Das überrascht mich nicht wirklich“, witzelte er.

„Hey! War nicht abgemacht, dass wir, jetzt da

wir Freunde sind, den anderen mit etwas mehr Respekt behandeln?“

„Wer von uns beiden ist denn unfreundlich? Ich für meinen Teil habe den ganzen Morgen über kein unfreundliches Wort verloren.“

Erneut verdrehte sie die Augen, während sie auf die Autobahn auffuhren. „Da haben Sie wirklich tolle Arbeit geleistet, wenn man bedenkt, dass es bereits 7 Uhr morgens ist.“

„Also werden Sie mir jetzt Ihre Lebensgeschichte erzählen, oder was?“

„Alles? Wollen Sie wirklich die ganze, lange Story hören?“

„Na ja, vielleicht nicht jedes Detail, aber Sie könnten anfangen, indem Sie mir erklären, warum Sie hier sind.“

„Nun...“ Sie atmete tief ein und ganz langsam wieder aus, um Spannung aufzubauen. Sein Blick war nun fest auf sie geheftet. War er ebenso gespannt, etwas über sie zu erfahren, wie es auch umgekehrt der Fall war? Sie könnte sich genauso gut einen Spaß daraus machen, indem sie ihn auf die gleiche Art neckte, wie er es stets mit ihr zu tun pflegte. „Ich bin jetzt hier, weil Sie mir befohlen haben, Sie zu diesem geheimnisvollen Ziel zu begleiten. Wo fahren wir übrigens noch mal hin?“

„Das glaube ich nicht, *Lauren.*“ Die Art und Weise, wie er erneut ihren Namen aussprach, jagte ihr einen kleinen Schauer über den Rücken. „Jetzt mal ehrlich, warum haben Sie diesen Job angenommen?“

Sie gestand: „Ich versuche, mehr über meinen Vater in Erfahrung zu bringen, und dies erschien mir ein guter Ort für den Start meiner Suche.“

„Ist Ihr Vater Edward Dalton? Ich dachte, der Nachname wäre nur Zufall. Mir war nicht klar, dass Sie tatsächlich Eis im Blut haben.“

„Sie kannten meinen Vater?“ Die ganze Zeit über hätte sie Shane danach fragen können. Hielt er nicht nur die Schlüssel zu seinem eigenen Geheimnis in der Hand, sondern möglicherweise auch zu dem ihren?

„Ich habe nur *von ihm* gehört“, stellte er richtig, und genauso schnell, wie ihre Hoffnung gen Himmel gestiegen war, plumpste sie nun wieder zurück auf die Erde – wie ein trauriger, kläglich herabstürzender Stern. „Er war ein berühmter Schlittenfahrer.“

Sie seufzte und packte das Lenkrad fester. „Das habe ich auch gehört. Allerdings wusste ich bis Anfang des Jahres, als er verstarb, nichts über diesen Abschnitt seines Lebens.“

„Anfang des Jahres? Wir haben doch erst Februar."

„Ich weiß." Für einen Moment nahm sie die Augen von der Straße und blickte ihn an.

„Das erklärt natürlich eine Menge."

„Zum Beispiel was?" War er aus ihr schlau geworden, weil auch er gerne mehr über sie wissen wollte, oder war sie einfach so leicht durchschaubar?

Er spielte mit dem Schulterriemen seines Sicherheitsgurts, während er weitersprach, fast so, als ob die Thematik ihrer Vergangenheit ihn nervös machen würde. „Warum sonst sollten Sie ohne jegliche Erfahrung einfach so aus heiterem Himmel hier auftauchen? Warum sonst bestanden Sie darauf zu bleiben, als ich versuchte, Sie loszuwerden? Warum sonst wirken Sie manchmal so traurig?"

Sie fühlte heiße Tränen in ihren Augen aufsteigen, weigerte sich aber, diese laufen zu lassen. Sie hatte bereits so viele wegen ihres Vater vergossen, aber sie wusste auch, er würde nicht wollen, dass die Erinnerung an ihn sie unglücklich machte. Also zwang sie sich zu einem Lächeln und sagte: „Ich vermisse ihn. Haben Sie jemals einen Menschen verloren, den Sie geliebt haben?"

Shane runzelte die Stirn. „Ich liebe nicht, schon

vergessen? Und außerdem haben wir unser Ziel erreicht."

Einen Moment lang sah Lauren ihn prüfend an, und als klar war, dass sie nichts weiter aus ihm herausbekommen würde, blickte sie nach vorne und studierte den vor ihnen liegenden Schauplatz. Auf dem offenen Feld standen Lastwägen wie der ihre. Männer hievten Schlitten und andere Utensilien von ihren LKWs und Hunde heulten, während sie eingespannt wurden. Aufregung hing in der Luft, die sich sofort auf sie übertrug, als ihr klar wurde, dass sie sich schon bald dieser Gruppe anschließen würde.

Er hatte sie zu einem Rennen gebracht, ihrem ersten überhaupt, und ihr damit eine weitere Chance gegeben, sich zu beweisen.

Zweiundzwanzig

„Ist das echt Ihr Ernst?“, flüsterte Lauren, als sie aus dem Laster ausstiegen und außen herum zum Laderaum liefen, um die Hunde zu holen. „Es war nicht einfach nur so dahingesagt, um Dr. Rockwell zufriedenzustellen. Sie haben mich zu einem richtigen Rennen mitgenommen.“

„Wann habe ich je bei dem, was ich tue, die vorsätzliche Absicht, jemanden glücklich zu machen? Außerdem handelt es sich nicht um ein Rennen. Ich wollte, dass Sie sehen, wie die Hundeschlittenführer normalerweise trainieren. Willkommen in der obersten Liga.“ Sie spürte, wie sein Blick sie taxierte, während er versuchte, ihre Reaktion abzuschätzen. „Packen Sie das?“

„Selbstverständlich“, antwortete sie und atmete tief aus. „Tausend Dank dafür!“ Und ehe sie sich versah, warf sie sich auf ihn und umarmte ihn stürmisch.

Shane blickte von oben auf sie herab, mit einem Gesichtsausdruck, der sowohl Schock wie auch Wohlwollen widerspiegelte, und das war der Moment, in dem Lauren es sicher wusste: Er mochte sie ebenfalls. Dieser harte Kerl, der er immer vorgab zu sein, war nicht der wahre Shane. Es war vielmehr der Mann, auf den er ihr gelegentlich, in einem unbedachten Moment ihres Zusammenlebens, einen flüchtigen Blick gestattete.

Er schüttelte sie ab und zwang sich zu einem Lachen. „Das reicht!“

Beinahe wäre ihr ein *Tut mir leid* entschlüpft, bevor ihr klar wurde, dass es nichts gab, wofür sie sich entschuldigen musste. Stattdessen drückte sie ihn schnell ein weiteres Mal und sagte: „Vielen Dank. Ich werde Sie nicht enttäuschen.“

Unter dem neuerlich gewachsenen Bart färbten seine Wangen sich rot, und sie fragte sich, ob wohl die Kälte oder etwas anderes dafür verantwortlich sein mochte? Waren auch ihre Backen gerötet?

„Nun dann“, sagte er und trat nach einem Eisblock, der auf der Straße lag, „lassen Sie uns die

Hunde einspannen. Wenn Sie zu langsam sind, werden Sie den ganzen Tag hier draußen festsitzen. Und ebenso die folgende Nacht."

Mit diesen Worten befestigte er den Schlitten an einer gebogenen Metallstange, die aus der Erde herausragte, zog dann den Schneeanker hervor, und machte auch diesen in der Erde fest.

„Angst, dass das gute Stück wegrutschen könnte?", fragte Lauren lachend.

Er lächelte nur, ein leichtes Funkeln in den Augen.

Gemeinsam spannten sie die zehn Hunde in einer Formation vor den Schlitten. Fred und Wendy waren die Größten und bekamen damit ihre Plätze direkt vor dem Rennschlitten.

„Unsere Lenkhunde ziehen am kräftigsten", erklärte Shane ihr, nachdem jedes Tier sich auf seinem Platz befand. „Davor sind Teamhunde, vor denen die Swinghunde, und ganz vorne schließlich die Leithunde. Ihre Leithunde..." Er deutete auf Lewis und Jack an der Spitze des Gespanns. „Diese beiden kümmern sich um alles, wenn Sie ihnen die korrekten Anweisungen geben. *Gee* bedeutet nach rechts, und *Haw* nach links. Verstanden?"

„Jep."

„Bereit?"

Sie atmete tief ein, und als sie die Luft wieder entweichen ließ, bildeten sich in der Luft winzige Eiskristalle. „So bereit, wie man nur sein kann." Sie wandte den Blick von der Rennstrecke ab und wieder ihm zu, und er gab ihr grünes Licht, indem er den Daumen hob.

Gemeinsam geleiteten sie ihr Team zum Startplatz. Es hatten sich bereits ein paar weitere Hundeschlittenführer eingefunden, aber für ein richtiges Rennen schienen es nicht genügend Teilnehmer zu sein.

Sie blickte Shane an.

„Dies hier ist als Übungstraining gedacht, um das Blut mal richtig in Wallung zu bringen, aber vorrangig dient es dazu, uns mit der Konkurrenz zu messen. Achten Sie darauf, dass Sie sich an jeder Weggabelung links halten, damit die Hunde sich so richtig auslaufen können. Dadurch sollten Sie auf gute 25 Kilometer kommen. Für diese Strecke brauche ich mit zehn Hunden durchschnittlich zweidreiviertel bis drei Stunden. Das ist die Zeit, die auch Sie anstreben sollten. Diese Tiere packen das locker. Die Frage ist, ob auch Sie das durchhalten?" Er zog den Schneeanker heraus und legte ihn an die Rückseite des Korbs.

Warum nur fragte er ständig, ob sie es schaffen

würde? Hatte sie das nicht bereits ausreichend unter Beweis gestellt? Sie nickte zu ihm hinauf, und er gab ihr einen Klaps auf den Rücken.

„Super. Nun denn, steigen Sie auf die Fußleisten und halten Sie sich gut fest.“

Die Hunde jaulten, zerrten an ihren Geschirren und warteten auf Shanes Kommando.

„Übrigens“, fügte er noch hinzu, „ich gehe in die Kneipe, um mich mit einigen alten Freunden zu treffen. Wenn Sie fertig sind, schnappen Sie sich ein paar der Musher, die Ihnen helfen sollen, den Laster wieder zu beladen und fahren Sie dann nach Hause. Wir sehen uns dann heute Abend dort. Okay?“

Nach einem weiteren Klaps auf den Rücken band er den Schlitten vom Startpfosten los. „Machen Sie Tempo!“, rief er ihr hinterher.

Mühelos zogen die Hunde, angeführt von Jack und Lewis, den Schlitten über die Rennstrecke, wobei sie schnell an Fahrt aufnahmen und sich schon bald der ersten Kurve dieses Trails näherten. Der Wind peitschte ihr um die Wangen und blies ihr einige Haarsträhnen ins Gesicht, die sich unter ihrer gestrickten Mütze gelöst hatten. Sie erkannte, dass dies dem am nächsten kam, was der Mensch unter Fliegen verstand – und sie liebte es.

Da sie zu Hause immer nur einzeln mit den

Hunden trainiert hatte, war sie nicht wirklich vorbereitet auf diese intensive Geschwindigkeit, darauf, wie schnell die Welt an ihnen vorbeiflog.

Doch vorbereitet oder nicht, die beste Art des Lernens war, es einfach zu tun. Sie packte den Lenker fester und verlagerte ihr Gewicht bei Bedarf nach links oder rechts, oder trat in Kurven gelegentlich auf die Fußbremse, um die Hunde zu einem langsameren Tempo zu zwingen und die Spur halten zu können. Dies wiederholte sie so häufig, dass ihr Körper bereits entsprechend reagierte, noch bevor ihr Gehirn die Zeit fand, sich über die nächste Reaktion klarzuwerden.

Schneller, schneller, freier, freier!

Irgendwann erspähte sie vor sich auf der Strecke die Silhouette eines anderen Hundeschlittenführers. Sie würde ihn überholen. Könnte sie es in der gleichen Zeit schaffen wie Shane – oder besser noch, ihn schlagen?

Sie würde es auf jeden Fall versuchen.

„Schneller, schneller, schneller", schrie sie gegen den Wind an, ermutigte die Tiere, noch kräftiger zu ziehen und duckte sich dann nach unten, um den durch ihre aufrechte Position gebotenen Luftwiderstand zu minimieren. Sie war kleiner als die anderen Schlittenführer, was bedeutete, dass die Hunde weniger Energie auf das Ziehen des Schlittens verwenden mussten und sich ausschließlich auf das Erreichen der Spitzengeschwindigkeit konzentrieren konnten.

„Vorwärts“, schrie sie, um ihr Team noch mehr anzutreiben. Obwohl sie keine Ahnung hatte, ob dies der richtige Befehl war, schienen diese Worte die Hunde nur noch weiter anzustacheln.

Die Strecke machte eine weitere Biegung, und Lauren legte sich in die Kurve, damit der Schlitten diese scharf und in ungehindert rasantem Tempo nehmen konnte, so wie sie es bei Motorradfahrern beobachtet hatte.

Wumms!

Sie landete in einer frischen Schneeverwehung. Ihre Wange und Seite schmerzten von dem Aufprall, jedoch lange nicht so schlimm wie ihr Ego. Sie beobachtete, wie ihr Team, den Schlitten hinter sich herziehend, davonraste – sie schienen sie für den weiteren Weg nicht zu brauchen.

Zwar hatte sie ziemliche Beschwerden, aber das war jetzt egal. Es galt, das Gefährt wieder einzufangen!

Sie rannte so schnell sie konnte, was sich aufgrund der dicken Lagen an Kleidung, die sie trug, als äußerst schwierig erwies, und insbesondere aufgrund der Tatsache, dass sie den Großteil ihrer Energie bereits auf der bisher absolvierten Strecke verbraucht hatte.

Die Hunde flitzten unbeirrt weiter. Gerade noch sah sie den Schlitten um die nächste Kurve verschwinden.

Shane würde sie umbringen!

Dreiundzwanzig

Lauren drehte um und lief zurück zum Startpunkt. Mit Sicherheit würde sie dort jemanden finden, der ihr helfen konnte. Kurz zog sie in Erwägung, Shane anzurufen, aber der hatte gerade erst begonnen, an sie zu glauben, und sie wollte dieses ihr neu entgegengebrachte Vertrauen nicht aufs Spiel setzen.

Als sie den langen Weg zurück zum Ausgangspunkt stapfte, begann der Himmel bereits, sich zu verdunkeln. Die Tage hier waren einfach lächerlich kurz. Kaum war die Sonne aufgegangen, ging sie auch schon wieder unter. Würde sie verloren und alleine hier draußen zurückbleiben müssen? Und was war mit den Hunden?

Trotz ihrer fantastischen neuen Stiefel, die sie in

der Stadt bei Lowoods erstanden hatte, froren ihr allmählich die Zehen ein. Sie konnte nicht nachvollziehen, wie die Tiere das aushielten und auch noch zu genießen schienen.

Als sie knapp davor war, aufzugeben und ihren Arbeitgeber zu verständigen, kam ein Quad-Fahrzeug direkt auf sie zu und nur wenige Meter vor ihr zum Stehen. „Steigen Sie auf“, sagte der Fahrer, und nur zu gerne kam sie dieser Aufforderung nach. Er murmelte ihr etwas über die Schulter zu, aber sie war so verfroren und müde, dass sie seinen Worten nicht folgen konnte. Stattdessen kuschelte sie sich einfach an den Körper ihres Retters, der eine angenehme Wärme ausstrahlte.

Wenige Minuten später waren sie wieder an der Startlinie angekommen, und Lauren entdeckte ihre komplette Truppe, die die Männer außen am Fahrzeug angebunden hatten. Auch einige andere Hunde lagen angekettet an ihren Lastern, während ihre Besitzer gerade das Ergebnis des letzten Rennens zusammenfassten.

„T-Tausend Dank“, murmelte Lauren, noch immer nicht bereit, die Wärme des freundlichen Fremden zu verlassen.

„Gern geschehen“, sagte der Mann. „Passiert sogar den Besten von uns. Na ja, vielleicht nicht *den Besten*, aber Sie verstehen, was ich damit sagen will."

Sie lächelte und nahm dankbar eine Thermoskanne aus Metall entgegen, die ihr einer der anderen Schlittenführer reichte. Der heiße Kaffee weckte ihre Lebensgeister und ließ sie sich wieder als Mensch fühlen.

Die beiden Männer beobachteten sie, während sie trank, plauderten miteinander und gaben ihr die nötige Zeit, um wieder zu sich zu finden. Nachdem sie die komplette Kanne geleert hatte, bedankte sie sich ein weiteres Mal und stellte dann die Frage, die ihr seit Stunden schwer auf dem Herzen lag. „Sie werden Shane aber nichts davon erzählen, oder?"

Die Männer lachten, und Lauren war sich nicht sicher, ob nicht einer von ihnen sogar eine Frau war. Das war schwer zu sagen, so vermummt wie jeder von ihnen war, und besonders jetzt, da die Sonne bereits zum Teil hinter dem Horizont verschwand.

„Keine Sorge. Ihr Geheimnis ist sicher bei uns. Aber Sie sollten sich zukünftig besser an dem Griff festhalten, okay? Sie können nicht sehen, wann diese Bodenwellen vor Ihnen auftauchen und Sie immer dann, wenn Sie nicht extrem achtsam, zu Fall bringen."

„Woher wussten Sie, dass mir das passiert ist?"

„Das passiert den Neulingen öfters, als Sie sich vorstellen können. Vor allem den sogenannten Cheechakos.“

„Wem–?“, setzte Lauren an, aber die Frau unterbrach sie mit einem herzhaften Lachen.

„Denen, die nicht hier in Alaska aufgewachsen sind. Also solchen wie Ihnen, würde ich wetten. Wie auch immer, sogar die besten Musher erleben hin und wieder solche Stürze Glücklicherweise haben Sie sich für diese Strecke entschieden, denn als Ihre Hunde ohne Sie zurückkamen, dachten wir uns schon, dass Sie Hilfe gebrauchen könnten.“

„Also wurde ich mit dem Quad losgeschickt, um Sie einzusammeln, bevor es dunkel wird“, mischte ihr Retter sich ein.

„Und der Rest von uns hat sich um Ihr Team gekümmert, es ausgespannt und gefüttert. Schau’ n Sie sie sich mal an, glücklich zusammengerollt wie kleine Husky-Knäuel, bereit für den Heimweg und eine lange Verschnaufpause.“

Lauren blickte kurz zu ihnen hinüber. Zu ihrer Erleichterung sahen sie absolut zufrieden aus. Aber wie nur war sie auf diese irrwitzige Idee gekommen, sie könnte die Zeit, die Shane aufgestellt hatte, unterbieten? Es war ihr noch nicht einmal gelungen, die Strecke zu beenden, ganz zu schweigen von einer

Bestzeit. So viel dazu, dass ihr der Rennsport im Blut lag. Sie fragte sich, ob ihr Vater oder womöglich sogar ihr Boss jemals die Kontrolle über den Schlitten verloren hatten. Ungeachtet dessen, was die anderen Männer ihr erzählten, erschien es unwahrscheinlich, dass außer ihr noch jemand solch einen dummen Fehler begehen konnte.

„Na, na“, beruhigte sie der kleine Rennfahrer, der mit Sicherheit eine Frau war, während diese ihr mit dem Fausthandschuh beruhigend auf die Schulter klopfte. „Nur so lernen Sie es.“

„Sind Sie jemals gestürzt?“, flüsterte sie, und fühlte sich in Gesellschaft der Hundeschlittenführerin wesentlich wohler als in der gemischten Gruppe.

„Mehr als einmal.“ Sie zwinkerte ihr zu, und Lauren lächelte. „Und ich werde Ihnen noch etwas erzählen, wenn Sie mir versprechen, niemandem zu sagen, dass Sie das von mir haben.“

Lauren nickte und wartete auf die große Offenbarung.

„Ihr Chef, Shane?“ Ihre Augen funkelten wie der unberührte Schnee an den Rändern des Feldes, als sie ihr zuflüsterte: „Er ebenfalls.“

„Sprechen Sie von dem Unfall mit der Schneemaschine?“

„Nicht nur davon. Er hat so ziemlich jeden Fehler gemacht, der möglich ist. Glück für ihn, dass er sich nicht schon viel früher verletzt hat. Und wissen Sie was?“

Lauren atmete tief durch, bereit für jedes weitere Geheimnis, das die Frau gewillt war, mit ihr zu teilen. „Was?“

„So ein Sturz wie der heute kann nur positiv für Sie sein. Wenn Sie nicht bereit sind, Risiken auf sich zu nehmen, können Sie es niemals bis unter die Besten schaffen.“

Während die Sonne noch weiter hinter dem Horizont versank, fragte sie sich, ob dieser Ratschlag sich möglicherweise nicht nur auf das Rennen, sondern auch auf ihr ganzes Leben bezog.

Vierundzwanzig

Lauren kam, trotz des frühen Aufbruchs am Morgen, erst weit nach der Abendessenszeit wieder zu Hause an. Shane war nirgends zu entdecken; also machte sie sich schnell selbst etwas zu essen und ging unmittelbar danach zu Bett, total erledigt von dem hektischen Tag.

Bevor sie einschlief, überlegte sie noch hin und her, ob sie ihm beichten sollte, was heute auf der Strecke passiert war. Wenn sie ihm gegenüber nicht ehrlich sein konnte, durfte sie auch nicht erwarten, dass er ihr je Einzelheiten seiner verborgenen Wahrheit gestand. Sie würde ihm von dem Vorfall berichten, und falls er ihr dafür die Hölle heiß machen sollte, könnte sie immer noch argumentieren, dass auch er einst Fehler begangen hatte.

Nachdem sie eine Entscheidung getroffen hatte, fiel sie in einen tiefen, erschöpften Schlaf.

In dieser Nacht träumte sie von Camping – davon, die Sterne zu beobachten, schwimmen zu gehen, am Lagerfeuer Lieder zu singen und sich mit klebrigen Marshmallows vollzustopfen. Shane war bei ihr, ebenso wie ihr Vater. Selbst Dornröschen hatte sie zum Zeltplatz begleitet, umkreiste sie aufgeregt und sprang durch die Flammen, ohne sich jedoch zu verbrennen.

Gemeinsam sangen sie Lolly Winstons neuesten Hit, und Shane überraschte sie mit seinem wohlklingenden Bariton. Zwar hatte sie ihn noch niemals zuvor singen gehört, war jedoch überzeugt davon, dass dies seine Gesangsstimme war – und sie klang einfach nur wunderschön.

Er rückte näher an sie heran, so dass ihre Hüften sich berührten. Seine Stimme senkte sich zu einem Flüstern herab, als er murmelnd den Text wiederholte, sein Gesicht nur Zentimeter von dem ihren entfernt.

Näher, näher.

Sie konnte fühlen, wie die weichen Silben ihre Wange liebkosten. Jede Sekunde würde er sie küssen, und damit sollte sich alles zwischen ihnen von Grund auf ändern.

Er wäre geheilt, und sie ebenso. Gemeinsam würden sie ihre ersten Schritte in Richtung *Glücklich bis an ihr Lebensende* wagen, Hand in Hand.

Sie beugte sich nach vorne, schloss die Augen und wartete auf das, was als Nächstes passieren würde...

Allerdings war es in definitiv nicht das, was sie erwartete. Dornröschen durchbrach die Flammen und sprang zwischen sie, wobei sie jämmerlich heulte. Das Traumbild riss in der Mitte entzwei, ähnlich einem alten Fetzen Papier, und Lauren musste hilflos mit ansehen, wie ihr Vater, Shane und der Hund auf der einen Seite davon trieben, während sie selbst sich auf der anderen Seite befand.

Die waldigen Gerüche von Rauch und Erde nahmen überhand und stiegen ihr in die Nase, bis sie glaubte, keine Luft mehr zu bekommen. Dornröschen hörte nicht auf zu bellen, wimmern, heulen und jaulen.

Plötzlich war es nicht mehr nur sie alleine; auch die übrigen Huskies fielen mit ein. Und obwohl sie diese nicht länger in ihrem Traum sehen konnte, steigerte sich ihr Gejaule ins Unermessliche, und eine Art natürlicher Instinkt brachte sie zurück in die Wirklichkeit.

Ruckartig fuhr sie in die Höhe. Träumte sie? Oder…?

Nach wie vor vernahm sie das verzweifelte Heulen der Tiere von draußen. Und nach wie vor roch die Luft nach Rauch, aber von einem Campingplatz war nichts mehr zu sehen. Lauren saß alleine in ihrem Schlafzimmer, verwirrt und erschrocken.

Dann endlich kam sie wieder zu Sinnen und verstand, was da vor sich ging.

„Feuer!“, schrie sie, schlüpfte in Windeseile in ihre Stiefel und ihren Mantel und eilte nach draußen in den Hof. Sie musste handeln. Sie war die Einzige, die sich schnell bewegen konnte. Sie musste Shane und die Hunde retten, bevor es zu spät war.

Diese zerrten panisch an ihren Ketten, die Augen angstvoll auf den Brandherd gerichtet.

Teile des Geräteschuppens standen in Flammen, die sich hoch und hell gegen den Nachthimmel abhoben. Sie rannte darauf zu, schnappte sich einen achtlos hingeworfenen Schneeanker in der Nähe der Zwinger und legte den schnellsten Sprint ihres Lebens hin, um das lodernde Gebäude zu erreichen.

Shane, irgendwo hinter ihr, schrie ihr etwas zu, aber sie hatte keine Zeit, um auf seine Worte zu achten.

Sie musste all ihre Energie darauf verwenden, in der Kälte vorwärts zu kommen. Zumindest so lange, bis es nicht mehr kalt war und die Hitze der Flammen ihr die Schweißperlen von der Stirn tropfen ließ.

Krach!

Mit dem Metallhaken schlug sie sämtliche Scheiben ein und griff durch das zersplitterte Glas, um den Knauf von innen aufzudrehen. Glücklicherweise war dieser so konzipiert, um lediglich Eindringlinge von außen abzuhalten. Von der anderen Seite aus ließ er sich mühelos bewegen.

Nachdem sie sich endlich Einlass in das verbotene Gebäude erkämpft hatte, suchten ihre Augen nach der Quelle des Brandes. Die Vorhänge waren bis auf die Spitzen versengt, die rosa geblümte Tapete von Ruß verdunkelt und die Plastikbehälter zur Unkenntlichkeit geschmolzen, die Inhalte, die sie beschützen sollten, für immer verloren.

Was war das hier für ein Ort?

Keine Zeit, um sich gerade jetzt Gedanken darüber zu machen. Irgendwie musste sie die Flammen löschen. War der Schlauch lang genug, um bis hierher zu reichen? Es gab nur eine Möglichkeit, dies herauszufinden.

Erneut rannte sie los und kam an Shane vorbei,

der, ungeschickt einen Feuerlöscher in Händen haltend, auf die Hütte zu humpelte.

Sie trafen aufeinander, jeder von ihnen mit seiner eigenen Methode, um den Flammen Einhalt zu gebieten. Gemeinsam schafften sie es, das Feuer zu bekämpfen und zumindest einen kleinen Teil der Schätze im Inneren der Hütte zu retten.

Lauren wandte sich zu ihm um. Sie wusste nicht, was sie sagen sollte. Immerhin hatte sie nun genug von dem geheimen Ort gesehen, um endlich zu verstehen. Er hatte jemanden verloren, der ihm wichtig war, eine Frau, und dies war sein Heiligtum, in dem er ihr Andenken in Ehren hielt.

Kein Wunder, dass er jeden von hier fernzuhalten versuchte. Er war auf die denkbar schlimmste Weise verletzt worden, und jetzt war auch noch das Letzte, was ihn an seine verlorene Liebe erinnerte, ein Opfer der Flammen geworden. Beinahe brach sie seinetwegen selbst in Tränen aus, aber nein… für ihn musste sie stark sein, eine Quelle des Trostes in dieser schier unerträglichen Situation. Denn wahrscheinlich fühlte er sich so, als ob er seine Liebste ein weiteres Mal verloren hätte, und dieses Mal gab es nichts, was sie ihm zurückbringen konnte.

Sie legte die Arme um ihn, aber er erwiderte die Umarmung nicht. Sein Körper war steif. Noch nicht einmal seine Hände und Arme zitterten, wie das so oft der Fall war, wenn er unter Stress stand.

Alles um sie herum versank in Schweigen; selbst die Hunde hörten auf zu bellen.

„Was haben Sie getan?“, sagte er tonlos. *„Was haben Sie getan?“* Er wiederholte diesen Satz immer und immer wieder, und jedes Mal klang sein Tonfall unheimlicher und leerer als zuvor.

Nach wie vor traute er ihr nicht.

Fünfundzwanzig

Lauren wich zurück, geschockt darüber, dass er sie für das Feuer verantwortlich machte. „Nein, ich bin aufgewacht und es war... Nein, ich habe nichts damit zu tun." Es fiel ihr schwer, sich zu verteidigen. Diese Tat war unentschuldbar, aber sie hatte nichts damit zu schaffen. Wer würde jemandem so etwas Schreckliches antun, und vor allem einem Freund?

„Ich hatte Ihnen untersagt, diesen Schuppen zu betreten", sagte er mehr zu sich selbst und starrte auf die verkohlten Überreste seines ehemals geheimen Rückzugsortes.

„Shane, sind Sie noch bei Sinnen? *Es hat gebrannt.* Wenn ich nicht etwas unternommen hätte, hätte das Feuer leicht auf das Haus und die Zwinger übergreifen können. Ist Ihnen Ihr Geheimnis wirklich wichtiger als unser aller Leben? Die Leben der Hunde?“

Er schüttelte den Kopf, so lange, dass die Geste völlig unnatürlich wirkte, gab keine Antwort, starrte einfach nur vor sich hin, ohne etwas zu sehen. Irgendwann murmelte er dann: „Sie haben das Feuer gelegt. Es war niemand anderer hier. Niemand sonst hätte das tun können, und Sie haben stets in meinen persönlichen Dingen herumgeschnüffelt. Weil Sie das Schloss nicht aufbrechen konnten, haben Sie die Tür angezündet. Möglicherweise waren Sie frustriert, weil Sie bei mir nicht weiterkamen. Vielleicht war dies die einzige Möglichkeit für Sie, sich Einlass zu verschaffen, aber Sie haben das getan. *Sie*.“

Lauren fühlte sich, als ob ihr jemand ins Gesicht geschlagen hatte, und ehrlich gesagt wünschte sie sich beinahe, er würde sie schlagen. Es würde weniger weh tun und das, was als Nächstes passieren musste, einfacher machen. „Ist Ihnen bewusst, was Sie da sagen? Das ist doch absolut verrückt!“, schrie sie ihn an. „So etwas würde ich nie tun. Shane, ich bin Ihr Freund, haben Sie das vergessen?“

Er lachte bitter. „Ein toller Freund. Ich hätte Sie zurückschicken sollen, als ich die Gelegenheit dazu hatte, aber nein. Ich hatte wirklich gehofft, dass es funktionieren könnte. Ich fand, ich sollte Ihnen eine Chance geben, und jetzt ist alles verloren, was mir von ihr geblieben ist. Weg, Lauren! Sie haben es mir weggenommen, Sie haben *sie* mir weggenommen!“

Sie trat einen Schritt zurück; ihre Brust hob und senkte sich unter dem Gewicht seiner Anschuldigungen. „Nein, nein. Das stimmt nicht. Ich weiß doch nicht mal, wer *sie* ist. Ich würde Ihnen niemals Schaden zufügen, Shane. Niemals.“ Wie dumm sie nur gewesen war, als sie dachte, er würde ihre Gefühle erwidern. Er konnte sie nie lieben, weil er sich noch immer nach einem Geist der Vergangenheit sehnte. Das war ihr jetzt klar, und wenn sie die Zeichen bereits früher richtig gedeutet hätte, hätte sie sich eine Menge erspart.

„Hören Sie auf, mit mir zu reden, als ob Sie all das verstehen würden.“ Seine Stimme klang noch distanzierter, als er in den abgebrannten Schuppen kroch, um das Wenige zu inspizieren, was ihm noch geblieben war. „Sie werden es nie verstehen“, fügte er hinzu, als sie sich zu ihm gesellte.

„Vielleicht ja doch, wenn Sie mir endlich alles erklären würden. Ich möchte Ihnen helfen.“ Beschwichtigend legte sie eine Hand auf seinen Arm, aber er stieß sie von sich.

„Eine nette Art und Weise, das zu demonstrieren“, entgegnete er höhnisch.

„Auch ich habe jemanden verloren, der mir alles bedeutete. Mein Vater–“

„Das kann man nicht vergleichen“, fuhr er sie an. „Sie haben ja keine Ahnung, was Sie angerichtet haben.“

„Dann sagen Sie es mir“, sagte sie sanft und warf nun einen genaueren Blick auf den Inhalt des Schuppens. Alles im vorderen Bereich war von Ruß und Asche bedeckt, aber weiter hinten hatten einige der Behältnisse dem Feuer getrotzt. Darin befand sich etwas, das nach Stoffballen aussah – möglicherweise Kleider, die meisten davon in Rosa gehalten. Die anderen Gegenstände konnte sie nicht erkennen, ohne sich zu bücken und sie genauer in Augenschein zu nehmen, aber ihr war bewusst, dass Shane das nicht wollte. Sie blieb an seiner Seite und wartete darauf, dass er seinen verletzenden Vorwurf zurücknahm, sich ihr irgendwie erklärte.

Irgendwie. Wie auch immer.

Seine Stimme klang heiser, als ob er mit aller Kraft versuchte, die Tränen zurückzuhalten „Sie wollen, dass ich Ihnen alles erzähle? Ist es das, was Sie möchten?“

Sie sah zu ihm hinüber, aber er starrte weiterhin

ausdruckslos vor sich hin. Wie gerne würde sie ihn in die Arme nehmen, ihn von den Schmerzen befreien, aber er musste es zulassen. Er musste ihre Hilfe annehmen. Gemeinsam konnten sie es schaffen, ihre Verluste zu überwinden. „Ja, ich bin für Sie da. Ich sorge mich um Sie, Shane und will Ihnen einfach nur helfen."

„Niemand hat Sie darum gebeten." Erneut wanderte sein Blick durch den Schuppen, und als er an ihr hängenblieb, verzog er das Gesicht und humpelte zurück, hinaus in den offenen Hof.

Lauren folgte ihm auf dem Fuß. Sie konnten sich nicht einfach so verhalten, als ob all dies nicht passiert wäre. Er konnte nicht so weitermachen, seinen Schmerz in seinem Herzen vergraben, wo dieser vor sich hingärte.

„Ich habe Ihnen doch klar und deutlich gesagt, dass Sie mich in Ruhe lassen sollen", brummte er. „Spiel mit dem Feuer, und du verbrennst dich. So lautet doch das Sprichwort, oder? Aber Sie konnten es nicht dabei belassen; Sie mussten auch mich verbrennen. Alles ist verloren." Er unterdrückte ein Schluchzen, ließ sich auf die Knie in den Schnee fallen und schrie auf vor Schmerzen, als diese den Boden berührten.

„Ist es wirklich das, was Sie wollen?", fragte sie,

während sie seine Krücken holte und versuchte, ihm aufzuhelfen.

Stur weigerte er sich, ihre Hilfe anzunehmen, und es fühlte sich an, als ob er sie erneut ablehnte, so wie damals bei ihrem ersten Treffen. Als ob sie nicht schon besondere Momente, eine glückliche Zeit miteinander geteilt hätten. „Genau das."

„Dann werde ich gehen, aber bitte lassen Sie mich Ihnen erst noch ins Haus helfen. Erlauben Sie bitte, dass ich mich davon überzeuge, dass es den Hunden gut geht."

„Werden Sie dann verschwinden? Und niemals mehr wieder herkommen?" Lauren war sich nicht sicher, ob seine Worte eine Frage oder ein Befehl waren. Sie wusste nur, dass sie sie zutiefst verletzten.

Jetzt war sie es, die zu weinen begann. „Ich verspreche es Ihnen", schluchzte sie, wandte Shane Ramsey den Rücken zu und ging davon, einem unbekannten Schicksal entgegen.

Sechsundzwanzig

Lauren sperrte sich in ihrem Schlafzimmer ein, während sie versuchte, sich darüber klar zu werden, was sie als Nächstes tun sollte. Das Haus ihres Vaters war bereits verkauft, der Mietvertrag für ihre Wohnung gekündigt, der Job hingeschmissen – sie hatte alles, was sie jemals besaß, in New York zurückgelassen, um in Alaska neu anzufangen. Sie hatte alles auf eine Karte gesetzt.

Nun hatte es ihr wieder den Boden unter den Füßen weggezogen, erneut hatte sie Arbeit und Heimat verloren, und geblieben war ihr nur das kleine Erbe ihres Vaters.

Zwar hasste sie es, mitten in der Nacht Freunde um Hilfe bitten zu müssen, aber es erschien ihr unwahrscheinlich, um diese Uhrzeit ein Taxi zu bekommen. Und sie musste hier weg, bevor Shane sie noch mehr verletzen konnte.

Aufgrund ihres Streits war ihr im ganzen Bundesstaat nur eine einzige Freundin geblieben: Scarlett.

Obwohl sie schon öfters Nachrichten geschickt und sich ein paar Mal zum Abendessen getroffen hatten, würde sie ihre Freundschaft nicht als sonderlich eng bezeichnen. Lauren konnte nur hoffen, diese würde ihr die mitternächtliche Ruhestörung nicht übelnehmen, aber ihr blieb einfach keine andere Wahl.

„Selbstverständlich komme ich und hole dich dort raus“, versicherte ihr die junge Frau, noch bevor sie sie darum bitten konnte. „Schick mir eine WhatsApp mit der Adresse, und ich fahre in ca. fünf Minuten los.“

Als sie Scarlett vorfahren hörte, schlüpfte sie so lautlos wie möglich aus ihrem Zimmer und betete, dass Shane ihre überstürzte Flucht nicht mitbekommen mochte. Aber dieser hatte bereits sein Auto genommen und sich ebenfalls davongemacht.

„Was ist denn passiert?“, fragte Scarlett und starrte zu dem verbrannten Schuppen hinüber.

„Ein Feuer ist ausgebrochen“, berichtete Lauren und rieb sich die Hände, um diese aufzuwärmen.

„Schon klar, aber wie?“ Ihre Augen waren weit aufgerissen, so als ob sie alle Antworten sehen konnte, wenn sie sie nur weit genug öffnete.

„Keine Ahnung, aber er denkt, ich habe das Feuer gelegt.“

„*Du?* Das ist ja verrückt!“

Lauren spürte, wie ihr erneut Tränen in die Augen stiegen, und Scarlett schien es zu bemerken, weil sie ihre Freundin liebevoll und beinahe schwesterlich umarmte. „Es ist nicht deine Schuld“, flüsterte sie ihr tröstend ins Ohr. „Seit Shane Ramsey seine Frau und seine Tochter verlor, hat er sich in ein Monster verwandelt. Das sagen alle hier. Sicher, jeder duldet sein Verhalten, weil er bei dem, was er macht, einfach großartig ist, aber niemand will sich mehr mit ihm abgeben. Er behandelt–“

„Warte mal!“ Lauren löste sich aus der Umarmung, um Scarletts Gesicht zu studieren, das mittlerweile von roten Kälteflecken überzogen war. „Was hast du da gerade gesagt?“

„Es gibt niemanden mehr, der Shane noch leiden kann“, wiederholte diese nüchtern und mit einem kleinen Achselzucken.

„Nein. Über die… Frau und die T-Tochter?“ Sie konnte nicht klar zuordnen, ob es die Kälte war, die sie zum Stottern brachte oder etwas anderes, das mit ihren Gefühlen für ihn zu tun haben könnte.

Scarlett machte eine wegwerfende Handbewegung. „Oh, ich dachte, du wüsstest Bescheid darüber. Hast du tatsächlich über einen Monat mit diesem Kerl zusammengelebt, ohne je etwas über ihn in Erfahrung zu bringen?"

„Glaub mir, ich habe mein Möglichstes versucht, aber er war die ganze Zeit über so zugeknöpft."

„Nun, ich kenne auch nicht alle Einzelheiten. Ich weiß nur, dass es eine hässliche Scheidung war, und seitdem ist er äußerst reizbar und gemein gegenüber jedermann."

„Was ist mit seiner Tochter?", wagte sie zu fragen, noch völlig unter Schock von dieser unglaublichen Enthüllung.

„Ich weiß es nicht sicher. Die Leute sagen, er wurde beschuldigt, ein schlechter Vater zu sein und verlor das Sorgerecht."

„Armer Shane", bemitleidete ihn Lauren, während sein trauriges Gesicht vor ihrem geistigen Auge auftauchte. Warum nur hatte er ihr nichts erzählt? Was war der Grund dafür?

Scarlett allerdings schien darüber anderer Meinung zu sein. „Natürlich ist das Scheiße, gibt ihm aber noch lange nicht das Recht, es an seinen

Mitmenschen auszulassen. Er hat seine eigenen Fehler gemacht und muss jetzt einfach mit den Konsequenzen leben. Nichts von dem, was geschehen ist, ist deine Schuld."

„Das ist mir schon klar, aber–"

„Nichts aber! Dich mitten in der Nacht rauszuschmeißen ist völlig inakzeptabel. Ich hatte stets gehofft, dass die Gerüchte über ihn übertrieben wären. Denn, ehrlich, wie kann jemand, der so phantastisch aussieht, nur so eine schwarze Seele besitzen?"

Lauren fehlten die Worte, und so schüttelte sie lediglich den Kopf. Wie sehr hatte sie sich gewünscht, all dies von ihm selbst zu hören. Sie hätte ihn in seinem Glauben, ein guter Mensch zu sein, bestärken können, ihm versichern können, dass das Leben weitergeht, auch wenn es einem manchmal übel mitspielt.

„Wie auch immer", unterbrach Scarlett ihre Gedankengänge, „wir sollten von hier verschwinden. Lass diese ganze Sache einfach hinter dir. Und natürlich kannst du so lange bei mir wohnen, wie du möchtest."

Lauren atmete stoßweise aus, weigerte sich zu weinen, weigerte sich, auch nur ansatzweise daran zu denken, wie es hätte werden können, wenn die

Dinge sich anders entwickelt hätten. Sie drehte sich zu ihrer Freundin um. „Danke, ich weiß das wirklich zu schätzen."

„Hey, dafür sind Freunde doch da." Sie legte ihr einen Arm um die Schulter und geleitete sie zum Auto, das mit laufendem Motor im Leerlauf in der Einfahrt parkte.

Noch ein letztes Mal schaute Lauren zurück zur Hütte. Vor noch nicht allzu langer Zeit hatte diese einfache Holzkonstruktion Hoffnung, Träume und sogar süße Knospen der Liebe für sie bereitgehalten. Wie töricht war sie gewesen anzunehmen, dass ihr dieser Rückzugsort für immer und ewig eine Heimat werden könnte. Nun erkannte sie ganz klar, dass ihre Zuneigung zu Shane stets einseitig gewesen war.

Simpel ausgedrückt: Sie liebte ihn, weil es an diesem einsamen Ort sonst niemanden gab, dem sie ihre Liebe schenken konnte. Nein, ihre Gefühle waren nicht real gewesen, und *seine* hatten nur in ihrer dummen, naiven Fantasie existiert. Es war gut – richtig – wegzugehen.

Schweigend schlüpfte sie ins Auto und weigerte sich, nochmals zurückzublicken, während Scarlett zurücksetzte und sie weit, weit wegbrachte von Shane Ramsey, und hoffentlich auch von ihren Gefühlen für ihn.

Siebenundzwanzig

Als Lauren am nächsten Tag aufwachte, war Scarlett bereits unterwegs zur Bibliothek. Darüber informierte sie der hellgelbe Haftnotizzettel, den sie ihr auf der Pinnwand neben dem Kühlschrank hinterlassen hatte.

Bin arbeiten. Wir sehen uns heute Abend, Mitbewohnerin!

♥ Küsschen,

Scar

Sie warf einen Blick auf die Uhr an der Mikrowelle. Beinahe schon 13 Uhr, was bedeutete, dass aufgrund der vier Stunden Zeitunterschied ihre Freunde in New York gerade ihren Arbeitstag beendeten. Sollte sie Joanna Brocklehurst anrufen und ihren ehemaligen Datenerfassungsjob zurückerbitten? Oder wäre es möglicherweise besser, wenn sie mit geschlossenen Augen auf eine beliebige Stelle auf der Landkarte tippte, dort hinfuhr und ihr Leben nochmals von vorne begann – zum zweiten Mal?

Aus dem Verkauf des Hauses ihres Vaters war ihr eine stattliche Summe übrig geblieben, um einen Neustart zu wagen, aber wollte sie das auch wirklich?

Und was hätte ihr Papa in solch einer Situation getan? Eigentlich hatte er sich ja in einer ähnlichen Lage befunden, damals, als sie klein war. Er hatte sie einfach gepackt und, ohne ein Wort über sein früheres Leben in Alaska zu verlieren, in New York einen Neustart gewagt, sich aber über all die Jahre das Andenken an die alten Artikel und Erinnerungsstücke bewahrt.

Ob er seine Entscheidung je bereut hatte? Würde sie es bedauern, wenn sie nun eine ähnliche traf?

Darüber musste sie sich im Klaren werden – und zwar schnell. Sie wollte Scarletts Hilfsbereitschaft nicht länger als nötig in Anspruch nehmen. Vielleicht könnte sie kurzzeitig bei einer ihrer früheren Freundinnen aus der High School unterkommen, während sie sich die weitere Vorgehensweise überlegte: Umzug in eine neue Stadt, einen neuen Bundesstaat, die Suche nach der neuen Lauren.

Also scrollte sie durch ihre Kontakte auf der

Suche nach der Freundin, die am ehesten in der Lage und bereit sein könnte, ihr zu helfen. Viele ihrer Mitschülerinnen lebten noch in ihrer Heimatstadt, und die meisten von ihnen waren mittlerweile sogar verheiratet und hatten ihre eigenen Familien gegründet. Alle schienen ihr Leben im Griff zu haben, während sie noch nicht einmal wusste, was im nächsten Kapitel ihres Lebens passieren würde.

Weil sie sich wie ein kompletter Versager vorkam, entschied sie sich, Helen anzurufen, eine frühere Klassenkameradin, die während des ersten Schuljahrs wie auch in der Abschlussklasse das Amt der Klassensprecherin innegehabt hatte. Helen würde mit Sicherheit wissen, was zu tun war, und hätte die richtigen Tipps parat. Vielleicht sollte sie einfach ihr ganzes Leben in die Hände ihrer kompetenten Jugendfreundin legen.

Nach einem ewig langen, qualvollen Klingeln hob sie endlich ab.

„Helen, ich bin es, Lauren."

„Hallo, Laur." Helen klang irgendwie zerstreut, ließ sich den Grund dafür aber nicht anmerken. „Ich hörte das von deinem Vater. Es tut mir so leid. Ich wollte zur Beerdigung kommen, war aber gerade wegen eines Praktikums in Paris und konnte es einfach nicht so kurzfristig schaffen. Ich hoffe, du verstehst das."

„Das ist schon okay", versicherte ihr Lauren und hoffte nur, sie würde sich nicht so schuldig fühlen, dass sie ihr deswegen jegliche Hilfe verweigerte. „*Wirklich*. Ich war so durcheinander an diesem Tag, dass ich dich höchstwahrscheinlich eh nicht bemerkt hätte."

„Und, was treibst du jetzt so? Ich bin bei eurem Haus vorbeigefahren, musste aber feststellen, dass es in aller Eile verkauft wurde. Oh, übrigens, die neuen Nachbarn dort – nun, eigentlich sind es ja nicht deine Nachbarn, oder? – die neuen Bewohner jedenfalls haben mir einen Schwung Post mitgegeben, die an dich und deinen Vater adressiert ist. Eine ganz schöne Menge, unter anderem auch ein Päckchen. Hast du denn bei der Post keinen Nachsendeantrag gestellt?" Helens Stimme triefte vor Überheblichkeit. Ach ja, genau das war der Grund, warum Lauren nach dem College-Abschluss den Kontakt abgebrochen hatte.

„Mist! Ich bin so überstürzt aufgebrochen, dass ich das komplett verschwitzt habe."

„Ist schon in Ordnung. Ich kann dir alles zuschicken. Wie lautet deine Adresse?"

Das Gespräch mit Helen verschaffte ihr die Klarheit, die sie benötigte, lieferte aber nicht die Lösung, die sie sich erhofft hatte. Immerhin wusste sie jetzt, dass sie nicht zurückgehen, sondern weiterziehen würde. New York war nicht länger ihr Zuhause, aber Anchorage hatte noch eine Chance verdient.

Sie durchkramte sämtliche Post auf Scarletts Schreibtisch, bis sie schließlich einen Umschlag fand, auf dem sich die Anschrift ihrer Freundin befand. „Ich weiß zwar noch nicht genau, wie lange ich hierbleiben werde, aber sollte ich umziehen, kann meine Mitbewohnerin mir die Sachen weiterleiten", erklärte sie und gab dann die aktuelle Anschrift durch.

„Das gestaltet sich ja zu einer richtigen Verfolgungsjagd", witzelte Helen. „Was in aller Welt machst du dort droben in Alaska?"

„Ich weiß es noch nicht", gab Lauren ehrlich zu, „aber ich werde es früh genug herausfinden."

„Nun, wenn du noch etwas brauchen solltest, melde dich jederzeit, okay?" Sie fragte sich, ob ihre Freundin das wahrhaftig so meinte, wie sie es sagte und betete nur, dass sie sich nicht gezwungen sah, es später irgendwann herauszufinden.

„Das werde ich", versprach sie und verabschiedete sich.

Kaum hatte sie den Anruf beendet, poppte ein

Fenster auf ihrem Handy auf, das sie über den Eingang einer neuen Sprachnachricht informierte. Zwar kannte sie die Telefonnummer nicht, sah aber anhand der Vorwahl von Alaska, dass es sich um eine lokale Nummer handelte.

Sie schaltete den Lautsprecher ein und klickte auf *Abspielen*.

„Hallo, Lauren“, vernahm sie die Stimme einer Frau, die ihr vage bekannt vorkam. „Hier spricht Mary Fairbanks, die Nachbarin von Herrn Ramsey. Wir sind uns vor einigen Wochen begegnet. Wie auch immer, Herr Ramsey bat mich, Sie anzurufen und Ihre neue Adresse ausfindig zu machen. Er möchte Ihnen Ihren Gehaltsscheck zukommen lassen. Der liegt mir bereits vor.“ Mary hielt kurz inne, und sie vernahm das Rascheln von Papier. „Es ist eine stolze Summe, also denke ich, Sie möchten das Geld sicherlich haben. Herr Ramsey erzählte mir, dass er das Arbeitsverhältnis leider beenden musste, jedoch sicherstellen wollte, dass Sie das volle Jahresgehalt bekommen.“

Die ältere Frau atmete tief durch, bevor sie weitersprach. „Ich weiß zwar nicht, was Sie dem Mann angetan haben, aber heute war er noch störrischer als sonst. Hat mich schon in aller Herrgottsfrühe angerufen und darauf bestanden, dass ich vorbeikommen und ihm mit den Hunden helfen soll. Er hat wirklich Glück, dass ich Rentnerin und somit flexibel bin. Eigentlich geht mich das Ganze ja nichts an, Liebes, aber ist es nicht üblich, dass man eine zweiwöchige Kündigungszeit einhält? Wie auch immer, rufen Sie mich an, damit wir diese Angelegenheit bereinigen können."

Lauren hörte zu, wie die Frau ihre Telefonnummer runterrasselte und dann auflegte. Sie würde sie später zurückrufen, wenn es weniger wahrscheinlich war, dass sie sie persönlich erreichte und ebenfalls einfach eine Nachricht hinterlassen.

Zwar leuchtete ihr ein, warum Shane sich nicht selbst bei ihr gemeldet hatte, aber insgeheim wünschte sie, er hätte es doch getan.

Achtundzwanzig

„Kann ich dich für immer hierbehalten?", fragte Scarlett lachend, bevor sie sich einen weiteren großen Bissen von dem Lachs in den Mund schob, den Lauren fürs Abendessen zubereitet hatte.

Genussvoll schloss sie die Augen, als sich dessen Geschmack auf ihrer Zunge ausbreitete. „Das ist mein voller Ernst", stöhnte sie und hielt sich die Hand vor den Mund, um gleichzeitig sprechen und essen zu können. „Du *musst* einfach bleiben, egal ob du willst oder nicht!"

„Klar darfst du mich gerne hierbehalten, aber ich brauche trotzdem irgendeinen Job", erwiderte Lauren mit einem breiten Lächeln.

„Was wäre so falsch daran, wenn du einfach

meine Mitbewohnerin bleibst, die sich um den Haushalt kümmert? Wenn ich nicht mal grade meine Eltern besuchen gehe, bekomme ich nie so etwas Leckeres vorgesetzt.“

Lauren verdrehte die Augen, fand es aber insgeheim total süß, dass Scarlett sie bereits als unabdingbar betrachtete. Bei Shane war ihr das in dem guten Monat, den sie mit ihm verbracht hatte, nicht gelungen; ihre Freundin hatte sie mit einem einzigen Essen überzeugen können. Sollte es so nicht normalerweise ablaufen?

„Weißt du…“ Scarlett verteilte einen Löffel Aioli auf ihrem Fischfilet und fuhr fort: „Ich bin mir sicher, dass wir auch für dich eine Arbeit in der Bibliothek finden könnten.“

„Ich? Eine Bibliothekarin?“, quietschte sie aufgeregt. „Das wäre super cool.“

„Na ja, nicht so ganz.“ Scarlett trank schnell einen Schluck Wasser und sprach dann weiter. „Normalerweise benötigt man dafür den Master in Bibliothekswissenschaften, aber du sagtest doch, dass du Englisch studiert hast, oder?“

Lauren bejahte, gespannt darauf, mehr darüber zu erfahren.

Die Freundin nickte mit dem Kopf, wie im geheimen Einverständnis mit sich selbst. „*Ja.* Ja, wir werden irgendetwas für dich finden. Ich könnte ja auch mal bei der Universität von Anchorage nachfragen, ob einer der Professoren möglicherweise eine wissenschaftliche Hilfskraft benötigt."

„Du bist einfach umwerfend!"

Scarlett errötete. „Ich? Nein. *Du* bist das Aufregendste, das mir seit Jahren untergekommen ist."

„Ich?"

Ihr Gegenüber nickte so energisch, dass sie sich an ihrem Pilaw-Reis verschluckte. Sie schlug sich auf die Brust, hustete und fuhr dann mit dem Essen fort. Lauren wünschte, sie könnte ebensolche Mengen vertilgen wie ihre neue Bekannte und dabei spindeldürr bleiben. Sie war noch niemals dünn gewesen und momentan, aufgrund der zusätzlichen Muskeln, die sie durch das tägliche Training mit Shanes Hunden aufgebaut hatte, glich sie eher einer Amazone.

Scarlett nahm noch ein paar Schluck Wasser, bevor sie zu weiteren Erklärungen ansetzte. „Ich wuchs in Texas auf, in einer Kleinstadt, die wegen ihrer Äpfel in der ganzen Welt bekannt ist. Wie auch immer, ich verspürte schon immer den Wunsch, einmal Bibliothekarin zu werden, also ging ich eben dorthin, wo mir ein Job angeboten wurde."

„Zur Loussac?", fragte sie und erinnerte sich an

ihre allererste Begegnung bei der Durchsicht der Mikrofilme.

„Genau, zur Loussac. Und vom ersten Moment an war mir klar, dass ich meine Heimat gefunden hatte. Ich verliebte mich in alles, was dieser Ort zu bieten hat – die Natur, die Menschen, die Geschichte und vor allem das Iditarod-Rennen."

Lauren schüttelte erstaunt den Kopf. „Wie alt bist du, Scar? Du kannst nicht viel älter sein als ich, und ich bin gerade mal 25."

Diese wedelte mit vier Fingern in ihre Richtung, um deutlich zu machen, wie viele Jahre sie voneinander trennten. „Nächstes Jahr werde ich 30. Aber, wie auch immer, darum geht es nicht. Fakt ist, dass ich mich so, wie mir schon immer meine Bücher am Herzen lagen, auch in die Hunderennen verliebte. Ich las viel darüber, studierte jedes Detail, sah dabei zu, aber niemals, nicht mal in meinen wildesten Träumen, hätte ich mir vorstellen können, dass ich irgendwann selbst mal eines fahren könnte. Das heißt, bis ich dich traf."

Lauren lachte ungläubig. „Was habe ich denn damit zu tun?"

„Du warst einfach *du selbst*, und das genügte schon. An diesem Tag bist du in die Bibliothek hereingeschneit, hattest dich ohne das geringste

Hintergrundwissen diesem Sport verschrieben, eine Stelle bei einem der berüchtigtsten Männer in diesem Business angenommen und mir dann erzählt, du hättest dich einfach aus einer Laune heraus dazu entschieden? Das hat mich total umgehauen."

„Wirklich?"

„Allerdings. Stets hatte ich mein Leben aufs Sorgfältigste geplant, immer nur das getan, das man tun sollte, nie das, was ich wirklich wollte. Aber dann dachte ich mir: *Sie* probiert es einfach, also warum sollte *ich* es nicht auch in Angriff nehmen?"

Lauren sah sich flüchtig in der kleinen Wohnung um, die definitiv keinen Platz für Hunde bot.

„Oh nein, nicht sofort. Auch ein Tiger kann nicht über Nacht seine Streifen loswerden, aber ich habe bereits um einen Langzeiturlaub gebeten und hoffe, dass ich eventuell in der nächsten Saison..." Scarlett errötete und legte ihre Gabel neben dem leeren Teller ab. „Auch ich könnte ein guter Hundeschlittenführer sein. Du hast mich dazu inspiriert, meine Träume zu verwirklichen, und deshalb bist du praktisch meine Lieblingsperson unter allen, die ich kenne."

„Ich gehöre aber nicht mehr dazu. Shane hat mich rausgeworfen. Nun, irgendwie habe ich selbst gekündigt, zum Teil wurde ich gefeuert. Aber Fakt ist, dass ich nicht mehr dabei bin."

„Aber dein Vater..." Nun überzog die Röte Scarletts komplettes Gesicht. „Es liegt dir nun mal im Blut", schloss sie.

Lauren seufzte. „So allmählich beginne ich mich zu fragen, ob ich ihn jemals wirklich kannte. Er hielt einen so großen Teil von sich selbst vor mir verborgen, und ich bin noch keinen Schritt weitergekommen, Antworten darauf zu finden, warum er die Rennen aufgab, oder warum er dieses große Geheimnis all die Jahre über nicht mit mir teilte."

Die Freundin trug ihre Teller hinüber zur Spüle und fing an, das Geschirr zu spülen. „Gut, weißt du was? So sehr mir der Gedanke auch gefällt, dass du hier zu Hause bleibst und für mich kochst, nehme ich dich trotzdem morgen mit in die Bibliothek. Ich werde dir noch weiteres Material für deine Nachforschungen beschaffen, und dann hast du den ganzen Tag Zeit, um mehr über die Geschichte deiner Familie in Erfahrung zu bringen. Irgendwo da draußen findest du die Antworten. Du musst einfach weitersuchen, und ich werde dir dabei helfen."

„Wie lieb von dir. Vielen Dank."

„Hey, nicht nötig, dass du dich bedankst. Dazu sind Freunde doch da, oder?“

„Stimmt“, sagte Lauren und drückte sie. So war es also, wenn man geliebt, akzeptiert und geschätzt wurde. In all den Wochen mit Shane hatte sie diese Gefühle nie zu spüren bekommen – zumindest nie länger als ein paar Augenblicke.

Hier bei Scarlett zu sein fühlte sich richtig an. Sie hatte eine Freundschaft fürs Leben geschlossen, und alles Weitere würde sich mit der Zeit fügen.

Neunundzwanzig

Als Lauren am folgenden Nachmittag die Bibliothek verließ, hatte sie viele neue Dinge gelernt. Sie wusste nun, dass Iditarod von dem Wort *Halditarod* der Ingalik-Indianer abgeleitet wurde, was so viel wie *Fernes Land* bedeutete, und dass der siegreichste Hundeschlittenführer aller Zeiten, Rick Swenson, seinen fünften und letzten Sieg im Jahre 1991 errungen hatte – was ihrer Vermutung nach bedeutete, dass ihr Vater irgendwann gegen ihn angetreten sein musste. Sie hatte außerdem erfahren, dass die Menschen in den frühen 90er Jahren stolz waren auf ihre Vokuhilas und High-Top-Sneakers.

Nichts Neues hingegen gab es in Bezug auf ihren Dad.

Scarlett überredete sie, auch am nächsten Tag wieder mitzukommen, aber je mehr Lauren nachforschte, ohne auf weitere Hinweise zu stoßen, desto mehr wuchs in ihr das Gefühl, niemals dahinterzukommen, welche Art von Mann ihr Vater gewesen war – weder während seiner frühen Jahre als Rennfahrer noch später.

Wieder einmal versetzte dieser Verrat ihr einen schmerzhaften Stich. Sie hatte ihm von ihrer ersten großen Liebe erzählt, ihn an Schulhofgeheimnissen teilhaben lassen, die sie ansonsten nur ihrem Lisa Frank-Tagebuch anvertraute, sogar gebeichtet, dass sie den schicken Füllfederhalter von Heather McEntyres Schreibtisch geklaut hatte; er jedoch hatte Jahre seines Lebens vor ihr geheim gehalten.

Jahre!

Hatte diese Geheimniskrämerei aufgehört, nachdem er den Sport aufgegeben hatte, oder gab es womöglich noch mehr, was er vor ihr verborgen hielt? Nach allem, was sie mittlerweile wusste, könnte er ein Doppelleben geführt haben, während er ihr ein und alles gewesen war.

„Kopf hoch“, ermutigte sie Scarlett, als sie ihren Wagen parkte. „Wir werden schon noch herausfinden, was passiert ist. Versprochen!“

„Wir?“, schniefte Lauren.

„Natürlich *wir*! Glaubst du etwa, ich würde dich damit alleine lassen? *Aber wirklich nicht!* Lass mich meine bibliothekarischen Superkräfte einsetzen, um dir dabei zu helfen, die Wahrheit ans Licht zu bringen. Ich kann dir noch mehr Bücher besorgen und dir Zugang zu weiteren wichtigen Quellen verschaffen, auch zu solchen, die normalerweise nicht zugänglich sind." Sie quietschte vergnügt, während sie sich abschnallte und die Tür öffnete. „Warte nur ab, wir werden so viel Spaß haben!"

Laurens Tränen versiegten und machten einem Lachen Platz, während sie Scarlett in den Wohnblock folgte.

„Bücher und Datenbanken und Mikrofilme. Oh yeah!", alberte diese herum und hakte sich bei ihr unter. „Wir machen uns auf, das Rätsel zu lösen, die überraschenden Geheimnisse um Laurens Vater aufzudecken."

Noch immer Arm in Arm und lachend stürmten die beiden jungen Frauen die Treppe hinauf, während Scarlett mit ihrer Parodie des *Zauberers von Oz* fortfuhr. „Wir hörten, er war ein– Oh, Hallo!"

Da sie die Größere der beiden war, entdeckte Scarlett die Gestalt, die auf dem Boden vor ihrer Wohnungstür kauerte, einen Augenblick früher als ihre Freundin. Dort, an die Wand gelehnt, seine

Krücken ordentlich neben sich abgelegt, saß ihr ehemaliger Arbeitgeber, Shane Ramsey. Er hob das Kinn und seine Augen weiteten sich, als die beiden sich ihm näherten, aber er lächelte weder, noch blickte er finster drein, verbarg seine wahren Gefühle also genau wie eh und je.

„Ich fange schon mal mit dem Abendessen an", sagte Scarlett, ging in das Apartment und schloss leise die Tür hinter sich.

„Was machen Sie denn hier?" Lauren blieb stehen, weil sie glaubte, die Situation dadurch besser unter Kontrolle zu haben und jederzeit davonlaufen zu können, sollte es nötig werden.

„Kommen Sie wieder nach Hause, Lauren", bat er. „Ich habe einen Fehler gemacht. *Ich brauche Sie*."

Sie war sich nicht sicher, welche seiner Worte netter klangen – oder welche sie noch wütender machten.

„Wir können so nicht weitermachen", sagte sie, verschränkte die Arme vor der Brust und starrte auf ihn hinab mit dem frostigsten Gesichtsausdruck, den sie zustande brachte. „Sie schubsen mich herum, als ob ich eine Art Spielzeug wäre. Das ist nicht okay."

„Ich weiß. Es tut mir so leid. Sie haben etwas Besseres verdient."

Sie atmete tief durch und versuchte, ihren

Körper zu entspannen. Meinte er es wirklich ehrlich? Würden sich die Dinge von jetzt an zum Positiven wenden? „Sie haben völlig Recht, das habe ich allerdings."

„Und ich werde mich ändern, das verspreche ich. Nur, bitte Lauren, kommen Sie wieder zurück zu mir. Bitte."

„Wie soll ich Ihnen vertrauen, wenn Sie mir gegenüber so misstrauisch sind? Sie führen sich beinahe schon lächerlich auf, um Ihre geheime Vergangenheit zu schützen, und dann werfen Sie mir auch noch vor, ich hätte Ihren Schuppen niedergebrannt, und das mit voller Absicht."

„Ich weiß, ich weiß." Seine Stimme brach, und er ließ den Kopf hängen.

Einen Moment lang dachte sie, sie hätte Tränen in seinen Augen gesehen, aber schnell verbarg Shane das Gesicht in seinen Händen und wischte sie weg.

„Ich bin nicht daran gewöhnt. Das ist zwar keine Entschuldigung, aber es ist die Wahrheit, die erste von vielen, die ich bereit bin, Ihnen zu gestehen, wenn Sie sie denn hören möchten."

Sie wusste nicht, mit welcher Frage sie beginnen sollte. *Nicht gewöhnt an was? Welche anderen Wahrheiten wollen Sie mir sagen? Bedeutet all dies, dass Sie mich doch mögen?* Sie ließ sich neben ihm auf dem

Boden nieder, entschlossen, ihm eine Chance zu geben, das loszuwerden, was ihm offensichtlich auf der Seele lag. „Fangen Sie an. Ich bin ganz Ohr."

Einen kurzen Moment lang zuckte seine Hand in ihre Richtung, aber sofort zog er sie wieder zurück und legte sie auf seinem verletzten Knie ab. Während er sprach, starrte er stur geradeaus auf die Treppe. „Die Leute mögen mich nicht, und das schon geraumer Zeit. Ich weiß nicht, warum Sie anders sind, aber aus welchem Grund auch immer können Sie meine Launen ertragen. Sie machen mich glücklich, und das nicht nur, weil Sie großartig mit den Hunden umgehen. Sie bieten mir Paroli und fordern mich heraus. Sie bringen mich zum Lachen und kochen mir die besten Mahlzeiten, die ich je gegessen habe. Die vermisse ich übrigens am meisten, ganz nebenbei bemerkt."

Ein leises Lachen stieg in ihm hoch, blieb ihm aber in der Kehle stecken. Er sah sie an, als ob er auf eine Erwiderung von ihr wartete, aber Lauren musste mehr hören, um ihm wirklich alles verzeihen zu können, was sich zwei Nächte zuvor ereignet hatte, eigentlich alles, das passiert war, seit sie sich an jenem Januartag zum ersten Mal an den Zwingern begegnet waren.

„Ich...", setzte er erneut an, kam jedoch ins

Stocken und musste einen dicken Kloß hinunterschlucken, der ihm im Hals zu stecken schien. „Ich möchte ehrlich zu Ihnen sein, weil *Sie Recht haben*. Wir sind Freunde, und Sie bedeuten mir etwas. Ich wollte das zwar nicht, aber jetzt ist es zu spät, um daran noch etwas zu ändern."

„Weiter", forderte sie ihn flüsternd auf.

„Ich verbarg meine Vergangenheit auch vor mir selbst, Lauren. Ja, ich habe – hatte – diesen Schuppen voll mit ihren Sachen, aber ich gehe so gut wie nie da hinein. In dieser Nacht allerdings, nachdem ich mit meinen alten Kumpels in der Kneipe getrunken hatte, fehlte sie mir so sehr, dass es mich dort hinzog. Ich musste einfach in die Hütte, um mich wieder besser zu fühlen. Man hatte mich ausgefragt, darüber diskutiert, was passiert war, da ja alle Bescheid wussten. Die Gemeinschaft der Hundeschlittenführer ist nicht so groß, wie Sie vielleicht denken. Jeder weiß alles über jeden. Ich denke, dass dies einer der Gründe war, warum ich anfing, Ihre Gegenwart zu genießen. Für mich war das wie ein Neuanfang. Sie wussten nichts, und ich war fest davon überzeugt, dass, wenn Sie es herausfänden, Sie mich genauso hassen würden wie ich mich selbst."

Wieder hielt er inne, räusperte sich und warf ihr einen flehenden Blick zu, als wolle er sie bitten, nichts weiter sagen zu müssen. Aber sie musste es hören und erkannte auch, dass er es sich von der Seele reden musste.

Also legte sie ihm eine Hand auf die Schulter und hoffte, diese Geste würde ihm den Mut geben, den er brauchte, um fortfahren zu können.

Ein erneuter, tiefer Atemzug. „Vor drei Jahren hatte ich eine Frau und eine Tochter, aber für mich standen sie nie an erster Stelle, und ich hatte sie auch nicht verdient. Ich dachte stets nur an die Hunde, trainierte mit ihnen, nahm an jedem Rennen teil, bei dem ich angenommen wurde. Zwar war ich einer der Besten, aber ich wollte *der Beste* sein, und das nimmt viel Zeit in Anspruch. Der Sport bedeutete mir alles, und damit blieb nicht mehr viel übrig für die Bedürfnisse meiner Familie."

Erneut entwich ihm ein Schluchzer, aber dieses Mal ließ er seinen Tränen freien Lauf. „Ich war nicht weiter überrascht, als meine Frau mich verließ, aber ich hatte nicht erwartet, dass sie so wütend sein würde, so sehr auf Rache aus."

Shane drehte sich um und sah sie an, sein für gewöhnlich verschleierter Blick nun klar und hell. „Sie nahm mir auch meine Tochter weg und unternahm alles in ihrer Macht Stehende... sie stellte sicher, dass ich das Sorgerecht verlor und somit endgültig nicht mehr Teil ihrer beider Leben war. Seitdem habe ich mein kleines Mädchen nicht mehr wiedergesehen. Ich lebe seit nunmehr drei Jahren ohne mein Herz, aber die Stelle, wo es sich befinden sollte, schmerzt immer noch so sehr."

Lauren legte ihren Kopf auf seine Schulter. Es war eine zärtliche, beinahe intime Geste, die sich aber richtig anfühlte. „Danke, dass Sie es mir erzählt haben", sagte sie. „Alles, was ich jemals wollte, war, dass Sie ehrlich zu mir sind, mich an sich heranlassen."

Er lehnte seinen Kopf an den ihren, und schweigend verharrten sie, bis ihre Körper den gleichen Rhythmus fanden: Sein Herz, ihr Atem, harmonisch vereint.

„Werden Sie mit mir nach Hause kommen?", fragte er schließlich.

„Ja, das werde ich", entgegnete sie bestimmt. Mehr und mehr fühlte sich dieses Zuhause nicht wie ein Ort, sondern wie eine Person an. Würde auch er eines Tages für sie das Gleiche empfinden?

Der heutige Abend war zumindest ein Anfang.

Dreißig

Ihr Name war Rosie, und sie war gerade vier Jahre alt geworden, als Shane sie zuletzt gesehen hatte. Während sie am Abend gemeinsam zurück zur Blockhütte fuhren, erzählte er ihr weitere Einzelheiten.

„Ich weiß nicht mal mehr, wo sie jetzt ist oder wie ihr Nachname lautet“, erklärte er Lauren, und mit jeder neuen Wahrheit, die er preisgab, schienen ihm die Worte leichter über die Lippen zu kommen. „Ich könnte mir vorstellen, dass Isabel ihn wegen mir geändert hat.“

„Aber jetzt, da ich Bescheid weiß, kann ich Sie unterstützen“, versuchte sie, ihn aufzumuntern. „Ich kann Ihnen helfen, sie wiederzufinden.“

„Wie kommen Sie darauf, dass sie mich überhaupt wiedersehen möchte, oder sich überhaupt noch an mich erinnert? Sie war so klein damals, und ich habe in Bezug auf meine Vaterpflichten komplett versagt. Nein, ich habe das, was mir passierte, mehr als verdient.“ Er suchte nach dem Knopf an seinem Lenkrad, um das Radio anzudrehen, aber Lauren griff nach vorne und schaltete es wieder aus.

„Nein, Sie haben nichts von alledem verdient. Sie sind ein guter Mensch, Shane. Und vertrauen Sie mir, Ihre Tochter wird Sie wiedersehen wollen. Mein Vater hielt einen großen Teil seines Lebens vor mir geheim, aber ich würde alles dafür geben, um ihn zurückzubekommen, und sei es nur für einen einzigen Tag. Ein Mädchen braucht seinen Vater. Rosie braucht Sie ebenso, wie Sie Ihre Tochter brauchen.“

„Aber wie soll ich nur an sie herankommen? Es erscheint mir schier unmöglich.“

„Das weiß ich im Moment auch noch nicht, aber wir werden einen Weg finden.“ Sie langte zu ihm hinüber und ergriff seine zitternde Hand. „Gemeinsam!“

Eine Weile fuhren sie schweigend dahin, hingen beide ihren Gedanken nach, während Lauren im Geist versuchte, die verschiedenen Puzzleteilchen dieser Geschichte, die sie von Shane erfahren hatte, zusammenzusetzen. Die alte Vorladung musste irgendetwas mit der Scheidung oder der Sorgerechtsanhörung zu tun haben. Sein Temperament und großes Engagement für die Hunde waren wahrscheinlich weitere Faktoren, die das, was zwischen ihm und seiner Ex-Frau ablief, begünstigten. Er hatte erwähnt, dass er sich in der Nacht, als das Feuer ausgebrochen war, in dem Schuppen aufgehalten hatte; es war also mehr als wahrscheinlich, dass ein unbeaufsichtigter Heizlüfter oder eine Kerze für die Flammen verantwortlich waren.

Nach wie vor gab es ein paar Dinge, die sie nicht richtig zuordnen konnte, aber nun war sie zuversichtlich, dass er auch diese noch erklären würde.

„Shane?", riskierte sie es erneut.

„Hmm?" Von jetzt auf gleich schien er irgendwie wieder angespannt. Es würde einfach seine Zeit brauchen, bis er sich in ihrer Gegenwart völlig wohl fühlte, wenn überhaupt jemals. Aber sie hoffte, dass das eines Tages geschehen würde.

Da sie ihn scheinbar bereits wieder aufgewühlt hatte, konnte sie auch genauso gut weitere Fragen stellen. „Warum haben Sie Ihren Hund nach Ihrer Tochter benannt?"

„Dornröschen?" Er musste lachen. Zumindest

schien dies eine einfache Frage zu sein. „Den Namen hat sie nicht von mir bekommen. Rosie hat ihn ausgewählt.“

Nun kicherte auch Lauren. „Sie hat sie nach sich selbst benannt?“

„Nun, damals war sie gerade zwei Jahre alt und wollte ihren eigenen Hund haben. Als wir sie fragten, wie ihr neues Haustier denn nun heißen sollte, nannte sie genau drei Vorschläge: *Hundi, Pupsi oder Rosie*. Also einigten wir uns auf Dornröschen, und irgendwann wurde kurz Röschen daraus.“ Sein Blick wurde glasig aufgrund der Erinnerung, so als ob er die Szene nur zu deutlich vor Augen hätte.

Lauren lachte erneut. „Klingt nach einem Mädel nach meinem Geschmack. Aber warum hat sie Dornröschen nicht mitgenommen, als sie wegging?“

„Dieser Hund hat meine Kleine geliebt, und umgekehrt verhielt es sich genauso. Ich bin mir sicher, sie wären liebend gerne zusammengeblieben, aber Isabel wollte mit meiner Welt abschließen.“ Er lehnte sich in seinem Fahrersitz zurück, als ob ihn von jetzt auf gleich sämtliche Energie verlassen hätte. „Ich hatte stets gehofft, sie würde ihre Meinung ändern und den Hund doch noch zu sich holen.“ Seine Stimme zitterte erneut. „Aber nachdem Monat für Monat verstrich, wurde mir klar, dass das nicht passieren würde. Ich konnte es nicht ertragen, das Tier weiterhin im Haus um mich herum zu haben, wo sie wimmernd darauf wartete, dass ihr kleines Frauchen zu ihr zurückkam. Dadurch wurde ich nur noch mehr daran erinnert, wie sehr ich selbst meine Tochter vermisste. Eines Tages entschied ich dann, Dornröschen nach außen zu den anderen zu bringen, und seitdem lebt sie in ihrem Zwinger."

Das war also der Grund dafür, dass Dornröschen so ganz anders war als die übrigen Fellnasen! Sie war kein richtiger Schlittenhund. Und es erklärte auch, warum Lauren sich dem ehemaligen Haustier gegenüber von Anfang an zugetan gefühlt hatte. Beide waren sie auf der Suche nach jemandem, den sie lieben konnten, nachdem sie die wertvollste Person in ihrem Leben verloren hatten. „Eine allerletzte Frage?"

„Raus damit", stimmte Shane zu. Eigentlich ging es ihr gegen den Strich, ihn diese leidvollen Momente erneut durchleben zu lassen, aber gleichzeitig war ihr klar, dass es für sie beide leichter wäre, wenn er alles auf einmal loswürde.

„Warum hängen alle diese teuren Anzüge in Ihrem Schrank, wenn Sie sie doch eh nie tragen?" Sie warf ihm einen verstohlenen Blick zu und sah gerade noch, wie er lächelte. Offensichtlich eine weitere simple Frage. Sehr gut.

„Habe ich es mir doch gedacht, dass Sie an diesem Tag in meinem Schrank herumgeschnüffelt haben." Er schmunzelte, schien jedoch nicht verärgert. „Manchmal trage ich sie, wenn ich einen Werbedeal unter Dach und Fach bringen muss. Sie müssen wissen, dass Hundeschlittenführer hier oben quasi als eine Art Berühmtheit gelten. Zwar bekomme ich Preisgelder, wenn ich ein Rennen gewinne oder es unter die Besten schaffe, aber überwiegend beziehe ich mein Einkommen aus solchen Abschlüssen. Seit meiner Verletzung wurde mir leider keiner mehr angeboten."

„Und wann noch?", hakte Lauren nach.

„Was meinen Sie mit *wann noch*?"

„Sie sagten, Sie würden sie manchmal zu diesen Anlässen tragen, was bedeutet, es gibt auch noch andere Termine und Gelegenheiten?"

„Na schön, Sie kleine Detektivin." Er lachte, und sie stimmte mit ein. „Scheint so, als ob ich vor Ihnen wirklich nichts verbergen kann."

„Also?", ermutigte sie ihn, nachdem er nicht von sich aus weitersprach.

„Ich besitze ein nicht unerhebliches Familienvermögen." Er zuckte mit den Schultern, als ob es sich um eine unbedeutende Nebensache handelte. „Ehrlich gesagt denke ich, das war mit ausschlaggebend dafür, dass Isabel sich in mich verguckte. Sie liebte mein Geld mehr als mich und konnte sich nie damit abfinden, dass ich der Firma den Rücken zuwandte und mich stattdessen auf meine Schlittenführerkarriere konzentrierte."

„Welche Art von Geschäft war das?", fragte Lauren neugierig, da es ihr schwerfiel, in Shane etwas anderes zu sehen als den Mann, der im Training mit seinen Hunden aufging.

Höhnisch verzog er die Lippen, als er das Wort ausspie: „Das ganz große Ölgeschäft."

Auch ihr Gesichtsausdruck musste Verachtung gezeigt haben, denn Shane bekräftigte: „Ganz genau. Für mich hat es sich nie richtig angefühlt, und nur, weil ich dort hineingeboren wurde, bedeutet das nicht, dass ich dem auch mein gesamtes Leben widmen muss."

„Also haben Sie sich zurückgezogen?", führte sie seine Erklärung weiter aus.

„Genau das, und ich habe es meinen Brüdern und meiner Schwester überlassen, die Dinge alleine auszufechten."

„Und Isabel war damit überhaupt nicht einverstanden?"

„Teufel, nein. Sie war überzeugt davon, einen der reichsten Erben Alaskas geheiratet zu haben, und als ich alles aufgab, dachte sie, ich würde sie oder unsere Tochter nicht mehr lieben, könnte ihnen keine Zukunft bieten."

„Aber das ist doch verrückt!", wandte Lauren an seiner Stelle ein.

„Irgendwie kann ich sie sogar verstehen." Wieder zuckte er mit den Achseln. „Als sie mich heiratete, erhoffte sie sich ein Dasein in Luxus und Wohlstand, bis ich mich plötzlich für einen Weg entschied, der sich so gar nicht mit ihren Vorstellungen deckte. Trotz alledem verdiene ich noch immer genug Geld, um ein sorgenfreies Leben führen zu können. Nur dass ich auf diese Weise ein reines Gewissen habe."

„Haben Sie das wirklich? Sie sind immer so melancholisch und wütend."

„Ja, aber nicht deswegen."

Sie warf ihm einen verstohlenen Blick zu und sah, wie seine Gesichtszüge zu einer Maske aus Traurigkeit erstarrten. Dieser arme Mann hatte so viel verloren und war auch noch überzeugt, es verdient zu haben. Wie lange würde er noch für seine Sünden büßen müssen, bevor er wieder Frieden fand? Sie würde ihr Möglichstes tun, diesen Zeitraum zu verkürzen. Sie würde ihm dabei helfen, sich von seiner Schuld, seiner Trauer, seinem Verlust zu befreien, zu erkennen, dass er es wert war, für sich selbst zu kämpfen.

„Wir werden sie finden, Shane", versprach Lauren. „Darauf haben Sie mein Wort"

Einunddreißig

Die Hütte im Thornfield Way Nr. 1847 wieder zu betreten, fühlte sich an, als würde sie wirklich nach Hause kommen.

„Während Sie weg waren, habe ich einige Änderungen vorgenommen“, sagte Shane, der ihr hinterhergehinkt kam. „Allerdings nicht so viele, wie ich ursprünglich geplant hatte. Die Knie haben mich ausgebremst.“

Lauren blickte sich im Wohnzimmer um, das ihrer Meinung nach genauso aussah wie vorher. „Steht noch etwas an, wobei ich Ihnen helfen kann?“

„Ja. Allerdings erst morgen. Ich habe die letzten zwei Nächte so gut wie nicht geschlafen, und wenn man bedenkt, wie erschöpft ich bin, können wir uns glücklich schätzen, dass ich uns heil nach Hause gebracht habe."

Sie machte einen weiteren Schritt in den Raum hinein und bemerkte, dass der Teppich gesaugt, möglicherweise sogar gewaschen worden war. Sie drehte sich wieder zu ihm um und fragte ihn mit einem verklärten Grinsen im Gesicht: „Soso, null geschlafen. Heißt das, dass Sie mich vermisst haben?"

Er verschränkte die Arme über den Krücken. „Habe ich für eine Nacht meine Seele nicht schon genug entblößt?"

Mit zusammengezogenen Brauen sah sie ihn an, und er lachte.

„Sie wissen, dass es so war. Das ist der Grund, warum ich Sie holen kam", bestätigte er dann ernsthaft.

Sie drückte ihn kurz. „Es tut einfach gut, das aus Ihrem Mund zu hören, das ist alles."

Shane gähnte herzhaft und versuchte wenig erfolgreich, dabei weiterzusprechen. „Ich... extrem... wissen Sie."

„Schon gut. Ab ins Bett mit Ihnen. Wir sehen uns morgen früh."

So sehr Lauren sich auch darauf freute, die Hunde wiederzusehen, brauchte auch sie dringend ein paar Stunden erholsamen Schlaf, nachdem sie sich die vergangenen beiden Nächte auf Scarletts Sofa umhergewälzt hatte. Nun, da sie wieder zu Hause war, schlief sie wie ein Stein oder ein Holzblock oder etwas in der Art, das sich so gut wie nicht bewegte und fand erst wieder in die Wirklichkeit zurück, als der Geruch von frisch gebratenem Speck unter ihrer Tür hindurch in ihr Zimmer drang.

„Raus aus den Federn!" Shane stand im Türrahmen; leicht unsicher balancierte er ein Tablett mit Eiern, Speck und Orangensaft und wartete auf ihre Erlaubnis, eintreten zu dürfen.

„Was hat das denn zu bedeuten?", fragte sie, rieb sich den Schlaf aus den Augen und betete, dass er dort, wo er stand, nicht ihren üblen Morgenatem riechen konnte.

„Ich bemühe mich, ein besserer Freund zu sein, insbesondere deshalb, weil ich Sie um einen ziemlich großen Gefallen bitten möchte."

„Der muss ja wirklich riesig sein", vermutete sie. „Frühstücken Sie auch etwas mit?"

„Ich habe schon gegessen, und nicht zu knapp, glauben Sie mir. Der Speck war mindestens viermal so viel, bevor ich mich darüber hergemacht habe."

„Nun, dann setzen Sie sich wenigstens." Lauren kreuzte ihre Beine zum Schneidersitz und lud ihn ein, am Fußende des Bettes Platz zu nehmen; dann trank sie einen großen Schluck von dem Orangensaft und hoffte, dieser würde den Geruch ihres Atems versüßen. „Was kann ich für Sie tun?"

Shane stieß einen dramatischen Seufzer aus. Okay, sie bekam nicht nur Frühstück, sondern gleichzeitig auch noch eine Show geboten. Keine schlechte Art, den Tag zu beginnen.

„Ich weiß nicht, ob es Ihnen je aufgefallen ist", flüsterte er, als ob er ein großes Geheimnis preisgeben würde, „aber dieses Haus ist irgendwie chaotisch und unordentlich."

„Ach nein! Tatsächlich?" Sie verdrehte die Augen, bevor sie sich einen riesigen Bissen Rührei genehmigte.

„Immer so lustig drauf, und das sogar schon früh am Morgen", merkte er an und grinste sarkastisch. „Der Brand im Schuppen hat mich wachgerüttelt. Die Feuerwehr hat übrigens herausgefunden, dass er von dem Heizstrahler verursacht wurde. Den hatte ich aus Versehen angelassen, und die Vorhänge gingen in Flammen auf."

„So etwas hatte ich schon vermutet, aber freut mich zu hören, dass Sie es zugeben."

„Ihnen entgeht aber auch nicht das Geringste, oder?"

„Nein“, sagte sie und biss in einen der knusprigen Speckstreifen.

„Sie wissen, wie traurig ich darüber bin, aber das, was passiert ist, hat auch sein Positives.“

„Soso?“

„Ja, der Weckruf “, erinnerte er sie. „Aber nicht zu vergleichen mit der netten Art und Weise, wie Ihnen ein gutaussehender Freund das Frühstück ans Bett bringt.“

Erneut verdrehte Lauren die Augen. „Sondern?“

„Eher so, dass mir klar wurde, wie gefährlich dieses ganze Zeug wirklich ist, nicht nur als potenzieller Brandherd, sondern auch für meine Psyche. Wenn ich nicht endlich meine Vergangenheit entrümple, werde ich es niemals schaffen, wieder nach vorne zu schauen.“

Dies war das erste Mal, dass er ihr gegenüber eine Zukunft erwähnte, die nichts mit Hundeschlittenführen zu tun hatte. War in dieser neuen Zukunft auch Platz für sie?

„Diese Erkenntnis klingt ein bisschen wie ein Spruch aus einem Glückskeks, aber ich denke, ich verstehe, was Sie sagen wollen. Sie möchten, dass ich Ihnen helfe, das Chaos zu beseitigen, richtig?“

„Wenn es Ihnen nichts ausmacht?“ Seine Stimme

brach, was sie bei diesem bärtigen, stattlichen Mann schon beinahe komisch fand.

„Natürlich können Sie auf mich zählen. Unter einer Bedingung." Sie wurde wieder ernst und aß noch einen Happen von ihrem Ei. „Genau genommen sind es zwei." Genüsslich trank sie den Rest ihres Orangensafts aus, wohl wissend, dass die Warterei ihn wahnsinnig machte – was ihr wiederum Genugtuung verschaffte.

„Nun? Wollen Sie mich so lange hinhalten, bis wir beide gemeinsam alt und grau geworden sind?"

Jetzt machte er sogar Witze darüber, gemeinsam mit ihr alt zu werden? Interessant.

Lauren wedelte mit ihrer Gabel vor seiner Nase herum, während sie ihm ihre Bedingungen unterbreitete. „Nummer 1: Dornröschen darf wieder zurück in die Blockhütte. Sie ist ein Haustier und sollte nicht dort draußen in einem Käfig leben müssen."

Er nickte und blickte kurz in Richtung Fenster, als ob er die Zwinger von hier aus sehen könnte. „Und die zweite?"

„Versprechen Sie, mir dabei zu helfen, sie zu finden."

„Dornröschen?"

Lauren seufzte. „Sie wissen genau, von wem ich spreche, Herr Schlauberger."

„Was, wenn uns das nicht gelingt?"

„Es wird uns gelingen."

„Aber was, wenn wir–?"

„Wir werden es schaffen."

Shane klaute ihr das letzte Stück Speck, aber sie erhob keinen Einwand. „Wie können Sie sich dessen so sicher sein?", fragte er zweifelnd.

„Weil Sie jetzt nicht mehr alleine dastehen. Ich weiß nicht, ob Sie es schon bemerkt haben, aber ich kann ziemlich hartnäckig sein, was es herauszufinden gilt."

In gespielter Überraschung presste er sich die Hand auf die Brust. „Nein, tatsächlich?", rief er aus.

„Ja, Herr Schlauberger. Und Ihren Fall möchte ich genauso gerne lösen, wie ich versuche, die Wahrheit über meinen Vater in Erfahrung zu bringen. Vielleicht sogar noch dringender, denn für Sie und Ihre Tochter besteht noch die Chance, die Dinge wieder zu richten."

Sie griff nach seiner Hand und drückte sie kurz, aber als sie ihre wieder wegziehen wollte, hielt er sie fest.

„Also", sagte er nach einem kurzen Augenblick, als er sie endlich losließ und die Spannung, die sich zwischen ihnen aufgebaut hatte, verflog, „ich habe jetzt quasi einen neuen Spitznamen?“

Lauren lachte. „Gefällt er Ihnen?“

„Ich muss zugeben, ich vermisse es, dass Sie mich Herr Griesgram nennen, werde mich aber schon noch daran gewöhnen. Ich bin einfach nur froh, dass Sie wieder da sind.“

Zweiunddreißig

Nach dem Frühstück half Shane Lauren mit den Hunden. Er fütterte sie und reinigte ihre Zwinger, während sie sich auf das tägliche Training konzentrierte. Aufgrund seiner Verletzung ging das nur langsam vonstatten, aber die vielen kleinen Tipps, die er ihr während der Arbeit gab, halfen ihr, die Zeit effizienter als je zuvor zu nutzen. Am Ende fühlte sie sich für den Job, den sie gerade erst seit sechs Wochen ausübte, endlich richtig gut gerüstet.

Nach dieser gemeinsamen morgendlichen Routine wandten sie sich ihrer neuen Aufgabe zu: dem Aufräumen des Hauses und dem endgültigen Abriss des Schuppens. So gut es ihr möglich war, suchte Lauren inmitten von Schutt und Unordnung nach Hinweisen. Wann immer sie etwas entdeckte, das über den Verbleib von Shanes Tochter Aufschluss geben könnte, machte sie sich im Geist eine Notiz und versuchte, sich zu merken, wo es aufbewahrt beziehungsweise in welchem Sack es entsorgt wurde.

Sie nahm sich vor, später am Abend, wenn ihr Arbeitgeber schlief, Fotos davon zu machen. Auf diese Art und Weise konnte sie ihre Suche nach Rosie fortsetzen, ohne den Vater des Mädchens mehr als unbedingt nötig mit der Vergangenheit zu konfrontieren. Sie war so stolz auf ihn, dass er es endlich schaffte, das loszulassen, was gewesen war und sich stattdessen auf das konzentrierte, *was sein könnte*. Sie schwor sich, alles in ihrer Macht Stehende zu tun, um der Familie zu einem Happy-End zu verhelfen – selbst, wenn sie in diesem keinen Platz haben sollte.

Gegen 18 Uhr klopfte es an die Tür. Lauren blickte fragend zu Shane hinüber, aber dieser zuckte nur mit den Schultern und humpelte nach vorne, um nachzusehen.

Wenige Augenblicke später war er zurück, eine große Papiertüte in Händen, deren Inhalt absolut wundervoll duftete. „Bereit fürs Abendessen?“, fragte er, während er die Bestellung zum Tisch trug.

Auf dieses Stichwort hin fing ihr Magen an, dermaßen laut zu knurren, dass sie beide es hören konnten.

„Ich bin am Verhungern“, gab sie zu, „aber zuerst sollte ich vielleicht noch Röschen reinholen. Ich bin mir sicher, es würde ihr gefallen, unter dem Tisch zu liegen und zu warten, dass etwas Leckeres zu ihr herunterfällt.“

„Lauren…“, warnte er sie.

„Hey, ich habe meinen Teil der Abmachung eingehalten. Jetzt sind Sie dran.“ Nicht bereit zu Kompromissen, was diesen Punkt betraf, ging sie Richtung Tür.

Shane rief ihr nach: „Aber bitte geben Sie ihr nichts von unserer Mahlzeit ab. Sie hat seit Jahren kein Essen mehr vom Tisch bekommen, und wenn Sie sie jetzt damit füttern, könnte sie krank werden. Außerdem soll dieses Menü etwas Besonderes sein. Nur für uns.“

„Sie machen sich zu viele Sorgen“, neckte Lauren ihn, bevor sie die Tür hinter sich zuschlug und hinüberlief zu den Zwingern, um Dornröschen loszubinden und mit hineinzunehmen.

„Er sagt, es wäre etwas ganz Besonderes“, erzählte sie dem Hund, während sie den Verschluss der Kette löste. „Was glaubst du, hat das wohl zu bedeuten?“

Sobald sie es befreit hatte, jaulte das Tier, sprang an ihr hoch und leckte ihr mit der nassen Zunge über die Nase, und Lauren fragte sich, ob sie an diesem Abend womöglich noch weitere Küsse bekommen würde. So sehr sie sich auch bemühte, ihre Gefühle für Shane unter Kontrolle zu halten, schien es einfach nicht zu klappen. Stattdessen wurden diese immer stärker. Mit jeder neuen Wahrheit, jeder neuen, liebenswürdigen Geste und jedem freundlichen Wort fühlte sie sich stärker zu ihm hingezogen.

Trotz alledem – er war schlimm verletzt worden. Er war ihr zu wichtig, als dass sie ihn zu irgendetwas drängen würde, was die Wunden in seinem Herzen erneut aufreißen könnte, und bevor er aus freien Stücken zu mehr bereit war.

Eines Tages, so hoffte sie, würde der richtige Zeitpunkt kommen, und dann würde sie es einfach wissen.

Und er ebenfalls.

Und sie könnten glücklich bis ans Ende ihrer Tage leben.

Oder so was in der Art!

Heute jedoch konnte nicht dieser Tag sein, denn es gab nach wie vor viel zu tun. Sie mussten noch etliche Drachen töten, bevor sie den Sieg feiern konnten. Anfangen würden sie damit, seine Tochter ausfindig zu machen, und sich dann dem Geheimnis über die Vergangenheit ihres Vaters widmen. Diese Rätsel mussten gelöst werden, damit sie beide heilen und sich danach Gedanken über ihre Zukunft machen konnten, um zu entscheiden, ob es für sie beide ein Miteinander geben würde.

Oh, wie sehr hoffte sie, es würde ihnen gelingen.

Letztendlich hatte ihr Vater sie zu einer pragmatischen Frau erzogen, zu einer, deren Kopf fest auf ihren Schultern saß und nicht irgendwo in den Wolken schwebte. Und so sehr sie Märchen und deren romantisches Ende auch liebte, hatte ihr das Leben bereits mehrmals eindrucksvoll bewiesen, dass es ihm Spaß machte, für sie eine andere Art von Geschichte zu schreiben.

Verlust, Schuld und Trauer, sich mit dem zufrieden geben, was die Realität einem bescherte anstatt nach dem zu streben, was sein könnte. Diese Geschichte war genauso alt wir ihr Dasein auf Erden. Deswegen hatte sie sich für einen Job bei Data Corp entschieden, anstatt sich die Zeit zu nehmen, ihre wahre Leidenschaft zu entdecken, und es war wahrscheinlich auch einer der Gründe dafür, warum es für ihren Vater so einfach gewesen war, seine Vergangenheit all die Jahre vor ihr zu verbergen.

Aber damit war jetzt Schluss.

Endlich war Lauren klargeworden, was sie sich vom Leben wünschte, und Shane, ob bewusst oder unbewusst, hatte einen sehr großen Teil dazu beigetragen.

Als sie mit dem roten Husky zurück ins Haus kam, war ihr Arbeitgeber gerade dabei, den Tisch mit dem guten Porzellan anstatt der üblichen Plastikteller zu decken. Sogar die Flasche Wein hatte er hervorgeholt, die sie am Morgen im Kühlschrank entdeckt hatte.

„Was hat das denn alles zu bedeuten?", fragte sie mit einem verschmitzten Lächeln, während Röschen ins Zimmer stürzte, aufgeregt an ihrem Herrchen hochsprang und ihn gegen die Wand drückte. Dabei wedelte sie so heftig mit dem Schwanz, dass ihr ganzer Körper zitterte.

„Ganz ruhig, mein Mädchen!" Er lachte und strich dem Hund über den Kopf.

„Meinen Sie Dornröschen oder mich?", witzelte Lauren.

„Möglicherweise beide", sagte er und wies das Tier mit einer kurzen Handbewegung an, sich abzulegen.

„Was feiern wir denn heute Abend?", erkundigte sie sich und deutete mit dem Kinn in Richtung des gekühlten Weins und des eleganten Tafelservices. „Ihren Neuanfang?“

Shane durchquerte die Küche, nahm einen Flaschenöffner aus der sauber und ordentlich eingeräumten Schublade mit dem Kleinkram und blieb dann direkt vor ihr stehen, während er den Öffner von einer Hand in die andere warf. „Eigentlich feiern wir *Ihren*!“

„Meinen?“

„Ja.“

„Möchten Sie das vielleicht näher ausführen?“

„Nein.“

Sie warf ihm einen strengen Blick zu.

„Das war nur ein Witz“, schmunzelte er. „Setzen Sie sich und probieren Sie den besten Heilbutt, den man in Alaska bekommt. Ich verspreche, alles zu erklären.“

Sie tat, wie ihr, holte eine der Schalen aus der großen Liefertüte und nahm sich von überall etwas. „Was ist denn das alles?“, erkundigte sie sich, nachdem immer mehr Behälter zum Vorschein kamen und wunderte sich, warum er so viel geordert hatte. Von dieser Menge an Essen konnten locker zehn Personen satt werden.

„Ich habe es bei Maurice‘ s, dem kleinen Café in

der Stadt, bestellt. Dort schmeckt jedes Gericht so lecker, dass ich einfach alles genommen habe."

„Wie bitte?"

„Die Karte rauf und runter. Ich habe sämtliche Menüs kommen lassen, die auf der Speisekarte stehen", verkündete er stolz, während er eine weitere Schale öffnete, um ihr zu zeigen, was sich darin befand. „Probieren Sie zu allererst dieses cremige Zeugs. Es schmeckt himmlisch."

Lauren schob sich einen Löffel der leichten Cremespeise in den Mund und stöhnte augenblicklich genüsslich auf. „Sie haben nicht zu viel versprochen. Nur frage ich mich jetzt, ob uns das reichen wird!"

Shane lachte und häufte sich ebenfalls von allen Gerichten etwas auf seinen Teller.

„Also, Sie verstehen es wirklich zu feiern", murmelte sie zwischen zwei Bissen. „Gutes Essen, guter Wein, gute Freunde. Nun würde mich nur noch interessieren, ob es dafür einen guten Grund gibt?"

„Selbstverständlich gibt es den. Wir feiern Ihren offiziellen Einstieg als Musher." Er erhob sein Glas zu einem Toast, aber anstatt seine Geste zu erwidern, starrte sie ihn nur mit offenem Mund an.

„Ähm, hallo, das mache ich nun seit bereits fast zwei Monaten“, argumentierte sie.

„Während dieser Zeit waren Sie *Hundeführer*; ab morgen sind Sie ein *Schlittenführer*.“

„Ich werde also quasi befördert?“

„Nun, wenn Sie es so sehen wollen. Ich habe Sie und die Hunde zu Ihrem ersten Rennen angemeldet.“

Oh, das waren ja erfreuliche Neuigkeiten! Nun erhob auch sie ihr Glas und stieß mit Shane an. Beide genossen sie den süßen Weißwein und lächelten sich über den Tisch hinweg zu.

„Handelt es sich um das Iditarod?“, fragte sie und zerstörte mit ihrer Naivität umgehend die Besonderheit dieses Moments.

„Machen Sie Witze? Natürlich nicht! Sie können doch nicht direkt mit dem größten aller Rennen anfangen, meine Liebe. Sie brauchen Zeit, um sich erstmal einzufinden, bevor wir das überhaupt in Erwägung ziehen können.“

Sie runzelte die Stirn und legte die Gabel nieder, nachdem sie den gesamten Inhalt der Schale mit dem Kabeljau vertilgt hatte. „Ich weiß nicht... meinen Sie wirklich, ich kann das?“

„Zweifeln Sie an sich, weil Sie bei der Übungsfahrt neulich vom Schlitten gefallen sind und die Hunde verloren haben?"

Ihr Gesicht wurde feuerrot. Zumindest nahm sie das an, weil ihre Wangen vor Verlegenheit brannten. „Wie haben Sie–?"

Wieder lachte er, und nun war sie sich absolut sicher, dass sie Shane an diesem heutigen Tag öfters hatte lachen hören als in der gesamten übrigen Zeit, seit sie ihm das erste Mal begegnet war. „So was macht schnell die Runde. Es ist eine kleine Gemeinschaft, erinnern Sie sich? Wie auch immer, Stürze gelten quasi als Initiationsritus, genauso wie das allererste Rennen für jeden neuen Hundeschlittenführer ein wichtiges Ritual darstellt."

„Sie glauben also wirklich, dass ich das schaffe? Dass ich gut bin?"

„Da bin ich mir absolut sicher."

„Nun gut, wenn Herr Griesgram an mich glaubt, dann tue ich das ebenfalls."

Gemeinsam lachten sie über diese Aussage.

„Also sind wir jetzt wieder beim Griesgram angelangt?"

Lauren zuckte mit den Achseln. „Alte Gewohnheiten lassen sich nur schwer ablegen. Aber bitte versprechen Sie mir eines."

„Und das wäre?“ Er zog die Augenbrauen hoch und blickte sie abwartend an.

„In nächster Zeit möchte ich auf keinen Fall gegen Sie antreten müssen. Geben Sie mir bitte erst mal die Chance, ein oder zwei Rennen zu gewinnen, ja?“

Shane klopfte auf seinen Oberschenkel und rief damit Dornröschen zu sich; dann gab er ihr ein kleines Stück von dem panierten und frittierten Elchfleisch, das ihm der Hund freudig aus der Hand fraß. Erst, nachdem sie das Essen und den Wein vernichtet und das Geschirr gespült und getrocknet hatten, bemerkte Lauren, dass er dadurch das Thema gewechselt hatte.

Dreiunddreißig

Am nächsten Morgen war Lauren eifrig bemüht, Shanes Anweisungen umzusetzen, die er ihr in der kalten Luft der Morgendämmerung zurief. Obwohl er ihr jetzt grundsätzlich glücklicher erschien, vergaß sie diese positive Veränderung während seiner militärischen Trainingsmaßnahmen völlig.

Sie war jetzt nicht mehr alleine mit den Hunden auf der Piste; ihr Boss saß in der Sitzvorrichtung des Schlittens, brüllte ihr Befehle zu, die sie umzusetzen hatte und machte sich Notizen zu allen wichtigen Dingen, die er später mit ihr zu besprechen plante. Somit endete ihr Trainingstag nicht mehr mit Einbruch der Dunkelheit, sondern Techniken und

Probleme wurden beim Abendessen und bis spät in die Nacht hinein diskutiert. Er überredete sie sogar, sein altes Buch von Jack London zu lesen.

Zu Beginn erschien ihr das alles übertrieben, aber bald schon stellte sie fest, dass sie den Schlitten wesentlich besser unter Kontrolle hatte, wenn sie sich an seine Anordnungen hielt. Wenn sie versuchte, sich in eine Kurve hineinzulegen, passte das Gefährt sich ihr an, und sie wurden zu einer Einheit.

„Je mehr Sie sich die Bewegung verinnerlichen, desto geringer ist die Wahrscheinlichkeit, dass Sie rausfallen, wenn Sie sich in die Kurven legen. Versuchen Sie einfach, nicht zu tief zu gehen, sonst zerquetschen Sie mich“, rief er ihr von seinem neuen Ehrenplatz aus zu.

Am Ende jeden Tages hechelten die Hunde vor Glück und rollten sich zum Schlafen zu kleinen Fellkugeln zusammen, und Shane benötigte ein paar Tabletten gegen die Schmerzen, die die Fahrt im Schlitten verursacht hatte.

Lauren versuchte ihn zu überreden, nicht zu jedem Rennen mitzukommen, aber er tat ihre Bedenken einfach ab und erschien am nächsten Tag wieder pünktlich zur Abfahrt, dieses Mal mit einigen Kissen bewaffnet.

„Jetzt, da Sie aussehen wie das Michelin-Männchen, werde ich es wohl kaum schaffen, Sie zu zerquetschen", scherzte sie, aber er fand das nicht lustig. Er nahm das Renngeschäft viel zu ernst, um über irgendwelche Witze zu lachen, die sie darüber riss.

Während die Tage ob dieser Beschäftigung nur so dahinflogen, war Shane nicht der Einzige, der an seine Grenzen kam. Sobald Lauren überzeugt war, sich einen bestimmten Trick oder eine gewisse Technik angeeignet zu haben, änderte er die Spielregeln. Sobald sie auf einer der Rennstrecken eine gute Zeit erzielte, verkleinerte er ihr Team, indem er zwei der Hunde rausnahm und sie dann erneut losschickte und anwies, mit der kleineren Truppe die gleiche Zeit zu schaffen.

„Krafttraining", rief er ihr von seinem Sitz aus zu. „Angefangen haben wir mit allen von ihnen, die uns beide ziehen mussten. Wir haben ganz langsam reduziert, sodass sie sich daran gewöhnen konnten, mehr Kraft aufwenden zu müssen. Normalerweise würden wir dazu die Schneemaschine einsetzen, aber... nun, Sie wissen schon."

Sobald die Leithunde mit ihrer Position vertraut waren, pflegte er die Paare durchzuwechseln und spannte sogar manchmal einen der Teamhunde neben einen normalen Leithund.

Nachts, während sie gemeinsam zu Abend aßen, unterhielt er sie dann mit seinen sogenannten Trail-Anekdoten – die Male, wo er selbst gestürzt war oder seinen Körper als Schneeanker einsetzen musste, sogar, wie er einmal während eines Sommerrennens in den See gefallen war.

„Es gibt eine Sache, die für Sie spricht, Lauren, und deshalb wird aus Ihnen mit Sicherheit mal eine großartige Hundeschlittenführerin: Sie sind hart im Nehmen und passen sich jeder Situation an. Dort draußen läuft nie etwas wie geplant“, sagte er und klopfte mit dem Gehstock, den er seit neuestem benutzte, auf sein Knie.

„Diese Fähigkeit, sich anzupassen und schnell zu reagieren, wird Sie und Ihre Truppe retten. Das ist auch der Grund, warum ich ständig die Formation der Huskies ändere. Sie können sich nicht nur auf ein paar Hunde verlassen. Sollte sich einer verletzen, und Sie müssen ihn an einem der Kontrollpunkte zurücklassen, dürfen Sie nicht erst großartig überlegen, wie Sie das Team jetzt neu aufstellen. Da draußen gibt es nur Sie und die Tiere. Die sind genauso auf Sie angewiesen wie umgekehrt. Ihr alle gehört zusammen.“

„*Wir* alle“, korrigierte ihn Lauren und lächelte ihn an.

„Das klingt gut“, sagte er, bevor er sich wieder seiner Mahlzeit widmete.

Vierunddreißig

Lauren lud Scarlett zu einer Schlittenfahrt nach Puffin Ridge ein. Es wäre ihr erstes Mal, dass sie mit jemand anderem als Shane auf dem Schlitten fahren würde, und niemand hatte diese Ehre mehr verdient. Ihre Freundin hatte hart gearbeitet, um die Geheimnisse über Edward Dalton und Rose Ramsey aufzudecken, und Lauren wollte sicherstellen, dass sie angemessenen Dank für ihre Anstrengungen erhielt.

Ihr Gast kam an die Tür, dick eingepackt in alle nur denkbaren warmen Winterklamotten. Sie trug sogar eine grellrosa Schneehose, was sowohl sie als auch Shane zum Lachen brachte.

„Ach übrigens, ich habe dir die Post mitgebracht, die deine Freundin aus den USA weitergeleitet hat. Sie liegt auf dem Vordersitz meines Autos. Soll ich sie schnell holen?“, fragte Scarlett, während sie sich den Schnee von ihren warmen Armeestiefeln klopfte, sodass klar wurde, dass sie genauestens darüber informiert war, wie man sich bei dieser Art von Sport zu kleiden hatte.

Lauren umarmte sie zur Begrüßung. „Ja, bitte. Leg sie einfach auf den Tisch und komm dann zu mir nach hinten. Ich spanne schon mal die Hunde ein.“

„Viel Spaß euch beiden“, wünschte Shane ihnen, während er es sich in seinem Ohrensessel bequem machte.

„Wieso? Kommen Sie nicht mit?“

„Nein, das muss ich nicht. Außerdem wäre ich euch nur im Weg.“ Er schnitt eine Grimasse, als er sich in seinen Stuhl sinken ließ und den Stock dagegen lehnte.

„Sind Sie sicher?“

Er winkte sie hinaus. „Das bin ich. Zeigt ihnen, wo der Barthel den Most holt!“

Sie lachte nur und schüttelte den Kopf. Shane brauchte wirklich dringend ein Slang-Update, aber darum würde sie sich später kümmern. Im Moment war die Aufregung darüber, ihre Freundin hier draußen bei sich zu haben und ihr erstes großes

Rennen zu fahren – sie entschloss sich, den Fehlversuch, bei dem sie vom Schlitten geschleudert wurde, nicht dazuzuzählen – mehr als genug, auf das es sich zu konzentrieren galt.

„Hier bin ich!“, zwitscherte Scarlett, als sie durch den Schnee zu den Hunden und ihr herübergestapft kam. „Ich kann nicht glauben, dass ich hier bei Shane Ramsey bin und an einer Schlittenfahrt mit seinem Team teilnehmen darf.“

„Heute“, korrigierte Lauren sie, während sie Fred einspannte, „ist es mein Team.“

„Du weißt schon, was ich meine.“ Das Mädchen schaute zurück in Richtung Haus. Shanes Silhouette zeichnete sich hinter der großen Frontscheibe ab. „Er kam mir heute recht zugänglich vor. Läuft es jetzt besser zwischen euch beiden?“

Lauren fühlte, wie ihr die Hitze in die Wangen stieg und hoffte inständig, ihre Freundin würde dies dem stechend kalten Wind und nicht ihrer Verlegenheit zuschreiben. „Ja. Er hat sich wirklich um 180 Grad gedreht.“

Scarlett warf ihr einen verschmitzten Blick zu. „Komisch, hätte ich ihm mit seinen Krücken gar nicht zugetraut.“

„Du weißt, ich liebe dich über alles, Scar, aber

könntest du bitte damit aufhören, immer so gezwungen lustig rüberkommen zu wollen?“

Die junge Frau streckte ihr die Zunge heraus, zog sie dann aber sofort wieder zurück. „Verdammt, ist das kalt!“

Lauren beendete die Sicherung der Spanngurte und legte ihr sogar eines von Shanes Kissen auf den Sitz. „Bist du bereit?“

„Schätzchen, ich bin allzeit bereit.“

Mit ihren dicken Fäustlingen gaben sie sich ein High-Five.

Schwer zu sagen, wer von ihnen beiden aufgeregter war. „Dann spring in dein Körbchen und lass uns starten.“

Sie zog den Schneeanker ein und feuerte die Hunde an: „Vorwärts, lauft!“ Den Lenker fest umklammert lief sie hinter dem Schlitten her, um es den Tieren leichter zu machen, Tempo aufzunehmen. Mit einem schnellen Sprung und einem kleinen Stolperer schaffte sie es zurück auf die Trittbretter.

Scarlett juchzte und schrie und schmiss sogar die Arme in die Luft, wie bei einer Achterbahnfahrt. Lauren genoss jede einzelne Sekunde ihrer Fahrt.

Nach drei Stunden, als die Hunde völlig ausgepowert waren und die Kälte den Mädchen bis tief in die Knochen kroch, dirigierte sie den Schlitten zurück zu den Zwingern. Sie freuten sich auf die Gemütlichkeit des Hauses und darauf, etwas Warmes in die Bäuche zu bekommen.

„Das war… groooßartig!“, jubelte Scarlett. „Wann können wir es wiederholen?“

Lauren lachte, dankbar dafür, solch eine wunderbare Freundin gefunden zu haben. „Schon ganz bald, ich verspreche es.“

„Was ich nicht kapiere ist, wie Shane das jemals aufgeben konnte? Es ist wie Fliegen, findest du nicht? Wie ein schwereloses Gleiten über die Himmelsebene.“

„Da hat wohl jemand ein bisschen zu viel blumige Dichtung gelesen. Und wie du weißt, musste er aufgrund seiner Verletzung eine Weile pausieren.“ Sie tätschelte Fred den Kopf und versicherte ihm, was für ein guter Junge er war, während sie ihn an seiner Hütte ankettete.

Scarlett half, die anderen Hunde anzubinden, aber Lauren überprüfte nochmals jeden Riegel, wohl wissend, wie schlecht die junge Frau sich fühlen würde, sollte eines der Tiere ihretwegen verlorengehen.

„Aber, Süße, wie lange geht das nun schon so?“ Die Bibliothekarin beobachtete, wie ihre Freundin nochmals jeden der Huskies kontrollierte, selbst diejenigen, die sie an diesem Nachmittag nicht herausgeholt hatten. „Du bist jetzt seit drei Monaten hier, oder?“

„Ja. Und?“ Sie war fertig mit Zeke und stapfte durch den Schnee zurück in Richtung Hütte.

„Also… was ist, wenn er nie wieder richtig gesund wird?“

Lauren schüttelte den Kopf. „Nein, du machst dir ja keine Vorstellung, wie hart er mit seiner Physiotherapeutin arbeitet. Und du weißt nicht, wie sehr er diesen Sport liebt.“

„Ich liebe ihn ebenfalls, und ich bin auch nicht da draußen und trainiere mein eigenes Team. Manchmal bekommst du vom Leben nicht das, was du dir wünschst.“

„Scar, bitte. Er wird sich wieder erholen, und wenn du ihn nett bittest, gibt er dir möglicherweise sogar ein Autogramm.“

Schlagartig verbesserte sich die allgemeine Stimmung wieder und sie fragte: „Oooh, wirklich? Glaubst du, das würde er tun?“

„Es gibt nur einen Weg, das herauszufinden. Lass uns reingehen. Ich habe einen Eintopf auf dem Herd stehen, der schon den ganzen Tag vor sich hin köchelt, und da stehen glaube ich unsere Namen drauf.“

Trotzdem gaben ihr die Worte der Freundin zu denken. War sie wirklich so naiv in Bezug auf Shanes Genesung, dass sie gewisse Anzeichen ignoriert hatte?

Nein, unmöglich.

Er war ein Kämpfer, genau wie sie. Er würde wieder genesen.

Er musste einfach.

Fünfunddreißig

Lauren und Scarlett platzten in die Küche hinein, immer noch total aufgedreht von dem Nervenkitzel des Schlittenrennens. Ein missmutig dreinblickender Shane stand am Tresen.

„Waren wir zu laut?“, fragte Lauren erschrocken und hoffte nur, dass er nicht wieder seine griesgrämige Art heraushängen lassen würde.

Er schüttelte den Kopf und deutete auf das geöffnete Paket vor sich.

Sie folgte seinem Blick und entdeckte eine rechteckige Schachtel direkt neben dem Messerblock. „Haben Sie ein Päckchen bekommen? Was ist denn drinnen? Warum sind Sie so verstimmt?“

„Nicht ich – *Sie.*“

„Sie haben einfach ihre Post geöffnet?“, fragte Scarlett erbost und stemmte die Hände in die Hüften. „Das ist unrechtmäßig, schon klar, oder?“

„Ich erwarte ein Paket von Amazon, und als ich das Smiley-Logo sah, dachte ich, es wäre für mich. Es wurde mir erst bewusst, als ich...“ Er löste seinen Blick von der Schachtel und starrte Lauren an. „Das müssen Sie sehen.“

Diese trat auf Shane zu. Wenn dies seine Reaktion auf den Inhalt des Päckchens war, war sie sich nicht sicher, ob sie überhaupt wissen wollte, was sich darin befand.

„Mach schon“, stupste Scarlett sie an. „Dieses Ding war jetzt wochenlang bei mir rumgestanden. Ich brenne darauf zu erfahren, was drinnen ist.“

Laurens Hände zitterten, was irgendwie lächerlich war. Warum sollte so eine dumme Schachtel von zu Hause sie derart nervös machen? Und warum sah ihr Boss so aus, als ob er einen Geist gesehen hätte?

Sie stützte sich haltsuchend mit einer Hand am Tresen ab und warf einen Blick auf den Inhalt. Ganz oben lag ein gefaltetes, rosafarbenes Häkeltuch, das sie vorsichtig aufhob und an ihre Wange legte.

Weich, vertraut... und vollkommen verwirrend.

Als nächstes entdeckte sie einen alten Teddybären mit großen, wulstigen Lippen und blonden

Haaren, der ein weißes Kleidchen trug. Sie kannte diesen Bären. Er hatte ihr vor vielen Jahren gehört, und sie hatte ihn *Lola* getauft.

Am Boden, zusammen mit zwei Hochglanzfotografien, lag ein gefalteter Brief. Das erste Bild glich den vielen Fotos, die sie in ihrer Erinnerungsbox verwahrte. Es zeigte sie als Kleinkind auf dem Schoß ihrer Mutter. Sie beide trugen identische lila Kleider mit Punktmuster. Das Haar ihrer Mutter war hoch auftoupiert, und Laurens kurze lockige Strähnen wurden von einem zarten Spitzenband zusammengehalten. Es war das letzte Bild, das jemals von ihr und ihrer Mutter aufgenommen worden war, und deshalb bedeutete es ihr besonders viel.

Aber wie nur war jemand Fremdes an das Foto rangekommen, und warum hatte sich diese Person die Mühe gemacht, es ihr zu schicken?

Sie warf einen Blick auf die Absenderadresse auf dem Karton, aber der kam ja von ihrer Freundin Helen in New York, die das Paket einfach nach Alaska weitergeleitet hatte.

„Sehen Sie sich das andere Bild an“, bat Shane sanft, trat neben sie und nahm ihre Hand in die seine. Scarlett kam an ihre andere Seite und legte ihr einen Arm um die Schultern. Was auch immer sich in diesem Paket befand, würde mit Sicherheit ihr

Leben verändern. Gott sei Dank hatte sie zwei großartige Freunde, die ihr helfen würden, durchzustehen, was auch immer als Nächstes passieren würde.

Sie atmete tief ein und griff nach der zweiten Fotografie.

Diese zeigte eine ältere Frau mit den gleichen, lockigen braunen Haaren wie Lauren, die oben auf dem Empire State Building in die Kamera lächelte. Der Wind peitschte ihr das Haar ins Gesicht, sodass sie die Augen zusammenkniff, doch deren tiefbraune Farbe war unverkennbar. Stets hatte sie sich beklagt, dass ihr Vater ihr nicht seine intensiven grünen Augen vererbt hatte... weil sie stattdessen diese Braunen von ihrer Mutter bekommen hatte.

Von eben dieser Frau.

„Ich verstehe das alles nicht", sagte Shane neben ihr. „Sie haben mir doch erzählt, dass Ihre Mutter starb, als Sie noch ganz klein waren."

Lauren schluckte. „Ist sie auch. Zumindest dachte ich das immer."

„Lies den Brief", drängte Scarlett sie. „Ich bin mir sicher, es gibt eine logische Erklärung."

Lauren legte die Fotos wieder zurück in die Schachtel und bedeckte sie mit Lola, dem Bären, und dem alten Häkeltuch. „Ich kann nicht", flüsterte sie. Es war die einzige Möglichkeit, um sicherzustellen, dass sie nicht jeden Moment zu schreien anfing. „Ich schaffe das gerade nicht." Ein Schluchzen schüttelte ihren Körper, und beide Freunde umarmten sie und hielten sie fest.

„Das musst du auch nicht gleich tun, wenn du nicht bereit dazu bist", versicherte Scarlett ihr.

„Sie müssen ihn überhaupt nicht lesen", korrigierte Shane sie. „Wir können ihn verbrennen, einfach verschwinden lassen."

„Nein", murmelte Lauren in seinen Hemdkragen. „Ich möchte wissen, warum, brauche aber etwas Zeit, bevor ich mich stark genug fühle, die Wahrheit zu hören."

„Wollen wir vielleicht erst mal Eintopf essen und über andere Dinge sprechen?", schlug die Freundin vor.

„Ja, bitte", kam ein Schniefen zurück. Ein letztes Mal warf sie einen Blick auf die Schachtel, bevor ihr Boss diese wegstellte.

Sie wusste nicht, wie sie sich gerade fühlte. Auf der einen Seite wäre es vielleicht besser gewesen, wenn die Post dieses Päckchen auf einem der langen Versandwege verloren hätte; andererseits hatte sie jetzt wieder eine Mutter. Während sie aufwuchs, hatte sie sich stets gewünscht, diese wäre noch am Leben, und nun war sie es tatsächlich – lebendig, gealtert, und aus irgendeinem Grund suchte sie den Kontakt zu ihr.

Vielleicht würde sie später, mit etwas im Magen, die Kraft aufbringen, die nötig war, um den

nächsten Schritt zu wagen.

Sechsunddreißig

Schweigend nahmen die drei ein schnelles Abendessen ein. Niemand hatte besonders großen Appetit nach den schockierenden Nachrichten, die sie teilweise an diesem Tag aufgedeckt hatten, was bedeutete, dass ein mehr als großzügiger Anteil an Essensresten für Dornröschen abfiel.

„Ich fahre jetzt nach Hause", erklärte Scarlett, nachdem sie mit dem Wenigen, was sie zu essen vermochten, fertig waren. „Aber ich kann sofort wieder herkommen. Ruf mich an, schick mir eine WhatsApp, eine Nachricht über Snapchat oder Rauchzeichen, was auch immer. Du weißt, ich bin jederzeit für dich da, nicht wahr?"

„Ich weiß, und dafür liebe ich dich." Lauren

brachte ihre Freundin zur Tür und wartete, bis diese all ihre Sachen eingesammelt hatte.

Shane räusperte sich, während die beiden Frauen sich zum Abschied umarmten, und gemeinsam beobachteten sie durch das große Fenster neben dem Eingang, wie Scarlett davonfuhr.

„Ich möchte mich dafür entschuldigen, dass ich das Paket geöffnet habe", murmelte er. „Ich glaubte wirklich, es wäre für mich."

„Schon okay. Ich hätte es Ihnen sowieso sofort erzählt. Sie vertrauen mir bei der Suche nach Ihrer Tochter; das Mindeste, was ich tun kann, ist, Ihnen in Bezug auf meine Eltern zu vertrauen." Diese letzten Worte flüsterte sie; ansonsten wären sie ihr in der Kehle steckengeblieben.

„Eltern, unglaublich. Heute früh war ich noch eine Waise, und jetzt habe ich wieder eine Mutter, die ich seit Jahren nicht mehr gesehen habe. Haben Sie...?" Sie brach ab, aber Shane drängte sie nicht, fortzufahren. Stattdessen nahm er sie einfach fest in den Arm und wartete, bis sie bereit war weiterzusprechen.

„Haben Sie den Brief gelesen?", fragte sie und hoffte beinahe, er hätte es getan und könnte ihr damit ersparen, es selbst tun zu müssen.

„Nein, habe ich nicht. Mir war klar, dass es nicht

richtig war, ohne Sie weiter in diesen Dingen herumzustöbern. Allerdings habe ich die Fotos gesehen, weil ich dachte, dass die Decke möglicherweise nur eine Art ungewöhnliches Verpackungsmaterial sei. Second-Hand-Verkäufer verpacken ihre Waren manchmal so.“ Er lachte leise in ihr Haar, während er sie nach wie vor umschlungen hielt.

„Ich kapier es einfach nicht. Hat mein Dad die ganze Zeit über gewusst, dass sie noch am Leben ist? Hätte er es mir je erzählt? Warum sollte er so etwas vor mir verbergen? Das macht alles einfach keinen Sinn.“

„Ganz ruhig. Ich weiß.“ Er löste sich von ihr und strich ihr beschwichtigend übers Haar, eine Geste, die sie ihn auf ähnliche Art zur Beruhigung schon bei den Hunden hatte anwenden sehen. „Es gibt einen einfachen Weg, das herauszufinden.“

„Sie meinen, ich sollte den Brief lesen?“ Sie wusste, sie musste es tun, hatte aber Angst davor, inwieweit der unbekannte Inhalt ihr Leben verändern würde.

„Nur, wenn Sie bereit dazu sind.“ Shane humpelte davon, um das Päckchen von dem Platz zu holen, wo er es während des Abendessens aufbewahrt hatte.

Als er es auf dem Beistelltisch neben ihrem Sessel

abstellte, bat sie ihn: „Bleiben Sie bei mir? Ich schaffe das nicht alleine."

„Wenn es das ist, was Sie möchten, dann gerne."

„Okay", entschied Lauren, bevor sie ihre Meinung möglicherweise wieder ändern würde und machte es sich in dem Lehnstuhl bequem, den sie gerne als den ihren betrachtete. Ihre Beine zitterten, und sie fragte sich, ob sich Shane wohl die ganze Zeit über so fühlen mochte.

Dieser blieb neben ihr stehen, gestützt auf seinen Gehstock. „Sie schaffen das!"

Lauren schüttelte den Kopf. Bereits jetzt liefen ihr die Tränen über die Wangen.

„Sehen Sie mich an", forderte er sie auf und ließ nicht locker, bis sie den Blick zu ihm hob. „Sie sind die stärkste Person, die ich kenne. Was auch immer in diesem Brief stehen mag, Sie werden damit fertig."

Sie atmete tief ein und stieß den Atem durch ihre gespitzten Lippen wieder aus; dann entfaltete sie das Schreiben und begann, laut vorzulesen.

Mein geliebtes kleines Mädchen,

ich bin es, deine Mama. Ich wette, du wusstest nicht einmal, dass du noch eine Mama hast, deshalb schreibe ich dir diesen Brief, um dich darüber zu informieren.

Gestern bin ich nach New York gefahren. Ich

war so aufgeregt, dich wiederzusehen, wollte dich überraschen.

Dein Vater sagte mir, du seist nicht zu Hause, würdest nicht mehr dort wohnen, und ich dürfte unter keinen Umständen auf diese Art und Weise und aus heiterem Himmel wieder mit dir in Kontakt treten. Er schickte mich weg, bot aber an, dass ich dir einen Brief schreiben könnte und er sich noch überlegen würde, ob er dir diesen zukommen ließe oder nicht.

Ich weiß, ich habe viel falsch gemacht, damals, als du klein warst, und ich habe es verdient, dass du mir weggenommen wurdest. Aber, Lauren, ich habe nie aufgehört, mir zu wünschen, die Dinge hätten sich anders entwickelt, habe nie aufgehört, das kleine süße Mädchen zu lieben, von dem ich mich vor nunmehr 23 Jahren verabschieden musste.

So sehr ich dich auch vermisste, hielt ich mich doch der Fairness halber deinem Vater gegenüber all die Jahre von dir fern, aber jetzt kann ich das nicht mehr. Ich muss dich noch einmal wiedersehen.

Nachstehend schicke ich dir meine Telefonnummer. Bitte ruf mich an, gib mir eine Chance. Ich verspreche, dir alles zu erklären.

Ich liebe dich.

Mama

Lauren faltete das Schreiben wieder zusammen und legte es zurück in die Schachtel. Sie wusste, dass sie es heute Nacht noch mehrmals lesen würde – immer und immer wieder versuchen würde, den Sinn dieser Worte zu verstehen.

„Also hat Ihr Vater sie von Ihnen ferngehalten?“, fasste Shane die Bedeutung der Zeilen zusammen, und plötzlich erkannte sie, wie sehr ihre Situation dem glich, was er mit Rosie durchmachte. „Aber ich dachte, Sie hatten so ein enges Verhältnis? Warum sollte er den Kontakt unterbinden?“

„Ich weiß es nicht.“ Lauren schüttelte den Kopf und konzentrierte sich auf den Rhythmus ihres Herzens, um ihre Atmung zu beruhigen. „Ich weiß es nicht, und ich verstehe es nicht…“

Jetzt verhielt sie sich wie Shane in jener Nacht, als sein Schuppen Feuer gefangen hatte: Sie starrte einfach nur vor sich hin ins Nichts – wiederholte tonlos immer und immer wieder die gleichen traurigen Worte, unfähig, den Blick abzuwenden, während alles, was ihr je wichtig gewesen war, in Flammen aufging.

Mit einem grunzenden Schmerzlaut kniete dieser nun neben ihr nieder. „Atmen, Lauren!“

Aber ihr Atem ging schnell und oberflächlich, so, als wären ihre Lungen zerplatzte Ballons, die keine Luft mehr in sich halten konnten. In ihrem Kopf drehte sich alles, obwohl das Zimmer sich nicht bewegte.

„Bitte, Lauren, holen Sie tief Luft!“ Shane legte eine Hand auf ihren Rücken und steuerte somit ihre Atmung, geduldig wartend, bis die beginnende Panikattacke abflaute.

„Das Schlimmste ist vorbei“, beruhigte er sie und wischte ihr eine vereinzelte Träne ab, die sich auf ihre Wange verirrt hatte. „Rufen Sie sie an! Hören Sie sich an, was sie zu sagen hat. Finden Sie die Wahrheit heraus, so wie Sie es immer wollten.“

„Aber was, wenn die Wahrheit schlimmer ist als die Lügen?“, fragte sie verzweifelt und erkannte bei diesen Worten ihre eigene Stimme kaum wieder.

„Das ist ein Risiko, das wir alle hin und wieder eingehen müssen bei Dingen, die uns wichtig sind. Aber, Lauren, Sie haben nichts zu verlieren, jedoch so viel zu gewinnen. Sie haben eine Mutter!“

„Aber was ist, wenn ich…?“ Sie unterdrückte ein Schluchzen, hatte nicht mehr die nötige Kraft, die Fragen zu stellen, die ihr im Kopf herumschwirrten.

„Kein *Was, wenn…* mehr! Die Frage, die Sie jetzt stellen müssen, lautet *Warum?* Die Antwort darauf kennt nur ein einziger Mensch, und dessen Nummer halten Sie gerade in Händen.“

„Ich schaffe das nicht, Shane. Dafür bin ich nicht stark genug.“

„*Doch, das sind Sie!* So viel stärker, als Ihnen selbst bewusst ist. Sie sind stark und liebenswert, und ich habe noch nie zuvor jemanden mit so einem großen Herzen wie Ihrem getroffen. Sie verdienen es, glücklich zu sein. Sie verdienen alles Glück dieser Erde.“

Erneut spürte Lauren, wie ihr Herz anfing, schneller zu schlagen, aber dieses Mal war es keine Panikattacke.

Und er merkte es ebenfalls; das erkannte sie an der Art und Weise, wie ihm der Atem stockte und seine Augenlider sich senkten.

Sie schenkte ihm ein kleines, trauriges Lächeln, und er überbrückte den Abstand zwischen ihnen, indem er sich über die Armlehne ihres Stuhls zu ihr hinüberbeugte, den Schmerz nicht bemerkend oder ignorierend, den er mit Sicherheit verspüren musste, während sein Körper sich dem ihren näherte.

Als seine Lippen die ihren berührten und die Stoppeln auf seinen Wangen ihr Kinn kitzelten, schloss Lauren die Augen und ließ es geschehen, dass der Rest der Welt um sie herum versank.

In diesem Moment gab es nur noch Shane.

Nur ihn.

Siebenunddreißig

Fast so schnell, wie es begonnen hatte, zog Shane sich auch schon wieder zurück.

Lauren lächelte und lehnte sich zu ihm nach vorne, in der Hoffnung auf einen weiteren Kuss. Schon lange nicht mehr hatte sie einen solchen ersten Kuss bekommen, wenn überhaupt jemals. Und jetzt, da sie damit angefangen hatten, wollte sie nie mehr aufhören.

Je näher sie ihm kam, desto weiter wich er zurück, und sie musste kichern. Alles, was ihn betraf, glich einer Herausforderung, wo sie doch eigentlich so ein eingespieltes Team sein sollten? Shane kämpfte sich zurück auf die Füße, und sie stand ebenfalls auf.

„Sieh mich nicht so an", sagte er und zog sie in seine Arme.

„Wie denn?“ Wie er sie so eng an sich gedrückt hielt, musste Lauren so breit lächeln, dass ihr die Wangen wehtaten.

„Als ob du mich lieben könntest“, flüsterte er.

„Vielleicht kann ich das tatsächlich“, gestand sie, wohl wissend, dass sie diese Schwelle eigentlich schon längst überschritten hatte.

Sie versuchte, zu ihm aufzublicken, um seine Reaktion auf ihre Worte abzuschätzen, aber er presste seine Lippen auf ihre Stirn, wobei sein kratziger Bart ihre Augenlider streifte.

„Los, ruf deine Mutter an. Das ist im Moment das Wichtigste.“ Sein Ausdruck duldete keinen Widerspruch, und außerdem hatte er ja Recht. So sehr Lauren auch wünschte, sich mitsamt all ihrer Probleme in Shanes Küssen verlieren zu dürfen, hatte sie doch den ganzen langen Weg hierher nur auf sich genommen, um die Wahrheit herauszufinden – und von dieser trennte sie jetzt nur noch ein einziger Anruf.

„Wirst du bei mir bleiben?“, bat sie ihn. „Ich kann das nicht alleine durchstehen.“

„Natürlich.“ Erneut zog er sich zurück und ließ sich in seinem Lehnstuhl nieder.

„Dann schauen wir mal“, sagte sie und atmete tief durch, während sie die Nummer aus dem Brief in ihr Handy eintippte und auf das Klingelzeichen am anderen Ende wartete.

„Hallo?“, antwortete eine kräftige, klare Frauenstimme.

Lauren hatte sich überhaupt nicht überlegt, wie sie das Gespräch beginnen sollte und geriet prompt ins Stocken. Nichts schien ihr passend. Die Situation an sich war sowieso prekär.

„Hören Sie, wenn das ein Telefonstreich sein soll, werde ich–“

Sie blickte zu Shane hinüber, der ihr ermutigend zunickte und presste schließlich hervor: „Ich bin es, Lauren.“

„*Lauren*? Oh, Lauren!“ Sie vernahm ein Zittern in der glockenhellen Stimme. „Ich dachte, du würdest mich nicht sehen wollen. Ich dachte, ich würde... Egal, jetzt hast du mich angerufen und ich freue mich riesig.“

„Nachdem Papa gestorben ist, bin ich weggezogen und habe das Paket erst heute Abend erhalten“, erklärte sie. „Ich hatte ja keine Ahnung, dass du... Mir hat er erzählt, du wärst tot.“

„Ja, das war Teil unserer Abmachung. Das mit deinem Vater tut mir leid.“ Am anderen Ende der Leitung hörte sie ihre Mutter seufzen, und plötzlich wünschte sie sich, durchs Telefon kriechen zu können, um diese Frau zu umarmen, die einerseits eine Fremde war, andererseits aber auch wieder nicht.

Es gab so viel zu sagen, so viel zu fragen, aber nur ein einziges Wort kam ihr über die Lippen: „*Warum?*“

Ein weiterer Seufzer. „Das ist eine lange Geschichte, und auf beiden Seiten wurden Fehler gemacht. Ich sollte dir das besser alles persönlich erzählen. Wo bist du? Wann kann ich dich sehen?“

Lauren schüttelte den Kopf, während sie versuchte dies alles aufzunehmen. Sie wollte es nicht länger aufschieben; hatte bereits mehr als zwanzig Jahre gewartet. „Ich bin nicht mehr in New York. Ich fand diesen Karton und... Nun, auch das ist eine lange Geschichte. Jetzt lebe ich in Alaska, etwas außerhalb einer kleinen Stadt namens Puffin Ridge.“

„Alaska? Was machst du denn hier oben?“

„Was meinst du mit *hier oben*?“

„Alaska natürlich.“ Und zum ersten Mal, seit sie sich erinnern konnte, hörte sie ihre Mutter lachen. Es klang ganz genau wie ihr Lachen. Was sonst noch hatte sie unwissentlich von dieser Frau geerbt?

„Ich bin hier geboren und aufgewachsen, und jetzt bin ich auch wieder zurück.“

„Oh, das habe ich nicht gewusst.“

„Es gibt so Einiges, wovon du nichts weißt, und ich möchte dir wirklich gerne alles erklären. Heute Abend ist es schon zu spät, aber ich wohne in der Nähe von Wasilla, nur ein paar Stunden von dir entfernt. Kann ich morgen eventuell vorbeikommen und dich sehen?“

„Treffen wir uns doch auf halber Strecke“, schlug Lauren vor. „Sag mir eine Stadt, Treffpunkt und Uhrzeit, und ich werde da sein.“ Seltsam, wie sich das anfühlte, so als ob sie ein Geschäftsmeeting arrangierte, nur dass es sich bei dem fraglichen Geschäft um ihr Leben handelte. Sie planten für den folgenden Vormittag ein gemeinsames Frühstück und verabschiedeten sich voneinander.

Als Lauren Shane anblickte, lächelte dieser.

„Ich kann nicht glauben, dass ich morgen meine Mutter wiedersehen werde.“ Sie stand wieder aufrecht; all die Kraft war in ihre Glieder zurückgekehrt und sie fühlte sich beinahe unbesiegbar.

Er jedoch sah weit weniger glücklich aus, als sie sich fühlte, und so suchte sie verzweifelt nach einer Erklärung.

„Tut mir leid wegen der Hunde, aber ich wollte einfach keine einzige weitere Sekunde mehr warten als unbedingt nötig.“

Er neigte den Kopf in ihre Richtung. „Schon okay. Das verstehe ich vollkommen."

„Würdest du mich begleiten?"

„Wenn du das möchtest, komme ich selbstverständlich mit. Und jetzt ab ins Bett mit dir. Morgen ist ein großer Tag."

„Und was ist mit dir?"

„Ich werde mich auch bald hinlegen, muss nur schnell noch ein paar Seiten in meinem Buch aufholen."

Irgendwie erwartete sie, er würde aufstehen und sie erneut umarmen, aber er blieb sitzen.

„Gute Nacht", sagte sie und gab ihm einen Kuss auf die Wange. „Wir sehen uns dann morgen früh."

* * *

In dieser Nacht fand Lauren so gut wie keinen Schlaf. Ihre Gedanken wanderten von Shane zu ihrer Mutter, weiter zu ihrem Vater und wieder zurück. So aufgeregt sie auch war, herausgefunden zu haben, dass ihre Mutter am Leben war und diese am folgenden Tag zu treffen, musste sich doch einer oder sogar beide ihrer Eltern etwas Schwerwiegendes zu Schulden haben kommen lassen, um dies all die Jahre vor ihr geheim zu halten. Welche Umstände konnten zu einer derartigen Lüge geführt haben?

Zwar wollte sie ihrem Vater nicht böse sein, war

es aber trotzdem. Er hatte sie ihr ganzes Leben lang belogen, ihr die Mutter vorenthalten.

Und war diese besser als er? Sie hatte stillschweigend seine Anordnung akzeptiert, anstatt mit allen Mitteln um ihr kleines Mädchen zu kämpfen.

Und dann war da noch Shane. Nach ihrem Kuss hatte er sich seltsam verhalten, aber, wow, was für ein Kuss das gewesen war! Er hätte sie nie so küssen können, wenn er nicht genauso für sie empfand wie sie für ihn. Dennoch hatte er sie gewarnt, sich besser nicht in ihn zu verlieben. Bedeutete das, dass er sie bereits liebte? Und er hatte darauf bestanden, dass sie ihre Mutter anrief – weil es das Richtige war, oder aber einfach eine günstige Gelegenheit, um das Thema zu wechseln?

Fragen über Fragen – wie immer gab es viel zu viele davon in Laurens Leben. In den frühen Morgenstunden fiel sie endlich in einen kurzen, unruhigen Schlaf und verdrängte damit all ihre Bedenken für kurze Zeit aus ihren Gedanken.

Als sie aufwachte, fühlte sie sich erschöpft, aber ebenso vorsichtig optimistisch in Bezug auf das, was der Tag zu bieten hatte. Außerdem wäre Shane bei ihr, was bedeutete, sie hatte zumindest einen Freund, der ihr bei dem, was sich zwischen ihr und ihrer Mutter abspielen würde, zur Seite stand.

Schnell fütterte sie die Hunde; danach sprang sie unter die Dusche und machte sich fertig. Normalerweise stand ihr Boss am Morgen immer mit ihr auf, damit sie sich gemeinsam um ihre Truppe kümmern konnten. Heute jedoch schien er länger zu schlafen.

Hatte er sich gestern, als er neben ihr auf dem Boden kniete, schlimmer verletzt, als er es zugeben wollte? Oder hatte sie ihn dadurch, dass sie sich die ganze Nacht herumgewälzt hatte, ebenfalls wachgehalten?

Obwohl sie so gut wie fertig war und bereit zum Gehen, war er immer noch nicht aufgetaucht. Allmählich ungeduldig werdend lief sie den Flur entlang zu seiner Schlafzimmertür. Gerade, als sie die Hand hob, um anzuklopfen, entdeckte sie den Zettel, den er ihr hinterlassen hatte.

Bitte entschuldige.

Ich musste mich um andere Dinge kümmern.

Wir sehen uns heute Abend.

Viel Glück!

Was in aller Welt konnte wichtiger sein als dies hier? fragte sich Lauren. Er fing wieder damit an, eine Mauer zwischen ihnen zu errichten. Oder bedeutete es etwa, dass er sie überhaupt nicht hatte küssen wollen? Es wäre aber auch möglich, dass er *tatsächlich* etwas Wichtiges zu erledigen hatte. *Viel-*

leicht tat es ihm sogar weh, dass er ihr heute nicht beistehen konnte?

Sie entschied sich, an die letztere Alternative zu glauben, da alles andere zu schmerzhaft war – und heute brauchte sie all ihre Energie, um diesen Tag zu überstehen, insbesondere, da sie ja jetzt auf sich alleine gestellt war.

Achtunddreißig

Lauren erreichte das Broken Egg Diner früher als vereinbart, aber ihre Mutter war bereits da und wartete mit zwei Tassen Kaffee in einer Sitzecke des gut besuchten Lokals. Es gab keinen Zweifel; dies war die Frau auf dem Foto, die Frau, die so sehr einer älteren Version von Lauren glich.

Und anscheinend erkannte ihre Mutter auch sie auf den ersten Blick. Als sie sich dem Tisch näherte, stand diese auf und zog sie an sich. „Mein kleines Mädchen ist gar nicht mehr so klein. Es tut so gut, dich zu sehen, Liebling!"

Lauren versteifte sich in ihrer Umarmung. So viele Gefühle wüteten in ihr, dass sie nicht mit Sicherheit sagen konnte, welches am stärksten war.

Zorn darüber, verlassen worden zu sein? Freude, endlich wieder eine Mutter zu haben? Sie wusste es einfach nicht.

Die ältere Frau räusperte sich und deutete ihr an, sich ihr gegenüberzusetzen. „Du siehst fast genauso aus wie ich, als ich in deinem Alter war. Ich bin mir sicher, ich hätte dich überall wiedererkannt."

Lauren rührte etwas Sahne und Zucker in ihren Kaffee und trank einen Schluck.

Für einen kurzen Augenblick zog ihre Mutter die Stirn in Falten, zwang sich dann jedoch sofort wieder zu einem strahlenden Lächeln. „Bitte entschuldige. All das muss dir sehr seltsam vorkommen."

„Ich weiß nicht mal, wie ich dich anreden soll", bestätigte ihre Tochter mit einem Nicken.

„Wie wäre es mit Mama? Oder, solltest du dazu noch nicht bereit sein, Barb?"

Lauren zuckte mit den Schultern. „Keine Ahnung, wozu ich bereit bin. All das ist so... so überwältigend."

„Ich weiß, Schätzchen. Ich kann mir gar nicht vorstellen, wie du dich fühlen musst."

„Das weiß ich selbst nicht so genau. Aber vielleicht kannst du mir ja dabei helfen zu verstehen, was vorgefallen ist?"

Barb – irgendwie war es schwierig, diese Fremde

als ihre Mutter zu betrachten, solange sie die Wahrheit nicht kannte – stieß einen langgezogenen Seufzer aus, was sie, wie Lauren bereits bemerkt hatte, häufiger tat. „Ich befürchte, dass ich bei diesem Teil der Geschichte nicht gut wegkomme. Du musst verstehen, dass all das vor sehr langer Zeit passiert ist und ich damals noch sehr jung war, noch jünger, als du es jetzt bist."

Die Kellnerin kam an ihren Tisch und stellte jedem von ihnen einen Teller mit Blaubeerpfannkuchen hin. „Braucht ihr sonst noch etwas, meine Lieben?", fragte sie, während sie das in Servietten zusammengerollte Besteck sowie eine Handvoll kleiner Butterportionen aus ihrer Schürze hervorzauberte.

„Alles perfekt, vielen Dank", antwortete Barb höflich. Nachdem die Bedienung sich in die Küche zurückgezogen hatte, fügte sie noch hinzu: „Ich habe mir erlaubt, das für uns zu bestellen, in der Hoffnung, du würdest diese Eierkuchen genauso lieben wie ich."

Ihr Lächeln wirkte gekünstelt. Irgendwie strengte sie sich zu sehr an, was Lauren zu der Überzeugung brachte, dass ihre große Beichte für sie beide hart werden würde.

Also krallte sie sich zur mentalen Unterstützung

in ihren Sitz und sagte so entschlossen, wie es ihr nur möglich war: „Ich muss es wissen."

Die ältere Frau seufzte schon wieder. „Ich werde dir alles erzählen, aber bitte geh nicht weg, bevor ich geendet habe."

Lauren nickte, obwohl ihr nicht klar war, ob sie solch ein Versprechen würde halten können. Immerhin war sie bereit, es zu versuchen. Ihre Mutter richtete ihren Blick auf den Berg Pfannkuchen vor ihrer Tochter, die sich irgendwie gerade so fühlte, als ob sie keinen Bissen herunterbringen würde. Also konzentrierte sie sich stattdessen auf ihren Kaffee, während sie der Enthüllung der ungelüfteten Geheimnisse ihrer Vergangenheit lauschte.

„Ich lernte deinen Vater im Sommer nach dem High School-Abschluss kennen. Er war älter, ging bereits aufs College, und ich war absolut hingerissen von ihm. Aber der Sommer ging zu Ende, und ich hatte bereits geplant, nach LA zu ziehen und dort als Kellnerin zu arbeiten, während ich darauf hoffte, entdeckt zu werden. Also beendeten wir unsere Beziehung, und jeder ging seines Weges. Ein paar Monate später bemerkte ich, dass ich schwanger war. Ich wollte es nicht töten – dich nicht töten – also beschloss ich, dieser ganzen Mutter-Baby-Sache eine Chance zu geben."

Es war ihr nicht bewusst gewesen, dass ihre Eltern eine Abtreibung in Betracht gezogen hatten, wenn auch nur kurzzeitig. Irgendwie schmerzte es, sich vorzustellen, sie wäre womöglich nie geboren worden, hätte nie die Gelegenheit gehabt, die Wahrheit herauszufinden. Gottlob gab es kleine Wunder. So verwirrend all das auch war, wenigstens war sie jetzt hier und konnte sich alles anhören.

Barb schickte sich an, nach ihrer Hand zu greifen, was ihr als passender Zeitpunkt erschien, sich nun endlich ihren Eierkuchen zu widmen.

Seufz. „Liebling, ich habe es wirklich versucht. Ehrenwort. Aber ich verpasste Vorsprechen, kam zu spät zu den Proben und verlor Rollen an Mädchen, die ‚engagierter' waren als ich. Ich liebte dich, aber ich hatte nicht darum gebeten, Mutter zu werden. Das Showbusiness war stets mein Lebenstraum gewesen, und ich konnte und wollte nicht zulassen, dass mir dieser Traum entglitt."

Lauren schob sich einen Bissen in den Mund und tat ihr Bestes, sich auf dessen Geschmack und Konsistenz auf ihrer Zunge zu konzentrieren anstatt auf die Galle, die ihr bitter in der Kehle hochstieg. Ihre Mutter hatte sie nicht gewollt, und sie hatte eine ziemlich genaue Vorstellung davon, was als Nächstes kommen würde. Wenn sie das Ganze als eine Art

Geschichte betrachtete, würde es vielleicht nicht so weh tun. Sie schluckte und schnitt noch einen Happen ab, während Barb fortfuhr.

„Also nahm ich dich und machte mich auf nach Alaska, um zu versuchen, deinen Vater zu finden. Da sein Name auf deiner Geburtsurkunde stand, wusste ich, es wäre für alle Parteien einfacher, wenn ich ihn davon überzeugen könnte, dich zu sich zu nehmen. Ihn ausfindig zu machen war nicht sonderlich schwierig. Zu dieser Zeit war er ein berühmter und vielbeschäftigter Hundeschlittenführer, und ich wartete an der Ziellinie auf ihn. Du trugst einen süßen kleinen Schneeanzug, worin du wie ein Engel aussahst.

Er erkannte mich sofort wieder und lud mich zum Essen ein, um über die alten Zeiten zu plaudern. Ich sagte ihm, dass du seine Tochter seist, zeigte ihm die Geburtsurkunde und erklärte ihm meine Beweggründe, und er war ein intelligenter Mann. Er konnte eins und eins zusammenzählen und verstand sofort. Ich beichtete ihm, dass ich mich nicht mehr um dich kümmern konnte und ihm die Chance dazu geben wollte, weil mir sonst nur die Unterbringung in einem Pflegeheim bliebe."

Pflegeunterbringung? Es schien, als ob sie in jungen Jahren von einer schlimmen Situation in die nächste geschleudert worden wäre. Wenn man all das in Betracht zog, musste sie dem Schicksal dankbar sein für die Kindheit, die es ihr beschert hatte. Und ihr war klar, dass das nur einer Person zu verdanken war – allerdings nicht derjenigen, die ihr gerade gegenübersaß.

Barb sprach die Worte aus, die Lauren gerade durch den Kopf gingen. „Edward war ein guter Mann. Ich hoffe, das ist dir bewusst. Weniger als eine Stunde vorher hatte er noch nicht mal von der Existenz seiner Tochter gewusst, und nun stimmte er zu, sich deiner anzunehmen, alles dafür zu tun, dass du nicht ins Heim oder eine Pflegefamilie müsstest. Er versprach mir, sich um dich zu kümmern, forderte aber eine Entscheidung, die ich nicht zurücknehmen durfte. Niemals! Er nahm mir das Versprechen ab, mich von dir fernzuhalten, da er meinte, es würde dich nur verletzen, wenn du die Einzelheiten wüsstest."

Er hatte recht, fand Lauren. *Er hatte völlig recht. Und ich habe an ihm gezweifelt, habe mich tatsächlich gefragt, ob er mich je wirklich liebte. Dabei tat er das, von ganzem Herzen, vom ersten Augenblick an, so sehr, dass er alles andere hintenanstellte, um für mich da sein zu können.* Sie wünschte, sie könnte ihrem Vater sagen, wie sehr sie die schwere Entscheidung, die er ihretwegen traf, zu schätzen wusste, wünschte, sie könnte sich dafür entschuldigen, dass sie seine Motive jemals in Frage gestellt und ihm seine Geheimnisse missgönnt hatte.

Ihre Mutter erzählte weiter, nahm sich nun jedoch ebenfalls was von ihren Pfannkuchen und begann zu essen. Anscheinend war der schwierigste Teil vorüber – zumindest für sie. „Ich stimmte zu, aber nach ein paar Jahren fing ich an, meine Entscheidung zu bereuen. Meine Karriere entwickelte sich nie so, wie ich es mir erhofft hatte, und somit hatte ich dich für nichts und wieder nichts aufgegeben. Ich kam zurück nach Alaska, um nach euch zu suchen, musste aber erfahren, dass dein Vater weggezogen war und dich mitgenommen hatte. Er hatte alles Menschenmögliche getan, um eure Spuren zu verwischen, da er wusste, dass ich meine Meinung irgendwann ändern und versuchen würde, dich zurückzuholen."

Beide schnitten sich ein weiteres Stück ab und kauten schweigend vor sich hin.

Barb schluckte und legte dann Messer und Gabel am Tellerrand ab. „Zu jener Zeit war es nicht so einfach, Leute zu finden. So etwas wie Facebook und andere Plattformen gab es nicht. Ich suchte und suchte, aber irgendwann gab ich auf. Das heißt, bis…"

Das Gesicht der älteren Frau wurde blass, und Lauren fragte sich, ob es aufrichtige Gefühle waren oder nur Teil einer Show, die sie vor ihrer Tochter abzog. Allerdings zitterte ihre Stimme leicht, und in ihren Augen glitzerten Tränen. Schwer einzuschätzen, was wahr und was gespielt war.

„Bis der Arzt den Krebs in meinem Blut entdeckte. Ich hatte zu lange gewartet, und jetzt kann mich nichts mehr retten außer beten. Also brach ich die Chemo- und Strahlentherapie ab und beschloss stattdessen, meine Angelegenheiten in Ordnung zu bringen, bevor ich meinem Schöpfer gegenübertreten muss. Angefangen habe ich damit, erneut nach dir zu suchen und die Dinge zu richten in der kurzen Zeit, die mir noch bleibt."

Oh, nein! Schon bald wäre sie wieder eine Waise. So sehr sie sich auch bemühte, ihre Mutter für deren armselige Entscheidungen zu hassen, konnte sie ihr dennoch nicht absprechen, dass sie alles versucht hatte, sie zumindest jetzt ausfindig zu machen. Sie war ihr gegenüber ehrlich gewesen, obwohl es doch ein Leichtes gewesen wäre, stattdessen ihren Vater zu verleumden. Jetzt und heute saßen sie hier zusammen, und so wie es klang, würde es nicht mehr viele

Treffen dieser Art geben. Sie langte über den Tisch und drückte ihr aufmunternd die Hand.

Barb lächelte sie traurig an, nun fast am Ende ihrer Geschichte angelangt. „Ich engagierte einen Privatdetektiv und verfolgte euch bis in diese Kleinstadt nahe New York. Dann rief ich Edward an und bat ihn um ein Treffen. Später fand ich heraus, dass er danach auf dem Heimweg diesen tödlichen Unfall hatte. Ich fühlte mich so schuldig, dafür verantwortlich zu sein, dass du jetzt beide Elternteile verloren hattest, aber das Päckchen an dich war bereits unterwegs. Und obwohl mir klar war, dass ich es nicht verdient hatte, hoffte ich doch inbrünstig, du würdest dich bei mir melden, mir möglicherweise sogar verzeihen, mir die Chance geben, dich kennenzulernen, bevor ich…“

„Hör auf damit“, bat Lauren mit leiser Stimme. „Du musst nichts mehr weiter sagen oder erklären. Ich bin froh, dass wir uns gefunden haben, und mich meinem Dad zu geben war das Beste, was du jemals tun konntest. Ich hatte ein gutes Leben und kann es kaum erwarten, dir alles darüber zu erzählen.“

Noch einige Augenblicke lang hielten sie sich über den Tisch hinweg an den Händen. Nach all den Jahren waren sie, Mutter und Tochter, endlich wieder vereint. Lauren spürte die Wut dahinschmelzen wie die Butter auf der zweiten Portion der dampfenden Pfannkuchen, die sie sich bestellten. Endlich hätte sie ihre eigenen Erinnerungen an ihre Mutter. Endlich hatte sie wieder eine Familie, und das bedeutete ihr alles.

Neununddreißig

Lauren verbrachte den restlichen Tag damit, Barb über alles ins Bild zu setzen, was diese versäumt hatte, während ihre Tochter ohne sie heranwuchs. Sie wusste noch immer nicht, was sie von dem Geständnis ihrer Mutter halten sollte, aber verstand jetzt immerhin, warum ihr Vater diesen Teil seines Lebens vor ihr geheim zu halten versuchte.

Um sie und ihr Herz zu schützen.

Es war schlicht und einfach Liebe gewesen. Sie hasste sich dafür, dass sie jemals an seinen Motiven gezweifelt hatte. Und was ihre Mutter betraf, beschloss sie, ihr zu verzeihen. Obwohl Barbs Aktionen wahnsinnig egoistisch gewesen waren, hatte sie ja dennoch ein wunderbares Leben bei einem Elternteil geführt, das sie bedingungslos liebte.

Klar schmerzte es zu erfahren, dass diese sie so leichtfertig abgeschoben hatte, nur um ihren albernen Luftschlössern nachzujagen, aber gleichzeitig war ihr klar, dass sie es später irgendwann bereuen würde, sollte sie ihrer Mutter jetzt nicht vergeben.

Wenn sie sich jetzt zurückzog, um sich erst mal über ihre Gefühle klar zu werden, könnte es zu spät sein. Barb würde sterben. Sie hatte so viel auf sich genommen, um ihre Tochter wiederzufinden und ihr gestanden, wie sehr sie alles, was geschehen war, bedauerte. Das Mindeste, was Lauren nun tun konnte, war, sich zu überwinden und die Chance wahrzunehmen, ihre Mutter kennenzulernen, und diese Wendung der Ereignisse als Geschenk und nicht als zusätzliche Belastung zu betrachten.

Als sie spät an diesem Abend nach Hause fuhr, hatten sie Pläne geschmiedet, dass Barb sie Ende der Woche für eine selbstgekochte Mahlzeit in ihrem neuen Zuhause besuchen kommen würde. Irgendwie fühlte es sich seltsam an, das Geheimnis um ihren Vater gelöst zu haben, aber sie empfand es auch als Kapriole des Schicksals, dass sie nun selbst hier in Alaska war, in dem Bundesstaat lebte, in dem sich ihre Eltern getroffen und ineinander verliebt hatten, und dass sie in die Fußstapfen ihres Vaters trat und den Traum lebte, den er um ihretwillen aufgegeben hatte.

Sie konnte es kaum abwarten, Shane alles zu erzählen, was sie an diesem Tag erfahren hatte, aber anscheinend musste sie dies noch ein wenig aufschieben. Als sie an der Blockhütte ankam, parkte davor ein ihr unbekanntes Auto – wesentlich eleganter und teurer als alle Wägen, die sie je in und um Puffin Ridge zu Gesicht bekommen hatte.

War das die *Angelegenheit*, um die er sich seiner morgendlichen Nachricht zufolge heute hatte kümmern müssen?

Ein merkwürdiges Gefühl beschlich sie.

Sie trat durch die Tür, nicht ahnend, was sie auf der anderen Seite erwartete. Dornröschen sprang an ihr hoch und tobte dann aufgeregt durchs Zimmer.

„Jemand sollte diesem Hund dringend mal ein paar Manieren beibringen“, klang die Stimme einer schlanken, dunkelhaarigen Frau aus dem Lehnstuhl zu ihr herüber, in dem normalerweise sie saß. Die Dame trug kniehohe Stiefel mit Pfennigabsätzen über ihrer Designer-Jeans, ein Outfit, das bei diesen Wetterverhältnissen mehr als unangebracht war. Als sie bemerkte, dass Lauren sie prüfend betrachtete, lachte sie auf. „Ist das mein Ersatz, Shane?"

Dieser lief unter seinem Bart knallrot an. „Das ist Lauren, meine Schlittenführerin. Lauren, das ist meine Ex-Frau, Satan."

„Der gleiche Witzbold wie eh und je", entgegnete seine Ex mit gerunzelten Brauen.

Das war also Isabel? Diese Person war ganz offensichtlich die Falsche für Shane; von ihrem übertrieben stark geschminkten Gesicht bis zu den Spitzen ihrer Designer-Schuhe, *alles fake.*

„Können wir Ihnen irgendwie behilflich sein?", fragte diese nun mit honigsüßer Stimme.

„Ich wollte mir gerade...", fing Lauren ihren Satz an.

„Einen Stuhl holen", beendete Shane ihn für sie. „Hier, setz dich auf meinen. Ich besorge mir einen aus der Küche."

„Dazu besteht keine Notwendigkeit, mein Lieber", sagte Isabel. „Ich habe dir doch erklärt, dass ich weg bin, sobald du die Papiere unterschrieben hast." Sie griff in ihre Handtasche und holte einen braunen Umschlag hervor, mit dem sie ihm zuwedelte.

„Und ich versuche, dir begreiflich zu machen, dass ich nichts unterzeichnen werde, ohne dass mein

Anwalt vorher einen Blick darauf geworfen hat." Anstatt sich eine weitere Sitzgelegenheit zu holen, setzte er sich auf die Armlehne von Laurens Lehnsessel.

Seine Verflossene runzelte die Stirn, jedoch blieb diese dabei beeindruckend glatt und faltenfrei. „Du hast mich den ganzen Weg hier rausfahren lassen, und wofür das Ganze? Offensichtlich wolltest du damit nur meine Zeit vergeuden."

„Das war noch ein zusätzlicher Anreiz", entgegnete er mit finsterem Blick.

Isabel legte beide Arme auf den Armstützen des Sessels ab, als ob es sich bei diesem um einen Thron handelte. „Du bist ein Niemand, Shane, sogar noch weniger als das. Das Beste, was ich je tat, war, dich zu verlassen, nicht nur für mich, sondern auch, was meine Tochter anbelangt."

Lauren war nicht länger gewillt, tatenlos zuzusehen und zuzuhören, wie jemand den Mann, der ihr so viel bedeutete, so behandelte, noch dazu in seinen eigenen vier Wänden. „Entschuldigen Sie mal, Rosie ist auch seine Tochter, und ihr Vater sollte Teil ihres Lebens sein."

„Deine *Schlittenführerin*, sagtest du?" Isabel sah ihren Ex-Mann herausfordernd an und ignorierte Lauren völlig, die jedoch unbeeindruckt fortfuhr.

„Er hat doch klar und deutlich gesagt, dass er die Papiere jetzt und hier nicht unterschreiben wird, also finde ich, es wird Zeit, dass Sie wieder gehen.“ Sie strich Shane über den Rücken, in der Hoffnung, dass ihn diese Geste beruhigen würde.

Isabel lehnte sich nach vorne, wobei ihr die Haare ins Gesicht fielen, sodass sie irgendwie dem durchgeknallten kleinen Mädchen aus dem Film *The Ring* glich. „Ich muss ihm nicht zuhören, und Ihnen schon gleich zweimal nicht. Das ist das Praktische an einer Scheidung. Wenn er nicht die Absicht gehabt hätte, diese Unterlagen zu unterzeichnen, hätte er mich nicht hergebeten. Niemand legt Wert auf Ihre Meinung, und sie interessiert auch keinen, soviel kann ich Ihnen versichern. Und jetzt verschwinden Sie zu den Hunden, wo Sie hingehören, Sie kleine Schl–“

„Das sehe ich anders!“ Lauren erhob sich von ihrem Stuhl und stapfte zu ihr hinüber.

Zwar griff Shane nach ihrem Handgelenk, aber sie schüttelte ihn ab.

„Lassen Sie die Papiere hier und verschwinden Sie.“

„Oder was?“, lachte Isabel ihr frech ins Gesicht.

„Vergessen Sie nicht, Sie hatten Ihre Chance“, knurrte sie zurück. Auch sie konnte ein richtiges

Biest sein, vor allem, wenn es darum ging, die Menschen zu schützen, die ihr wichtig waren – und zu diesen gehörte definitiv dieser Mann. Sie packte die andere Frau am Arm, zog sie vom Stuhl hoch und drängte sie in Richtung Tür.

„Was fällt Ihnen ein? Was soll das?“

„Ich bringe nur den Müll raus.“

Isabel entriss ihren Arm aus Laurens Griff und rieb sich ihr dünnes Handgelenk. „Er wird Sie niemals lieben, Süße. Er weiß nämlich gar nicht, wie so etwas geht.“

Sie stakste zurück zu ihrem Sitz, angelte sich ihre Handtasche und warf den Umschlag nach ihrem Ex. „Es war nett, dich wiederzusehen, mein Lieber. Vielleicht könntest du beim nächsten Treffen deine Schlacht selbst ausfechten, ja? Ich werde morgen nochmals herkommen, um die unterzeichneten Unterlagen abzuholen. Verlass dich drauf!“

Vierzig

Als Lauren die Tür zuknallte und sich zu Shane umdrehte, stellte sie fest, dass das Zittern, das sie seit Wochen nicht mehr an ihm wahrgenommen hatte, wieder von ihm Besitz ergriffen hatte. Sie konnte es ihm nicht verdenken.

„Richtig *charmant*, deine Ex“, schnaubte sie. „Warum in aller Welt hast du sie überhaupt reingelassen?“

„Sie sagte, es ginge um Rosie. Ich dachte, möglicherweise wäre ihr etwas zugestoßen und ich könnte helfen, aber dann präsentierte Isabel mir diese Papiere.“ Er hielt den Umschlag hoch, der nach wie vor verschlossen war.

„Wäre es okay, wenn ich mir die mal anschaue?“, fragte Lauren, durchquerte das Zimmer und blieb unmittelbar vor ihm stehen. Diese ganze Sache erinnerte sie auf eigentümliche Weise an ihren eigenen Überraschungsbrief vom Vortag, mit dem einzigen Unterschied, dass sie gestern Angst gehabt hatte, während sie gerade so richtig wütend war. Absolut geladen.

Er seufzte und reichte ihr die Unterlagen. „Besser du als ich, würde ich mal sagen. Was auch immer er enthält, mit Sicherheit keine guten Nachrichten."

„Da wäre ich mir nicht so sicher", murmelte sie, während sie die Seiten überflog. „Es könnten sogar äußerst positive Nachrichten sein."

Sie las weiter; ihre Lippen bewegten sich lautlos, während sie sich bemühte, den wortreichen, juristischen Jargon zu entschlüsseln. „Du hast doch gesagt, dass du bei dem Scheidungsprozess das Sorgerecht für Rosie verloren hast, oder?"

Shane nickte, was sie aus den Augenwinkeln gerade noch verschwommen wahrnahm. „Erinnere mich nicht daran", stöhnte er.

Aber sie ließ nicht locker. „Und wie hast du davon erfahren?"

„Ich war für die abschließende Anhörung bei Gericht vorgeladen, konnte mich aber nicht überwinden hinzugehen. Ich konnte es nicht ertragen zu sehen, wie man mir meine Kleine entreißen und in die Hände dieser Frau geben würde. So blieb ich zu Hause, und später am Abend rief Isabel an und erzählte mir von dem richterlichen Beschluss."

Natürlich hatte sie das getan. Diese Frau war wirklich unglaublich, und das nicht im positiven Sinn.

„Shane, sie hat dich angelogen." Sie reichte ihm die Blätter zurück, damit er sich selbst davon überzeugen konnte.

„W-was?" Er blätterte durch die Seiten, aber seine Augen schwammen in Tränen, was ihm das Lesen beinahe unmöglich machte.

„Durch *diese* Papiere hier sollst du deine väterlichen Rechte aufgeben. Wenn das bereits früher geschehen wäre, wäre sie nicht hergekommen und hätte auf deine Unterschrift beharrt. Ist in letzter Zeit irgendetwas vorgefallen?"

Von jetzt auf gleich war auch sein Zorn wieder da, während ihrer von Minute zu Minute wuchs.

Er fletschte die Zähne. „Sie erzählte mir, sie würde wieder heiraten, und dieser neue Schwachkopf möchte meine Tochter adoptieren."

„Was er nicht kann, weil du per Gesetz nach wie vor Rosies rechtlicher Vater bist."

„Bedeutet das, dass…?"

„Du hättest sie die ganze Zeit über treffen dürfen. Shane, du kannst sie jetzt gleich besuchen."

Er schüttelte den Kopf und senkte den Blick. „Die ganze Zeit?"

„Jederzeit", bestätigte ihm Lauren. „Tu mir einen Gefallen – steh auf."

Verwundert sah er sie an, tat aber, wie ihm geheißen wurde.

„Jetzt leg deine Arme um mich und schau mich an, während ich mit dir spreche."

Er näherte sich ihr und zog sie in eine innige Umarmung. Nun hatte sie seine ungeteilte Aufmerksamkeit.

„Nachdem ich diese verrückte Frau kennengelernt habe, verstehe ich dich so viel besser. Du hast einen Fehler gemacht, was aber nicht bedeutet, dass du auf immer und ewig dafür büßen musst. Sie war die Falsche für dich, aber *ich bin es nicht*!"

Er versuchte, sich von ihr zu lösen, aber sie hielt ihn an seinen Schultern fest. „Lauren, ich kann nicht–"

„Ich verstehe völlig, warum du das denkst. Die Liebe hat dein Herz in Stücke gerissen, aber sie kann es auch wieder zusammensetzen." Sie strich ihm mit der Hand über sein Herz, als ob sie es alleine durch ihre leichte Berührung heilen könnte.

„Ich gehe nicht fort. Bitte hör auf, mich von dir zu stoßen."

Während er den Kopf schüttelte, ließ er seinen Tränen freien Lauf. „Isabel war nicht immer so. Ich habe ihr das angetan. Auch sie habe ich von mir geschoben. Ich habe meine Karriere über das Wohlergehen meiner Familie gestellt, und ich–"

„Auch du bist nur ein Mensch. Du hast Fehler gemacht, aber hast aus ihnen gelernt, und solltest nicht den Rest deines Lebens darunter leiden. Du hast sie angenommen, Shane, bist daran gewachsen und hast dich verändert."

Er legte sein Kinn auf ihrem Kopf auf, während er in ihr Haar murmelte: „Warum magst du mich so? Ich kann mich ja nicht mal selbst leiden."

„Dann muss ich dich einfach genug für uns beide lieben, bis du aufgeholt hast. Und jetzt küss mich, so wie du es gestern Abend getan hast."

Er beugte sich zu ihr hinunter und drückte seine Lippen auf die ihren. Langsam spürte sie, wie die Spannung aus seinem Körper wich und der Schmerz aus seinem Herzen verschwand. Es bedurfte noch vieler weiterer liebevoller Worte und zärtlicher Liebkosungen, um den innerlichen Schaden zu heilen, aber sie würde da sein, bereit für ihn, und auf ihn warten.

Einundvierzig

Weitere Tage vergingen. An jedem einzelnen kam Isabel bei ihnen vorbei und hämmerte schreiend gegen die Tür. Beinahe war Lauren schon so weit, die Hunde auf sie zu hetzen, aber dann ging sie doch wieder selbst hinaus und erklärte ihr in ruhigem Ton, dass Shane sich in Kürze entscheiden würde und sie, Isabel, die Erste wäre, die davon erführe.

Natürlich war das nicht die Antwort, die diese hören wollte und wahrscheinlich auch der Grund dafür, warum sie ihren Ex-Mann weiterhin Tag für Tag durch die Tür hindurch schikanierte. Und so sehr sie es auch hasste, musste Lauren feststellen, dass dieser anfing, in seiner Entscheidung zu schwanken.

„Vielleicht sollte ich einfach unterschreiben“,

sagte er nach einem weiteren nervenaufreibenden Besuch seiner früheren Frau.

„Wenn du jetzt aufgibst, dann bist du genauso verrückt wie sie, wenn nicht sogar noch blöder." Lauren ließ sich auf seinen Schoß fallen und sah ihm direkt in die Augen, was aufgrund der Tatsache, dass sich ihre Gesichter in dieser Position auf gleicher Höhe befanden, nicht weiter schwierig war. „Hey, es geht immerhin um deine Tochter."

„Ich weiß. *Das ist ja der Grund,* warum ich es überhaupt in Erwägung ziehe, dem zuzustimmen." Er fuhr ihr mit den Fingern durchs Haar, ohne seinen Blick auch nur eine Sekunde von ihr zu lösen. „Was, wenn Rosie diesen neuen Kerl ihrer Mutter liebt? Was, wenn er ihr ein guter Vater wäre und ich ihr diese Chance nehme? Ich war nicht für sie da, als ich die Gelegenheit dazu hatte, und jetzt ist es zu spät."

„Soll das ein Witz sein? Erinnere dich doch bitte daran, wie meine Mama und ich uns nach mehr als 20 Jahren Trennung wieder versöhnt haben. Das Gute ist, dass sie uns heute Abend besuchen kommt. Dann kann sie dir selbst erzählen, wie dumm es wäre, diese Beziehung aufzugeben." Mit diesen Worten gab sie ihm einen schnellen Kuss und überließ ihn dann seinen grüblerischen Gedanken.

In der Tat kam Barb an diesem Abend schon weit vor der vereinbarten Essenszeit vorbei und bot eifrig an, bei den Vorbereitungen zu helfen. „Ich habe viele Jahre lang als Köchin gearbeitet", erklärte sie, während sie fachmännisch eine Karotte stiftelte. „Ab dem Moment allerdings, wo ich nicht mehr hübsch genug war, die richtig fetten Trinkgelder an Land zu ziehen, haben sie mich nach hinten in die Küche verbannt. Glücklicherweise gefiel es mir dort und ich blieb, bis ich entschied, dass es an der Zeit war, nach Hause zurückzukehren."

„Lauren kocht ebenfalls ganz fantastisch", sagte Shane und legte von hinten seine Arme um sie, während sie den Salat wusch. „Ich wette, ihr habt vieles gemeinsam und das bisher nur noch nicht realisiert."

Diese drehte das Gesicht zur Seite und nahm den Kuss an, den er ihr auf die Wange drückte. „Und ich wette, bei dir und Rosie ist es genauso."

Als sie den Namen des kleinen Mädchens vernahm, stellte Dornröschen die Ohren auf und fing laut an zu jaulen.

„Siehst du?", sagte Lauren, schüttelte ihn ab und ging hinüber zu dem armen Hund, um ihn zu trösten. „Sie hat noch nicht aufgegeben, und du solltest es auch nicht tun."

„Aufgeben?“, hakte Barb nach, während sie sich die Hände wusch und diese an einem weißen Küchentuch abtrocknete. „Sie haben eine Tochter, Shane?“

„Ja. Ihr Name ist Rosie, und sie ist sieben“, erklärte er. „Ich habe sie seit mehr als drei Jahren nicht mehr zu Gesicht bekommen.“

„Und was ist der Grund dafür?“

Er blickte zu seiner Freundin hinüber. „Hast du ihr das noch nicht erzählt?“, fragte er, da sie die ganze Woche über jeden Abend mit ihrer Mutter telefoniert hatte.

Lauren kam auf die andere Seite der Küche und stupste ihn in die Brust, wobei sie sich auf Zehenspitzen stellte, um trotz ihrer kleinen Statur größer zu erscheinen. „Warum soll ich sie über deine Lebensumstände in Kenntnis setzen? Das ist *deine* Aufgabe.“

„Womit sie zweifellos recht hat“, stimmte Barb leise lachend zu. Dann drehte sie am Herd das Gas an und gab ein Stück Butter in eine gusseiserne Pfanne. „Also, mein Lieber, erzählen Sie mir etwas über Ihre Kleine“, fuhr sie fort, während sie die Pfanne hin- und herschwenkte, bis die schmelzende Butter die gesamte Oberfläche bedeckte.

Seine Augen leuchteten auf, als er den Frauen

von Rosies Vorliebe für alles Pinke berichtete, über die Art und Weise, wie sie sich ihm jeden Abend in die Arme geworfen hatte, als er vom Training mit den Hunden nach Hause kam, und dass ihre liebste Gute-Nacht-Geschichte die von Clifford, dem großen roten Hund, war. „Zumindest war es vor drei Jahren so“, schloss er. „Inwieweit sie sich verändert hat, weiß ich leider nicht. Wir haben gerade erst herausgefunden, dass ich noch immer Anspruch auf das Sorgerecht habe.“

Barb nickte, während er all diese Erinnerungen mit ihnen teilte. Als er fertig war, sagte sie: „Schön und gut, und jetzt erklären Sie mir mal, warum Sie diese Gelegenheit, alles über ihr Mädchen herauszufinden, nicht nutzen möchten?“

Er zuckte mit den Schultern und zog sich vom Herd zurück. „Weil ich es verbockt habe. Ich verdiene diese zweite Chance nicht.“

„Aber Sie verdienen es, hier in dieser Küche Ihre Arme um meine Tochter zu schlingen?“, meinte die ältere Frau augenzwinkernd.

„Glaub mir“, versicherte Lauren ihr und strich Shane durchs Haar, „das hat mich eine Menge an Überzeugung gekostet!“

„Schätzchen, hören Sie auf den Rat einer alten Frau. Es gibt keinen triftigen Grund dafür, Ihr kleines Mädchen aufzugeben. Nicht einen einzigen." Die Butter in der Pfanne fing an zu knistern und braun zu werden; daher griff Barb nach den Zwiebeln, die ihre Tochter bereits kleingeschnitten hatte und begann, sie anzubraten.

Shane seufzte und ging, schwer auf seine Krücke gestützt, hinüber zum Tisch. „Schon möglich, aber–"

„Kein Aber! Wenn Sie jetzt auf dumm machen, kommt möglicherweise irgendwann der Tag, an dem Sie ganz langsam an Krebs sterben und sich fragen werden, ob Ihnen Ihre Kleine soweit vergeben hat, dass sie gewillt ist, sich noch ein letztes Mal mit Ihnen zu treffen."

„Wenn du nicht hingehst", sagte Lauren sanft, „kann Isabel Rosie sagen, was ihr gerade in den Kram passt, und deine Tochter wird ihr glauben, genauso, wie ich meinem Vater geglaubt habe."

Ihre Mutter nickte, während sie ein großes Stück Ingwer aus dem Kühlschrank holte. „Wollen Sie das wirklich riskieren? Dass Ihre Tochter Sie nur so kennt, wie Sie von anderen dargestellt wurden? Oder wollen Sie nicht lieber eine echte Beziehung zu ihr aufbauen?"

Shane ließ sich vorsichtig auf dem hölzernen Stuhl nieder. „Aber wie soll ich das anstellen?"

„Genauso, wie ich es getan habe: Geben Sie *ihr* die Möglichkeit, sich ihre Meinung zu bilden. Nehmen Sie Ihrer Süßen nicht die Entscheidung ab, ob sie Sie in ihrem Leben haben will oder nicht; dafür ist sie noch viel zu klein. Seien Sie einfach nur für sie da. Zeigen Sie ihr, dass es nie zu spät ist, sich für seine Fehler zu entschuldigen. Zeigen Sie ihr, wie ein starker Mann aussieht, und was ein guter Mann für seine Familie zu tun gewillt ist."

Er nickte, so als ob alles, was Lauren ihm seit Tagen predigte, plötzlich Sinn ergab, nachdem er es nochmals aus dem Mund einer weiteren, erfahreneren Person vernommen hatte. „Und dann?"

„Alles Weitere, mein Lieber, müssen Sie dann ihr überlassen."

Zweiundvierzig

Nachdem ihn sowohl Lauren als auch Barb bearbeitet hatten, stimmte Shane schließlich zu, für seine Tochter zu kämpfen.

Wie erwartet war Isabel von seiner Entscheidung alles andere als angetan. „Das ändert gar nichts. Tom und ich werden in die USA umziehen und sie mit uns nehmen. Dadurch wirst du eh keine Gelegenheit mehr haben, sie zu sehen. Ich weiß, dass du deine kostbaren Hunde keine Minute alleine lässt, und *du weißt*, dass du niemals wirklich dafür geschaffen warst, die Vaterrolle einzunehmen."

„Bleib stark", erinnerte Lauren ihn jedes Mal, wenn seine Ex vorbeikam. „Deine Tochter hat zumindest ein vernünftiges Elternteil in ihrem Leben verdient."

Shane musste lachen. „Ob du es glaubst oder nicht, Isabel ist eigentlich eine tolle Mutter. Sie ist lediglich eine schreckliche Ehefrau, Person, und alles andere, was man sich denken kann. Das ist der einzige Grund, warum ich überhaupt so nah dran war, aufzugeben."

„Aber das wirst du nicht, versprochen?", drängte sie nochmals, die Arme vor der Brust verschränkt. Hatten sie das nicht bereits hunderte Male durchgekaut?

„Werde ich nicht", schwor er ihr. „Ich habe bereits meinen Anwalt kontaktiert, und er hat eine neue Sorgerechtsanhörung durchgesetzt. Außerdem arbeitet er eine Klausel aus, die besagt, dass Isabel nicht mehr als ein paar hundert Kilometer von mir wegziehen darf." Er hielt inne und runzelte die Stirn.

„Das sind doch klasse Neuigkeiten!", rief Lauren aus. „Warum ziehst du dann so ein langes Gesicht, Süßer?" Spielerisch boxte sie sein Kinn zur Seite, aber auch das brachte ihn nicht zum Lächeln.

„Das Datum, das sie uns genannt haben, ist der gleiche Tag wie dein großes Rennen."

„Und? Wen interessiert das?", platzte sie heraus.

„Meine Wenigkeit", sagte er und drückte ihr

einen Kuss auf die Stirn. „An deinem wichtigen Tag will ich für dich da sein."

„Kommt überhaupt nicht in Frage, dass du diesen Termin vor Gericht sausen lässt."

„Ich könnte versuchen, ihn auf einen späteren Zeitpunkt zu verlegen–"

„Nein, das wirst du nicht! Shane, es werden noch andere Rennen folgen, aber du hast nur eine Tochter."

Er schmollte weiterhin, was sie maßlos ärgerte. War es denn zu fassen, dass er tatsächlich in Erwägung zog, wegen eines dummen Rennens, an dem er nicht mal selbst teilnehmen würde, seine bisherigen Bemühungen zu riskieren, seine Tochter wiederzubekommen?

„Du wirst meine Hilfe benötigen, um die Hunde einzuspannen und–"

Sie legte ihm einen Finger auf die Lippen, um ihn zum Schweigen zu bringen. „Und *nichts weiter*. Ich kann Scarlett bitten, mich als Hundeführerin zu unterstützen. Sie macht das liebend gerne. Und danach können wir alle gemeinsam zum Essen gehen und deine Sorgerechtsentscheidung sowie meinen großen Sieg feiern."

Shane lachte und küsste ihre Fingerspitzen. „Ich liebe deine Einstellung. Und dich natürlich auch."

„Endlich!“, stieß Lauren übertrieben aufgebracht hervor. „So allmählich begann ich zu befürchten, du würdest es mir nie aussprechen.“

Er sah verwirrt aus. „Was? Dass ich dich liebe? Das habe ich dir doch bereits gesagt, oder etwa nicht?“

Lächelnd schüttelte sie den Kopf. „Nö, das war das erste Mal. Und jetzt, wenn es dir nichts ausmacht, würde ich es unheimlich gerne nochmals hören.“

„Musst du mich immer herumkommandieren?“, neckte er sie und beugte sich zu ihr hinab, um an ihrer Unterlippe zu knabbern. „Aber es ist wahr. Ich liebe dich, Lauren Dalton.“

„Und ich liebe dich auch, Herr Griesgram.“

Er drückte seine Stirn gegen die ihre und atmete tief ein. „Weißt du, dass ich dir das sogar glaube?“

Lauren schlug ihm spielerisch auf die Schulter. „Hey!“

„Nichts Hey. Isabel habe ich nie voll vertraut in dieser Beziehung. Es lag an der Art, wie sie es sagte, stets mit so einem verhaltenen Zögern.“

„Hör bloß auf mit dieser Hexe“, stöhnte sie und fletschte regelrecht die Zähne.

Trotz des beunruhigenden Themenwechsels lächelte Shane noch immer. „Sollte ich den Sorgerechtsprozess gewinnen, wirst du sie recht häufig zu Gesicht bekommen. Das ist dir schon klar, oder?"

„Ich weiß." Sie tat es ab, aber sein Blick haftete noch immer neugierig auf ihr, während er darauf zu warten schien, dass sie ihm weitere vertrauliche Details preisgab. Offen gesagt hatten sie beide in letzter Zeit schon genügend Geheimniskrämerei zusammen durchgestanden, sodass dies ein Leben lang reichen sollte.

„Ist das für dich okay?", fragte er vorsichtig, und sie verdrehte die Augen, lächelte ihn dabei jedoch an, um ihm zu zeigen, dass sie jedes einzelne Wort auch genau so meinte.

„Natürlich ist es okay, weil ich immerhin dich bekomme."

Sein Gesicht näherte sich ihrem, und seine Wimpern streiften sanft über ihre Augenlider. „Ich verstehe zwar nicht, warum du glaubst, ich wäre so ein guter Fang, bin aber glücklich, dass es so ist."

„Das tue ich aber wirklich."

Noch immer waren ihre Gesichter sich nahe, und sie spürte, wie der Hauch jeder Silbe, die er aussprach, ihre Lippen streichelte. „Versprich mir, dass du mich auch dann noch lieben wirst, wenn ich verliere?"

Sie nickte leichthin und versicherte ihm: „Sogar noch mehr, weil du das dann brauchen wirst."

„Was, wenn ich nie wieder richtig gesundwerde? Würde das deine Gefühle mir gegenüber verändern?" Bei dieser Frage versagte ihm die Stimme, und Lauren trat einen Schritt zurück, um ihm direkt in die Augen blicken zu können.

„Das klingt irgendwie nicht nach einer hypothetischen Frage, Shane. Gibt es etwas, das du mir sagen möchtest?"

Nun schien das Zittern, das sich manchmal seiner Hände bemächtigte, nach oben zu wandern. Seine Stimme klang rau, so als ob sich jedes seiner Worte den Weg aus seinem Hals erkämpfen müsste. „Es wird nicht wirklich besser, Lauren. Möglicherweise kann ich in Zukunft irgendwann einmal ohne Hilfsmittel gehen, aber die Chance, dass meine Knie jemals wieder die Belastung aushalten werden, einen Schlitten zu führen, ist mehr als gering."

„Aber genau das liebst du doch so sehr!"

„Dich liebe ich mehr", murmelte er.

„Shane, nein. Du kannst beides haben, mich und die Hunde ebenso. Das ist keine Frage der Entscheidung."

Er schüttelte den Kopf, und eine einzelne Träne rollte über seine Wange. „Das hat nichts mit einer

Entscheidung zu tun. Als ich direkt nach dem Unfall eingeliefert wurde, erklärten mir die Ärzte, es bestünde eine 50-prozentige Chance, jemals wieder laufen zu können. Bisher befand ich mich auf der positiven Seite dieser Gleichung und glaubte fest daran, ich könnte meinen Körper zu einer Art wundersamen Heilung zwingen und mein Glück damit noch weiter herausfordern, wenn ich nur hart genug an mir arbeitete. So allmählich wäre es an der Zeit, die Wahrheit zu akzeptieren, findest du nicht auch? Meine Karriere als Hundeschlittenführer ist vorbei, und ich kann damit leben."

„Was in aller Welt sollte daran okay sein, dass du eine der Sachen verlierst, die dir alles bedeuten?", argumentierte sie weiter, musste einfach Dampf ablassen.

„Weil ich jetzt dich dafür habe."

„Also bin ich quasi dein Trostpreis?"

Shane nahm ihr Gesicht in seine Hände und zwang sie, ihn anzuschauen. „Lauren, du bist alles, was ich mir immer wünschte, worauf ich aber nie zu hoffen wagte. Wenn die Zeit reif dafür und alles mit Isabel und Rosie geklärt ist, werde ich dich heiraten, und du wirst an meiner Statt den Platz auf dem Schlitten einnehmen."

Irgendwie hatte sie das Gefühl, die Rückspultaste drücken zu müssen, um sicherzustellen, dass sie das auch richtig verstanden hatte. Bedauerlicherweise gab es keine Fernbedienung, wenn es um ihr Leben ging. „Moment mal... was? Diese Menge an Infos muss ich erst mal verarbeiten! Hast du mir gerade einen Antrag gemacht?“

Seine blauen Augen blitzten belustigt auf. „Ja, das würde ich so sehen. Nicht gerade den romantischsten, oder?“

Lauren lachte. „Aber so richtig gefragt hast du mich eigentlich nicht. Ich bin mir nicht sicher, was ich auf eine unausgesprochene Frage antworten soll.“

„Lauren Dalton, versprichst du mir, mich auf immer und ewig zu lieben? Nimmst du mich so an, wie ich bin? Willst du mich heiraten?“

„Okay“, antwortete sie lachend.

„*Das* ist deine Antwort?“

Sie blickte ihn aus zusammengekniffenen Augen an. Möglicherweise hatte sie doch einige der schauspielerischen Fähigkeiten ihrer Mutter geerbt. „*Und das war dein Antrag?*“

„Ich verspreche, dass ich irgendwann, wenn du überhaupt nicht damit rechnest, richtig um deine Hand anhalten werde“, versicherte er ihr, nahm ihre Hände in die seinen und verflocht ihre Finger miteinander.

Seine Auserwählte sah ihn mit hochgezogenen Augenbrauen an. „Da bin ich gespannt, aber warte nicht zu lange damit. Es schickt sich nicht, dass ich hier mit meinem Freund in wilder Ehe zusammenlebe, verstehst du? So hat mein Vater mich nicht erzogen."

„Ich wünschte, ich hätte ihn kennengelernt", meinte Shane und küsste ihre Augenlider.

„Er hätte dich geliebt."

„Und ich liebe ihn dafür, dass er eine so erstaunliche Tochter aufgezogen hat. Meine Verlobte", ergänzte er mit einem riesigen, verschmitzten Lächeln. „Leider habe ich keinen Ring für dich, aber das werde ich umgehend ändern. Ich besorge dir einen. Bis dahin lege ich dir alles andere, was ich habe, zu Füßen."

„Was meinst du damit?"

„Die Hunde, den Schlitten, den LKW, die Blockhütte. Einfach alles."

„Gehst du fort?"

„Ich sehe mich gezwungen, früher als geplant meinen Ruhestand anzutreten. Meine Zeit, Hunderennen zu fahren, ist vorüber, aber deine fängt gerade erst an."

„Was heißt das?" Der Raum begann sich zu drehen. Panik erfasste sie. Würde auch er sterben?

Gott sei Dank beruhigten seine nächsten Worte sie augenblicklich wieder. „Ich möchte, dass du meinen Platz als Hundeschlittenführer einnimmst, und ich werde dein Helfer. Für die Aufgaben, die ich körperlich nicht mehr erledigen kann, stellen wir jemanden in Teilzeit ein. Irgendwann habe ich mal davon geträumt, der berühmteste Schlittenfahrer Alaskas zu werden, aber leider wurde das nicht zur Wirklichkeit, zumindest nicht für mich. Gemeinsam allerdings können wir diesen Traum für dich wahrwerden lassen. Lauren, du bist unglaublich. Du schaffst einfach alles. Glaubst du mir das?"

„So allmählich hast du mich überzeugt", sagte sie, und das meinte sie ehrlich.

Dreiundvierzig

Erneut versuchte Lauren, einen Blick auf ihre Armbanduhr zu werfen, was die dicken Fäustlinge jedoch zu verhindern wussten. Shane befand sich gerade im Moment im Gerichtssaal, und mehr als alles andere wünschte sie sich, ihm in diesem Moment unterstützend zur Seite stehen zu können, während er sich mit dieser Hexe von Ex-Frau herumschlagen musste.

„Genau, das ist ein Handschuh, meine Liebe“, sagte Scarlett und winkte ihr zu, während sie einen weiteren Hund einspannte. „Würdest du dich dann jetzt bitte endlich mal konzentrieren? Wir sind nur ein paar wenige Starts von unserem eigenen entfernt.“

„Ich musste nur gerade an Shane denken und–“

„Nein, vergiss es, Süße. Jetzt geht es nur um unser Rennen! Alles, was im Augenblick zählt und du im Kopf haben solltest, sind deine Fellnasen, und nichts anderes, verstanden?“ Scarlett tat ihr Bestes, trotz der dicken Fäustlinge Gangzeichen zu formen, was unglaublich niedlich und gleichzeitig komplett albern aussah.

Lauren lachte, während sie ihre Arme und Beine schüttelte, um wieder in die Gegenwart zurückzufinden. „Du hast natürlich völlig recht, und ich kann mich wirklich glücklich schätzen, dass du hier bist, um mich bei der Stange zu halten.“

„Das hast du gut erkannt“, lachte nun auch ihre Freundin, klopfte ihr auf die Schulter und zog dann los, um den nächsten Hund zu holen.

Ein Mann mit einem Klemmbrett trat zu ihnen. „Okay, wen haben wir denn hier – Lauren ... Dalton. Sind Sie irgendwie mit Eddie Dalton verwandt?“, fragte der Kampfrichter, während er sie auf seiner Liste abhakte.

Lauren nickte. „Ja. Mein Vater... Er ist vor kurzem gestorben.“

„Tut mir leid, das zu hören.“ Seine Augen funkelten, als er seinen Arm ausstreckte, um ihr die Hand zu schütteln. „Wissen Sie, wann immer ich die Gelegenheit dazu hatte, habe ich ihm bei seinen

Rennen zugesehen. Das ist auch der Grund dafür, warum ich mich immer noch freiwillig zu diesen Events melde. Ich bin mir sicher, dass er jetzt gerade auf Sie herunterschaut und sein kleines Mädchen anfeuert. Und mit Sicherheit ist er nicht der Einzige."

Sie spürte, wie sich Tränen in ihren Augenwinkeln bildeten. „Vielen Dank, Herr... Ähm?"

„Benjamin. Ben Benjamin", stellte er sich mit einem freundlichen Nicken vor. „Jep, ich wette, den Namen werden Sie so schnell nicht vergessen."

Er warf einen Blick auf die Stoppuhr, die über seiner dicken Jacke hing, riss die Augen auf und blickte sie an. „Oh, du meine Güte, wir haben nur noch zwei Minuten bis zu Ihrem Start; also muss ich noch schnell einige Sachen mit Ihnen durchgehen. Die Kurven, die Sie nicht nehmen sollen, haben wir blockiert, und an all diesen Stellen stehen Beobachter, was aber nur eine reine Formsache ist. Etwa 1,5 km nach dem Ziel wurde eine Flagge positioniert. Wir empfehlen den Schlittenführern, nicht über diese Flagge hinauszufahren, aber wenn es nicht anders geht, ist das auch okay."

Lauren nickte, wie betäubt von all den Informationen, mit denen sie überschüttet wurde, und wieder einmal fragte sie sich, ob sie hierfür auch wirklich geschaffen war. Scarlett klopfte ihr beruhigend auf den Rücken und ließ sie wissen, dass ihr Team bereitstand. Ihr Blick wanderte die Aufstellung entlang und blieb an Fred und Stella hängen, die den Schlitten anführten und bereits heftig an ihren Geschirren zogen.

„Und – Fred, Stella? Seid ihr bereit? Hank, Wendy, Kelly, Norm, Bob, Maude, Richard, Emily? Und wie sieht es mit euch beiden aus, Jack und Carol?“, rief sie aus. Als Antwort darauf erklang ein einstimmiges Gejaule aus allen Kehlen; die Huskies zerrten an ihren Leinen und schienen bereit, auf ihr Kommando hin jederzeit loszustürmen.

Ihre Freundin zog den Schneeanker heraus und legte ihn in den Korb, bevor sie vor an die Startlinie trat und die Leithunde fest an den Halsbändern packte. Lauren löste den Haltestrick und verlagerte ihr volles Gewicht auf die Fußbremse.

Herr Benjamin hatte mittlerweile seinen Posten am Start eingenommen und gab ihr das Zeichen: Daumen nach oben. Sie erwiderte diese Geste.

Der laute Knall eines Lufthorns erklang, woraufhin Scarlett das Team losstürmen ließ.

Lauren hüpfte von der Fußbremse und begann zu rennen, indem sie den Schlitten wie ein Bobfahrer anschob. „Vorwärts! Lauft! Lauft!“, feuerte ihre Huskies an.

Wie Kugeln aus einer Pistole schossen die Hunde gemeinschaftlich nach vorne, und einen schrecklichen Moment lang sah sie sich wieder stolpern und vom Schlitten fallen. Glücklicherweise geschah nichts dergleichen. Das Gefährt nahm an Tempo auf, bis es sie an Schnelligkeit eingeholt hatte; dann ergriff sie den Lenker und sprang selbstsicher auf die Trittbretter.

Ohne Shane als Mitfahrer waren sie noch schneller als sonst, aber als ihr Blick hinunter zu der Vorrichtung wanderte, in der er normalerweise saß, starrte ein kleiner Stoff-Husky zu ihr herauf. Sie lachte laut auf und wünschte sich, sie könnte ihn hier und jetzt anrufen, um ihm zu danken. Mit diesem zusätzlichen Passagier war es, als ob er selbst bei ihr wäre, ihr Korrekturen zuschrie und gute Ratschläge gab.

Die Sonne glitzerte und brach sich im Schnee, was die Illusion Tausender kleiner Regenbögen vermittelte. Sie blickte über die Hunde hinweg und nahm die ganze Schönheit in sich auf, die Alaska zu bieten hatte. Dort, am Horizont dieser atemberaubenden Landschaft, sah sie all die Dinge, die ihr am meisten am Herzen lagen – ihre Zukunft als Hundeschlittenführerin, ihr gemeinsames Leben mit Shane und Rosie. Sogar das Antlitz ihres Vaters schien aus dem blassblauen Himmel über ihr auf sie herunterzulächeln.

Endlich war sie angekommen. Nach all den Jahren, in denen sie nie wusste, wo sie hingehörte, erschien ihr die Zukunft nun so klar wie der weißeste Schnee, als ob sich die Welt für sie geöffnet hätte mit den Worten *Willkommen zu Hause, Lauren.*

Vierundvierzig

Das Rennen wurde zur Nebensache. Lauren war gut durchgekommen und übergab im Anschluss Scarlett die Hunde, wartete nicht mal darauf zu erfahren, welchen Platz sie belegt hatte.

„Ich muss los zum Gericht. Ich muss wissen, wie sich die Dinge für Shane entwickelt haben“, schrie sie aufgeregt zu ihr hinüber, während sie ihr dabei half, den Schlitten zu stabilisieren und ihr die Schlüssel für den Truck übergab.

„Ab mit dir“, drängte die Freundin sie. „Ich finde heraus, welche Zeit du gefahren bist, verlade dann die Hunde und fahr zu euch nach Hause. Hier...“ Scarlett fischte ihre eigenen Autoschlüssel aus der Jackentasche und warf sie ihr zu. „Mit dem

PKW bist du schneller dort. Und sag Shane *Herzlichen Glückwunsch* von mir“, ergänzte sie mit einem verschmitzten Lächeln.

„Ich gebe ihm sogar noch einen Kuss von dir“, rief Lauren ihr über die Schulter zu, während sie zurück zum Parkplatz sprintete.

„Das geht zu weit! Zu weit!“, brüllte Scarlett ihr noch nach.

Gleich darauf startete sie den uralten Subaru ihrer Freundin, raste durch die Ortschaft, kam unmittelbar vor dem Gerichtsgebäude zum Stehen und stürmte durch die Eingangstür ins Innere des Gebäudes.

Obwohl sie sich überall umsah, konnte sie Shane nirgends entdecken. Dann jedoch summte das Handy in ihrer Tasche.

Shane?

„Wie ist es gelaufen?“, fragte er augenblicklich, als sie abhob.

Und gleichzeitig rief sie: „Wo bist du?“

Beide mussten lachen.

„Wir sind bei Garcia‘ s, in Eagle River“, berichtete er ihr.

„Wir?“

„Ja, Rosie und ich. Sie wünschte sich mexikanisches Essen, und ich wollte einfach ihre wunderbare

Rosiehaftigkeit genießen, die ich die letzten Jahre so vermisst habe."

Im Hintergrund kicherte das kleine Mädchen, und Lauren fühlte, wie ihr Herz aufs Doppelte anschwoll wie das des Grinchs – oder das eines gewissen Griesgrams.

„Ich komme so schnell wie möglich zu euch", versicherte sie ihm, während sie bereits zu Scarletts altem Kombi zurückrannte.

Auf dem Weg zu dem kleinen Lokal in der Vorstadt rief Scarlett an und ließ sie wissen, dass sie sich mit den Hunden auf dem Rückweg zur Blockhütte im Thornfield Way befand. Lauren stellte den Anruf auf Lautsprecher und legte sich ihr Telefon auf den Schoß, da das Auto der Freundin nicht über Bluetooth verfügte.

„Du hast den dritten Platz gemacht, Süße!", schrie diese so laut, dass der Lautsprecher eigentlich überflüssig gewesen wäre. „Wären das die Olympischen Spiele gewesen, hättest du jetzt eine wunderschöne, große Bronzemedaille um den Hals hängen."

„Das ist ja klasse! Vielen Dank, dass du heute für mich da warst, so wie eigentlich auch an jedem anderen Tag."

„Das steht doch außer Frage. Aber jetzt erzähl mal: Hat Shane es geschafft?"

„Er ist gerade in Eagle River, und ich bin unterwegs, um ihn dort zu treffen."

„Und?"

„Scheint, er hat seine Tochter zurückbekommen. Ich kenne zwar noch keine Einzelheiten, aber jetzt gerade ist sie bei ihm. Und, Scar, noch nie habe ich erlebt, dass dieser Mann so glücklich klingt."

„Sieht so aus, als müsstest du ihm einen neuen Spitznamen verpassen", entgegnete die Freundin lachend.

„Wie wäre es mit Herr Großartig?", schlug Lauren lachend vor.

Scarlett stieß einen entnervten Seufzer aus, wonach sie beide in Gelächter ausbrachen. „Das ist ja sogar noch schlimmer als meine Witze. Viel Spaß und fahr vorsichtig."

„Das werde ich. Du aber auch!"

Etwa fünfzehn Minuten später betrat Lauren das Restaurant, und Shane erhob sich und begrüßte sie mit einer innigen Umarmung. „Da kommt ja mein Champion!"

„Na ja, eher deine Drittplatzierte", korrigierte sie ihn. „Aber *Champ* klingt gut, Herr Großartig." Sie lächelte ihn kokett an und überlegte, was er wohl von seinem neuen Spitznamen halten würde.

„Herr Großartig?" Shane lachte und verdrehte

die Augen. „Das ist doch bestimmt wieder auf Scarletts Mist gewachsen, oder? Das entspricht genau ihrem Stil."

Lauren konnte nur den Kopf darüber schütteln und winkte dann Rosie zu, die mit angezogenen Beinen auf der Sitzbank saß. „Hallo! Ich bin Lauren", stellte sie sich vor.

„Sind Sie die Freundin von meinem Papa?", fragte das kleine Mädchen. Lauren bemerkte, dass Rosie zwar den dunklen Teint sowie die zierliche Statur ihrer Mutter geerbt hatte, ihre blauen Augen jedoch denen ihres Vaters glichen.

„Das bin ich", stimmte sie zu. „Ich hoffe, das ist okay für dich?"

„Klar", entgegnete die Kleine, rutschte zur Seite und deutete ihr an, neben sich Platz zu nehmen. „Übrigens bist du richtig hübsch." Oh ja, sie liebte dieses Kind bereits jetzt.

„Vielen Dank. Du aber auch."

„Wirst du meinen Papa heiraten, so wie Tom meine Mama?"

Lauren hob beide Augenbrauen. „Nur, wenn du damit einverstanden bist."

Nun war es an Rosie, die Augen zu verdrehen. „Miss Lauren, ich bin doch nur ein Kind. Solch große Entscheidungen kann ich nicht treffen."

Die beiden Erwachsenen lachten, und Rosies Wangen färbten sich rosa, was ihrem Namen alle Ehre machte.

Der Kellner kam, und Shane bestellte eine riesige gemischte Platte für seine Liebste und bestand darauf, dass sie von allem etwas probierte, genauso wie damals bei der Lieferung von Maurice‘ s.

„Süße, zufälligerweise kenne ich eine deiner besten Freundinnen“, erzählte Lauren dem kleinen Mädchen, die damit beschäftigt war, sämtliche Blümchen und Herzchen auf ihrer Unterlage auszumalen. Dabei zog sie ihr Handy hervor und scrollte durch die Fotogalerie. Als sie das Bild fand, nach dem sie gesucht hatte, zeigte sie es Rosie.

„Das ist ja mein Hund!“, rief das Mädchen aus. „Und sie heißt genauso wie ich. Nun ja, zumindest fast, eigentlich ist ihr Name Dornröschen.“

„Richtig“, bestätigte Lauren mit einem breiten Lächeln. „Das ist sie, und sie hat mir verraten, dass sie dich unheimlich vermisst. Möchtest du sie nicht mal im Haus von deinem Papa besuchen kommen...?“ Sie blickte Shane an, der ihr bekräftigend zunickte. „Vielleicht gleich nächstes Wochenende?“

„Oh, ja, bitte. Ich muss nur meine Mama fragen,

ob das okay geht.“ Rosie nickte aufgeregt mit dem Kopf und rutschte auf ihrem Sitz herum.

„Das ist eine gute Idee“, sagte Shane, langte über den Tisch und ergriff Laurens Hand. „Du solltest immer zuerst deine Mama um Erlaubnis fragen, aber dieses Mal habe ich den leisen Verdacht, dass sie *Ja* sagen wird.“

Fünfundvierzig

EIN JAHR SPÄTER

Lauren blickte über die Menschenansammlung, und ihr Atem bildete kleine Wölkchen an diesem hellen Morgen im März. Sie konnte kaum glauben, dass sie es bis hierher geschafft hatte. Sie stand kurz davor, an dem berühmten Iditarod teilzunehmen, und alle Blogs, die sich mit diesem Schlittenrennen beschäftigten, bescheinigten ihr gute Chancen, es unter die Top Ten zu schaffen, obwohl es ihr erstes Jahr war und es sich um das wichtigste Rennen überhaupt handelte.

Sämtliche Straßen von Anchorage waren aufgrund des zeremoniellen Starts gesperrt. Sobald sie den Rummel hinter sich ließ, gäbe es mehr als acht Tage lang bis zu ihrem siegreichen Einzug in

Nome nur noch sie und die Hunde gegen die großartige Wildnis Alaskas.

Die vertraute Gestalt von Ben Benjamin mit seinem Klemmbrett näherte sich ihr. „Na, wenn das mal nicht Lauren Dalton ist. Wie schön zu sehen, dass Sie jetzt auch in der großen Liga mitmischen, Mädchen. Der alte Eddie wäre mächtig stolz auf Sie."

„Vielen Dank", entgegnete diese, „aber mittlerweile heiße ich Lauren Ramsey."

„Oha, hört-hört! Das ist ja unglaublich. Was sich innerhalb eines Jahres so alles tut. Das letzte Mal, als wir uns trafen, haben Sie den dritten Platz gemacht. Was glauben Sie, wie Sie dieses Mal abschneiden werden?" Er machte ein Häkchen auf seiner Teilnehmerliste, während er auf ihre Antwort wartete.

„Ehrlich gesagt, Herr Benjamin, es geht nicht darum, ob man gewinnt oder verliert, sondern lediglich darum, dabei zu sein."

Dieser lachte herzhaft auf. „Sind Sie sicher, dass Sie von *dem* Shane Ramsey trainiert werden?"

Von der Sitzvorrichtung, in der er mit Rosie saß, winkte der Angesprochene ihnen zu. „Nun, ich *bin* ihr Ehemann."

„Und der beste Mann und Trainer, den man sich vorstellen kann", fügte Lauren stolz hinzu.

„Gut für Sie, Mädchen“, sagte Herr Benjamin. „Sie werden es noch weit bringen.“

„Bis hinauf nach Nome?“, scherzte ihre beste Freundin Scarlett, die hinten auf dem Doppelschlitten Platz nahm, den Lauren vor ihr Team gespannt hatte.

„Sitzen Sie dieses Rennen aus, Frau Cole?“, fragte der freundliche Linienrichter Scarlett.

„Nun, dieses Mal ist erst der Anfang“, witzelte diese. „Beim nächsten Rennen geht es dann so richtig zur Sache.“ Diese Bemerkung begleitete sie mit einem bösartigen Disney-Schurken Gelächter, in das Rosie mit einfiel.

„Ich bin schon weg“, sagte Herr Benjamin. „Viel Glück da draußen. Und nicht vergessen, ich halte Ihnen die Daumen.“

Sie winkten ihm zum Abschied zu und warteten auf das Startsignal.

„Hast du Mama dabei?“, rief sie ihrer Freundin zu.

„Hier bei mir in meinem Korb“, antwortete Scarlett und meinte damit die Urne, die Barbs Asche enthielt. Lauren waren fünf wundervolle Monate verblieben, ihre Mutter kennenzulernen, bevor der Krebs sie besiegte, und sie war dankbar für jeden einzelnen Moment.

Sie hatte gelernt, dass es nie zu spät war für Wiedergutmachung und auch nie zu spät dafür, die wahren Wünsche des Herzens zu erkennen. Vor allem aber hatte sie gelernt, dem kleinen, süßen, achtjährigen Mädchen, das mittlerweile jedes Wochenende sowie jeden zweiten Mittwoch bei ihr, Shane und Dornröschen in der Blockhütte verbrachte, eine Mutter zu sein.

Obwohl im letzten Jahr so viel passiert war, fühlte sie sich endlich angekommen.

Die Sprecher riefen sie auf, und los ging es. Die Hunde waren begierig darauf, den Menschenmassen, die sich entlang der schneebedeckten Straßen postiert hatten, etwas zu bieten. Wie eine Einheit drängten sie vorwärts und rasten mit heraushängenden Zungen durch die Straßen der Stadt.

Entlang des Wegs hielten kleine Kinder ihr die erhobenen Hände hin, und sie schlug ein, ein warmes Gefühl im Herzen. Rosie lachte und versuchte ebenfalls, die Zuschauer abzuklatschen, und wann immer sie es schaffte, gab auch Lauren ihrer Tochter ein aufmunterndes High-Five.

Ihre Tochter. Ihr Ehemann. Ihre Fans.

Dies war nun ihr tatsächliches Leben.

Vor nur etwas mehr als einem Jahr hatte Lauren ihr Herz in New York verloren; sie hätte nie erwartet, es hier in Alaska wiederzufinden, unter all den Fremden, die ihre neue Familie geworden waren – aber genau das war passiert.

Und so lebte das Mädchen, das nie an Märchen zu glauben gewagt hatte, nun doch noch glücklich bis ans Ende ihrer Tage.

Die New-York-Times-Bestsellerautorin Melissa Storm schreibt liebenswerte, ansprechende Geschichten, die jedes Mal aufs Neue die Herzen ihrer LeserInnen berühren. Um mehr über ihre Bücher zu erfahren, besuchen Sie ihre Website unter www.MelStorm.com/DE und fangen Sie noch heute an zu lesen!

Buch zwei in dieser Reihe

Diese schüchterne, kleine Bibliothekarin steht im Begriff, die Hauptfigur ihrer ureigenen, realen Abenteuergeschichte zu werden ...

Scarlett Cole arbeitet in einer Bibliothek in Anchorage und hat es von jeher vorgezogen, ihre Abenteuer zwischen den Seiten großartiger Bücher auszuleben. Das alles ändert sich schlagartig, als sie sich mit der jungen Hundeschlittenführerin Lauren anfreundet, die ihr die Chance ihres Lebens bietet – nicht länger nur über das Iditarod-Rennen zu lesen, sondern selbst daran teilzunehmen!

Jetzt gilt es, alles zu geben, denn sie hat nur eine einzige Chance, sich in der Schlittenhundegemeinschaft zu beweisen. Scarlett weiß, dass sie dafür hart arbeiten muss und keinen Ihrer Schritte bereuen darf. Leider hat einer der anderen Rennfahrer sie von Anfang an auf dem Kieker und setzt alles daran, sie zu schlagen – und dazu schreckt er vor nichts zurück.

Als Scarlett und ihr neuer Rivale im großen Stil die Aufmerksamkeit der Medien auf sich ziehen, müssen sie erkennen, dass der Preis für den Erfolg beim Rennen sie im Leben zu Verlierern machen könnte. Wie viel ist Scarlett bereit zu riskieren, um ihren Traum wahr werden zu lassen?

Begleiten Sie Scarlett, Lauren und ihr mutiges Schlittenhundeteam in dieser einzigartigen Erzählung über Träume, Schicksal und Selbstfindung. Lesen Sie noch heute ERHELLTE HERZEN!

Lies dieses Buch jetzt > https://www.melstorm.com/KalteSchnauzen_AMZ

Kurze Vorschau auf das nächste Buch

Scarletts Augen verfolgten Laurens Schlitten, bis dieser nur noch ein winziger Punkt am Horizont war. Ihre beste Freundin hatte sich in dieser Welt, nach der auch sie selbst sich so sehr sehnte, ein neues Leben aufgebaut.

Seitdem sie den Job als Bibliothekarin in Anchorage angenommen hatte und aus ihrer kleinen Heimatstadt in Texas in den fernen Norden gezogen war, war das Iditarod eine ihrer großen Leidenschaften – neben Büchern, selbstverständlich. Und jetzt war sie hier, eng befreundet mit einer der besten Schlittenführerinnen des Landes und sah ihr zu – allerdings nur von der Seitenlinie aus.

Für Scarlett besaß der Schnee ein magisches Funkeln, der Wind ließ einen Hauch von Abenteuer erahnen, und den Hunden dabei zu helfen, ihre Bestimmung zu erfüllen, erschien ihr als die Erfüllung all ihrer eigenen Träume. Das größte Problem war natürlich, dass das Hundeschlittenrennen kein Sport war, den man einfach nur so nebenbei betreiben konnte. Ihre Freundin Lauren hatte ihr altes Leben komplett hinter sich gelassen, als sie sich entschied, als Handler für den berühmt-berüchtigten Shane Ramsey zu arbeiten, der sich seitdem zu einem liebevollen Ehemann und engagierten Trainer gemausert hatte.

Aber nichts von alledem trug so wirklich dazu bei, sich Klarheit zu verschaffen, was sie sich eigentlich wünschte.

Sollte sie wirklich eine Leidenschaft durch eine andere ersetzen? Letztlich würden Hundeschlittenrennen bedeuten, dass sie ihren Job in der Bibliothek aufgeben musste und womöglich nicht mehr zurückkonnte. Bücher waren ihr aber einfach zu wichtig, um sie aus ihrem Leben zu verbannen.

Voller Liebe erinnerte sie sich noch heute daran, wie sie als fünfjähriges Mädchen auf der Armlehne des Sessels neben ihrem Vater gekauert hatte, während dieser ihr beibrachte, wie man die Wörter buchstabierte, die die Titelseite des *Sentinel* zierten. Damals hatte sie so viel mehr als nur Lesen gelernt –

sie hatte die Macht der Geschichten, die Kraft der Worte für sich entdeckt.

Diese Worte jedoch selbst zum Leben zu erwecken war für sie nie eine Option gewesen; sie zog es vor, ihre Abenteuer auszuleben, sowohl in ihrer Fantasie wie auch in der Realität, was letztendlich auch ihre Leidenschaft für das große Rennen entfacht hatte, sobald sie begann, sich intensiver mit ihrer neuen Heimat auseinanderzusetzen.

Und nun, da sie auch noch eng mit einem richtigen Hundeschlittenführer befreundet war, hatte sich ihre Sehnsucht umso mehr verstärkt. Hatte sie sich früher damit zufriedengegeben, einfach nur zwischen den Seiten zu leben, verlangte es sie jetzt nach Luft und Licht, dem Rauschen des Windes, dem rasanten Dahingleiten über den Schnee.

Lauren hatte ihr Glück gefunden, und Scarlett war sich sicher, dass auch *ihr* das gelingen könnte, wusste allerdings nicht, wie sie diesen Traum wahrwerden lassen sollte. Vielleicht würde sie es eines Tages herausfinden, oder aber für immer zwischen zwei Welten gefangen sein, nicht wissend, in welche sie eigentlich gehörte.

Das Handy in ihrer Jackentasche summte, und sie biss in den Daumen ihres Fäustlings, um den Handschuh auszuziehen und dann den klitzekleinen

Knopf drücken zu können, um das Gespräch anzunehmen.

„Scarlett, du musst wohl oder übel ohne mich losziehen“, verkündete ihre Freundin Liz ohne jegliche Einleitung.

„Ohne dich? Aber wir gehen doch jedes Jahr zusammen dorthin!“, wandte diese ein und bezog sich damit auf den Tanzabend der Bergarbeiter und Fallensteller, der den Beginn der jährlichen Rennsaison einläutete.

„Ich weiß, ich weiß, und es tut mir so leid.“ Zumindest schien Liz über diese Planänderung in letzter Minute aufrichtig betrübt zu sein. „Glaub mir, ich wäre dabei, wenn ich könnte, aber es ist etwas dazwischengekommen.“

Das klang eigentlich so gar nicht nach ihrer üblicherweise so verlässlichen Freundin und beunruhigte sie. „Ist alles okay?“, erkundigte sie sich daher und befürchtete das Schlimmste.

„Ja, es geht mir gut. Ich erzähle dir alles, sobald ich selbst mehr Details habe. Du weißt, ich würde nicht absagen, wenn es nicht wichtig wäre.“

„Natürlich. Mach dir meinetwegen keinen Kopf. Ich werde mich Shane und Rosie anschließen.“

„Oh, puh, Gott sei Dank. Okay, wir sprechen uns später. Viel Spaß auf dem Ball, Aschenputtel!“

Scarlett lachte, als sie den Hörer auflegte. Sie und Liz Benjamin hatten unmittelbar nach ihrer Ankunft in der Stadt Freundschaft geschlossen. Deren Vater, Ben Benjamin, war einer der offiziellen Rennleiter und hatte stets den besten Zugang zu Insider-Veranstaltungen, wie eben zu diesem Tanzevent der Bergleute und Fallensteller. Liz selbst hatte sich nie großartig für Rennen interessiert, war sie doch damit aufgewachsen, zeigte sich aber in Bezug auf Scarletts Interessen glücklicherweise nachsichtig.

Dafür waren gute Freunde ja immerhin da. Und als ebensolch gute Freundin von Lauren sollte sie dieser den Erfolg gönnen, anstatt ihn ihr zu neiden.

Mit einem letzten Blick zum Horizont, an dem Lauren und die anderen Schlittenführer soeben in Richtung Nome verschwanden, vergrub sie das Stück ihres Herzens, das für diesen Sport schlug und begab sich auf den Heimweg, um es sich für den Rest des Tages mit einem guten Buch gemütlich zu machen.

Morgen schon fand der besagte Ball statt, und um nichts in der Welt würde sie diesen verpassen.

Danksagungen

Dieses Mal habe ich eine Rekordzahl an Personen erreicht, denen ich für dieses Buch danken möchte. Lassen Sie mich mit meinem Mann, Falcon, beginnen. Nicht nur lehrte er mich alles, was ich über das große Rennen wissen musste, sondern er lieh auch dem Charakter der Lauren viele seiner persönlichen Erfahrungen als Hundeschlittenführer.

Meiner Tochter, Phoenix – sie ist der Grund für alles, einschließlich dafür, warum ich Geschichten schreibe, die dazu gedacht sind, Auftrieb zu geben und zu inspirieren - so wie hoffentlich diese, die Sie gerade gelesen haben.

Weitere Anregungen für diese Serie entsprangen meiner dualen Liebe zur klassischen Literatur und Disney-Märchen. Ich beschloss, die Serie mit meinem Favoriten aus jedem dieser Bereiche zu starten: *Jane Eyre* von Charlotte Brontë und *Die Schöne und das Biest*. Ich hatte viel Spaß dabei, kleine „Easter Eggs“ in die Erzählung einzuweben und hoffe, Sie haben die Suche danach genossen!

Natürlich stellten auch meine fünf Hunde eine große Quelle der Inspiration und Unterstützung für dieses Buch dar - insbesondere Sitka, unser Pomsky-Mädchen.

Meinen Lesern, die mich stets darin bestärken, weiterzuschreiben, wenn mich mal wieder die Selbstzweifel plagen. Und glauben Sie mir, das passiert ständig, was bedeutet, dass ohne Ihre unerschütterliche Unterstützung und liebevolle Ermunterung nie ein Buch entstehen würde. Sie wissen ja: Ohne Leser gäbe es keine Autoren!

Gott, der mir die Gabe geschenkt hat, die Welt an meinen Geschichten teilhaben zu lassen.

Meinem Editor, dem Lektor, den Assistenten, den Kollegen und allen anderen Personen, die dabei geholfen haben, das Buch so lange zu polieren, bis es glänzte.

Auch meine Studenten verdienen ein großes Dankeschön! Die mehr als zweihundert Autoren, die den Kurs besuchten und die Schaffung und Förderung dieses Buches dokumentierten, haben mich auf jedem Schritt des Weges begleitet, ermutigt und aufgebaut. Sie sorgten dafür, dass ich meine Vorsätze einhielt, mit beiden Beinen fest am Boden blieb und – was noch wichtiger ist – lehrten mich nebenbei auch noch so einiges Neues! Es hat mir große Freude bereitet, sie alle kennenzulernen, aber ich finde, meine Lieblingsschülerin, Ines Johnson, verdient besondere Anerkennung. Wenn Ihnen Urban Fantasy-Romane gefallen, sollten Sie unbedingt ihre Werke lesen.

Vielen Dank, dass Sie mich auf dieser Reise begleitet und es mir dadurch ermöglicht haben, dieses grandiose Leben zu führen, in dem ich das machen darf, was ich liebe.

Danke, dass es Sie gibt. Ich freue mich jetzt schon darauf, Sie beim nächsten Band der Serie *Heisse Liebe – Kalte Schnauzen* wiederzutreffen.

Über die Autorin

Melissa Storm liebt es zu weinen. Sie glaubt, dass Tränen, egal ob glücklichen oder traurigen Ursprungs, die Seele reinigen können. Vielleicht ist das auch der Grund dafür, warum die LeserInnen ihrer Bücher direkt nach der nächsten Packung Taschentücher greifen und sie fest umklammert halten, während sie in Melissas fiktive Welten eintauchen. Hey, ein Happy End hat doch eine viel größere Bedeutung, wenn es hart erkämpft wurde, meinen Sie nicht auch?

Als *New-York-Times-* und mehrfach ausgezeichnete *USA-Today*-Bestsellerautorin jongliert Melissa stets mit mindestens einem halben Dutzend neuer Romanideen gleichzeitig. Sie ist mit ihrem Autorenkollegen Falcon Storm verheiratet, Mutter einer divenhaften kleinen Prinzessin und Hüterin eines häuslichen Zoos voller äußerst verwöhnter Katzen und Hunde. Ihr gehören die Verlage Novel Publicity.

Zudem schreibt und veröffentlicht sie Bücher unter das Pseudonym Molly Fitz.

Sind Sie bereit für diese emotionale Achterbahnfahrt? Schlagen Sie die erste Seite auf und halten Sie sich fest!

Um mehr über ihre Bücher zu erfahren, besuchen Sie ihre Website unter www.MelStorm.com/DE und fangen Sie noch heute an zu lesen!

Printed in Poland
by Amazon Fulfillment
Poland Sp. z o.o., Wrocław

13189290R00221